Following you
Bis du mir gehörst

Band 1

Mika D. Mon

KAMPENWAND
VERLAG

ISBN: 978-3-96698-567-3

Raiffeisenstr. 4 · D-83377 Vachendorf
www.kampenwand-verlag.de

Versand & Vertrieb durch Nova MD GmbH
www.novamd.de · bestellung@novamd.de · +49 (0) 861 166 17 27

Text: Mika D. Mon
Druck: Sowa Sp. z o.o. - Raszyńska 13, 05-500 Piaseczno, Polen
Covergestaltung: Mika D. Mon, Einstrom.com

Bibliografische Information der Deutschen Nationalbibliothek:
Die Deutsche Nationalbibliothek verzeichnet diese Publikation in der Deutschen Nationalbibliografie; detaillierte bibliografische Daten sind im Internet über http://dnb.d-nb.de abrufbar.

MIKA D. MON

FOLLOWING YOU

Bis du mir gehörst

Dark Romance

Prolog

Ich bin dein Schatten, Prinzessin. Wo auch immer du hingehst, ich bin bereits dort und warte auf dich. Egal, wie schnell du rennst - du entkommst mir nicht.

Ich werde dich verfolgen.

Bis du mir gehörst.

Es ist ein Albtraum, aus dem ich gleich schweißgebadet aufwache. Etwas anderes kann es nicht sein. Wie konnte ich jemals so dumm gewesen sein, auch nur eins der Worte zu glauben, die aus seinem Mund kamen? Ich habe mich blenden lassen. Von seinem Aussehen. Von seinen Worten. Von diesen kleinen Stückchen Aufmerksamkeit, die er mir zugeworfen hat wie Fleischstücke in den Käfig eines ausgehungerten Tieres.

Ich habe nicht damit gerechnet, dass er mich derart ausnutzt. Seine Maskerade war perfekt. Innerhalb weniger Tage hatte er es geschafft, dass ich ihm verfallen war. Jetzt sitze ich auf dem Bett, in dem er mich vor wenigen Momenten noch festgehalten hatte, und kämpfe ausweglos gegen meine Fesseln und meinen Knebel an.

Die Verzweiflung lässt Tränen in meine Augen schießen. Mein Blickfeld verschwimmt. Ich höre das metallische Klirren eines Gürtels vor mir. Eine Hose wird geöffnet. Panisch sehe ich auf und weiß, dass ich verloren bin.

Einige Tage zuvor…

Du kannst einen Vogel einsperren oder ihm die Flügel stutzen, doch er wird nie aufhören fliegen zu wollen.

Mehr als alles andere wünschte ich mir, die goldenen Gitter meines Käfigs aufzubrechen und zu fliehen. Doch anstatt in die Freiheit zu entkommen, stolperte ich in die Arme eines Mannes, dessen Dunkelheit mich vollends verschlang.

»Ich bin heute Abend mit Leonie verabredet«, informiere ich meinen Vater beiläufig beim Abendessen. Ohne Appetit schiebe ich mit meiner Gabel die Zucchini hin und her.

Er atmet tief ein und sieht mich über den gedeckten Tisch hinweg an. Ich weiß, dass er es nicht leiden kann, wenn ich mich mit Leonie treffe. Sie ist meine beste Freundin, doch mein Vater ist nicht ihr größter Fan. In seinen Augen sollte ich mich lieber mit Mädchen von meinem Stand beschäftigen als mit *Gesocks* wie ihr.

»Was habt ihr vor?«, fragt er bemüht um einen neutralen Tonfall, doch ich höre in seiner Stimme genau, wie genervt er ist.

Ich rümpfe meine Nase und spieße eine Kartoffel auf. Wenn ich ihm die Wahrheit sage, wird es ohnehin wieder in einer Diskussion enden, und das, obwohl ich schon seit über einem Jahr volljährig bin. Allerdings lüge ich nicht gerne und kann es auch nicht sonderlich gut. Unwohl rücke ich demnach mit der Wahrheit heraus. »Wir gehen auf eine Party.«

Seine Kiefermuskeln spannen sich an. »Viktoria.« Er sagt meinen Namen, als wäre es eine Drohung.

Ich hasse diesen Namen. Er passt überhaupt nicht zu mir.

»Ich habe dir bereits gesagt, dass es im Moment zu gefährlich ist. Da draußen gibt es üble Kerle, die nur darauf warten, dass du ihnen in die Hände läufst, damit sie mich erpressen können! Du weißt doch, dass …«

»Dass deine Konkurrenz nicht schläft, ja. Ich weiß, Vater.«

Er starrt mich aus seinen grünen Augen wütend an, als ich ihn unterbreche.

»Aber ich bin erwachsen. Du kannst mir nicht verbieten, rauszugehen, oder mir Stubenarrest erteilen. Ich bin kein kleines Kind mehr!«

»Du benimmst dich aber wie eins«, erwidert er. »Du stocherst in deinem Essen rum, du lehnst mit den Ellbogen auf dem Tisch, du hast keinen Respekt vor deinem Vater, färbst dir die Haare bunt als wärst du ein Clown, und bist leichtsinnig und unvernünftig!«

»Wie ein Clown?!« Von all den Dingen, die er mir an den Kopf geworfen hat, trifft mich das am meisten. Als ich vor ein paar Monaten meine langen, blonden Haare nahezu weiß gebleicht und dann pastellrosa gefärbt hatte, hatte mein Vater tagelang nicht mit mir gesprochen und mich behandelt wie eine Straftäterin. Ich bin stur geblieben und hatte sie nicht wieder blond gefärbt. Stattdessen wechselte ich die pastelligen Farben regelmäßig, sobald sie ausgewaschen waren. Von Babyblau über Meerjungfrauentürkis und Puderrosa ist bereits alles dabei gewesen. Es ist modern. Andere Mädchen beneiden mich darum. Meine Follower auf Instagram und Snapchat fahren total darauf ab. Aber für meinen Vater bin ich ein Clown.

»Dimitri wird dich begleiten«, bestimmt mein Vater. Er tupft sich mit seiner Stoffserviette die Mundwinkel ab, faltet das Tuch und legt es neben seinen Teller.

Ich starre meinen Vater entrüstet an. Dimitri ist einer der beiden Kerle von dem privaten Security Dienst, den mein Vater angeheuert hat, als diese Probleme mit seinem Unternehmen begonnen haben. Er ist Erbe und Vorsitzender von König

Pharmazeutik, dem Pharmaunternehmen, welches vor drei Generationen von unserer Familie gegründet wurde. Seitdem sie ein neues Medikament entwickelt haben, das das Fortschreiten von Demenz um nahezu fünfzig Prozent eindämmt, ist er paranoid geworden. Er glaubt, dass andere Unternehmen versuchen, die Markteinführung zu verhindern.

»Ich brauche keinen Babysitter«, wehre ich mich entschlossen.

»Solange du deine Füße unter meinen Tisch stellst, tust du, was *ich* dir sage.«

Ich rolle die Augen, als er die alte Füße-unter-den-Tisch-Leier auspackt.

»Wie du meinst.« Mehr sage ich nicht. Ich lege das Besteck weg und schiebe den Teller von mir. Dann stehe ich auf und rausche aus dem Esszimmer.

»Viktoria!«, höre ich meinen Vater hinter mir erneut rufen, aber ich ignoriere ihn.

Mit eiligen Schritten laufe ich die Treppe hinauf und gehe in mein Zimmer.

Von allen Räumen in unserem Haus ist es das lebhafteste. Vor vier Jahren sind wir aus unserem alten, gemütlichen Haus in diesen viereckigen Betonklotz gezogen. Betonwände, Betonboden, Betondecke, Betontreppe. Ein Wunder, dass die Fenster nicht auch aus Beton sind. Die einen mögen diesen Stil als modern empfinden, doch ich glaube, dass er es ausgesucht hat, weil es wirkt wie in einem Bunker.

Wenn man in die Tiefgarage fahren möchte, öffnet sich erst ein Tor, dann fährt man in einen Zwischenraum. Hinter einem schließt sich das Tor und erst, wenn es zu ist, öffnet sich vor einem ein Gitter. Verrückt. Ein Wunder, dass mein Vater keine Antibiotika für eine bevorstehende Zombieapokalypse hortet.

In meinem Zimmer hatte ich erstmal einen großen, flauschigen Teppich ausgelegt, Gardinen vor die zwei hohen, schmalen Fenster gehängt und die Wände mit Bildern dekoriert. Außerdem hatte ich überall Pflanzen aufgestellt. Die Orchideen lieben die Helligkeit des Raumes und auch der vom Regal hängende Efeu und die Palme erblühen im Licht. Nach und nach hatte ich mir meine eigene kleine, bunte Insel geschaffen, in der ich mich wohlfühlen konnte.

Wütend schnaubend werfe ich mich auf meinen Schreibtischstuhl und sehe auf mein Handy.

Leonie hat mir geschrieben.

Leo:
»Wie sieht es aus, bist du heute Abend dabei?«

Ich:
»Ja …! Aber mein Vater will, dass Dimitri als Wachhund mitkommt.«

Leo:
»Ernsthaft? Übertreiber. Wir gehen auf eine Studentenparty und nicht nach Afghanistan!«

Ich:
»Ich weiß. Er wird jeden Typen abschrecken! Dimitri sieht aus wie ein menschgewordener Dobermann!«

Leo: »Lol. Und was hast du jetzt vor, Kiki?«

Ich:
»Wann treffen wir uns?«

Leo:
»Um 23 Uhr am Willy-Brandt-Platz.«

Ich:
»Überlass das mir. Ich bin da – ohne Dimitri. Versprochen!«

Bis 23 Uhr habe ich noch etwas Zeit. Möglicherweise kann ich mich einfach ungesehen hinaus- und später in der Nacht wieder hereinschleichen. Mein Magen grummelt zwar schon vor schlechtem Gewissen, wenn ich nur daran denke, doch welche andere Wahl habe ich?

Mein ganzes Leben lang bin ich eingesperrt wie ein kostbarer Vogel. Jahr für Jahr hatte ich mich an dem Gedanken festgeklammert, dass das enden würde, sobald ich volljährig wäre. Doch ich hatte mich getäuscht. Es war zunehmend schlimmer geworden. Zuletzt hatte mein Vater sogar darauf bestanden, mich bis vor meine Schule zu fahren und dort nach Unterrichtsende abholen zu lassen, anstatt dass ich wie alle anderen mit den öffentlichen Verkehrsmitteln fuhr.

Wenigstens hatte ich mein Abitur vor einigen Wochen hinter mich gebracht und diese Peinlichkeit blieb mir morgens erspart.

Ich surfe etwas am Handy und bringe mich in den sozialen Netzwerken auf den neusten Stand. Einige Likes, Kommentare und Follows später streame ich eine Serie und vertrödele die Zeit. Dann gehe ich zu meinem überfüllten Kleiderschrank und sehe hinein. Ich habe tausende Sachen und finde doch nie das Richtige. Vor allem nicht für diese Jahreszeit! Es ist Frühling, aber ziemlich kalt draußen. Letzte Woche hat es noch gefroren. Vor allem nachts wird es eisig, aber im Club wird es heiß sein. Ich brauche also ein knappes Partyoutfit und eine dicke Jacke, die ich an der Garderobe abgeben kann.

Zuerst hole ich ein schwarzes Paillettenkleid aus dem Schrank und halte es mir an. Schwarz ist überhaupt nicht meine Farbe, aber es betont meine bunten Haare. Deswegen habe ich es gekauft. Als Nächstes nehme ich ein weißes Top mit Spitze und eine Jeans-Hotpants heraus, die vollkommen zerfleddert aussieht. Cooler Used-Look nenne ich das. »Asozial« nennt es mein Vater.

Ich entscheide mich für die Jeans und das Top und ziehe mich um. Damit ich nicht erfriere, trage ich noch eine durchsichtige

Seidenstrumpfhose und Overkneestrümpfe drunter. Dann stelle ich mich vor meinen großen Spiegel und plustere mit etwas Schaumfestiger meine ohnehin welligen, voluminösen Haare auf. Unzählige Youtubevideos haben mir beigebracht, wie ich mich schminken muss. Mit Make-up versuche ich meinem mädchenhaften Gesicht etwas mehr Reife, etwas mehr Weiblichkeit zu verleihen.

Als ich fertig bin, schnappe ich mir meine Handtasche, ziehe meine Jacke an und trage meine weißen Stiefeletten in der Hand, damit ich keine Geräusche beim Gehen mache.

Vorsichtig öffne ich meine Zimmertür und spähe in den Flur. Er ist dunkel bis auf einen Lichtschein, der unter der Bürotür meines Vaters hervordringt. Sicher hockt er mit viereckigen Augen vor seinem Laptop und arbeitet hart daran, noch grauere Haare zu bekommen. Für einen Moment tut er mir leid.

Alois Maximilian König, alleinerziehender Vater und millionenschwerer Unternehmer. Doch womit zahlt er für seinen Erfolg? Ich denke an die tiefen Sorgenfalten, die sich mit den Jahren in sein attraktives Gesicht gefräst hatten. Sein Bart ist grau geworden, ebenso wie seine Haare. Ich weiß ja, dass er mir nichts Böses will, dass er mich und das, was wir haben, schützen will. Aber er baut mir einen Käfig und schaufelt sich selbst das Grab, wenn er so weitermacht.

Seufzend wende ich mich ab und schleiche den Flur und die Treppe hinunter.

Das Gute an Beton ist, dass er nicht knarzt wie Holz. Leise wie eine Katze komme ich unten an und öffne langsam die Haustür. Der Wind weht mir durch den Spalt entgegen.

»Es ist kalt. Nehmen Sie besser einen Schal mit«, spricht plötzlich eine tiefe Stimme hinter mir. Erschrocken fahre ich herum und blicke gegen ein weißes Hemd mit schwarzer Krawatte.

Dimitri! Er hat mich bemerkt!

Der in einen schwarzen Anzug gekleidete Mann ragt vor mir auf. Adrett gekleidet, mit frisch gestutzten Haaren und gepflegtem Dreitagebart, sieht er aus wie ein Bodyguard von einem Superstar. Er hat ein schmales Gesicht und eine lange, gerade Nase. Deswegen wirkt er auch wie ein Dobermann.

Ich weiß, dass ich keine Chance habe, wenn ich jetzt versuche, vor ihm wegzulaufen. Er wird mich einfach einfangen.

»Dimitri!« Ich lächele kokett und versuche, meine Überraschung zu überspielen. Hat er hier unten im Dunklen gestanden und die ganze Zeit gewartet? Dass ich aber auch versuche, aus dem Haupteingang hinauszuschleichen, ist schon sehr armselig. Ich hätte es besser über das Fenster im Gästebad versucht. Dann hätte ich zumindest die Tür hinter mir abschließen können. Diese Idee merke ich mir für das nächste Mal, auch wenn ich hoffe, dass es kein nächstes Mal geben muss. Lieber wäre es mir, wenn mein Vater mir etwas mehr Freiheiten lassen würde und ich nicht nachts wie eine Verbrecherin hinausschleichen müsste.

»Ich komme mit«, bestimmt der Leibwächter und greift über meinen Kopf hinweg. Er zieht die Tür auf und nickt nach draußen.

Resigniert schlüpfe ich in meine Stiefeletten und gehe vor ihm her. Wie ein Schatten folgt er mir. Gerade mit genug Abstand, um mir nicht in die Hacken zu treten, aber so nah, dass er nur den Arm ausstrecken muss, um mich zu schnappen. Ich frage mich, ob er mich wirklich beschützen und nicht eher bedrohen soll.

Während ich mit eiligen Schritten über den Bürgersteig gehe, wechseln sich über mir Straßenlaternen und kahle Bäume ab. Bald werden die ersten zarten, hellgrünen Blätter austreiben und kurz darauf wird die rosafarbene Blütenpracht der Kirschbäume erblühen. Dann brauche ich unbedingt ein paar Fotos von mir mit diesen Bäumen!

Doch jetzt habe ich andere Probleme. Ich muss diesen Schatten loswerden, der an meinen Fersen klebt. Aber wie? Dimitri ist nicht irgendein Typ, der sich ein paar Kröten dazuverdient, indem er ein paar Stunden den Babysitter für eine reiche, verwöhnte Tochter spielt. Er ist ein ausgebildeter Personenschützer mit einer verfluchten Knarre unter seinem schicken Jackett.

Allein der Gedanke jagt mir einen Schauer über den Rücken. Wie soll ich den nur loswerden? Ich halte diesen Aufriss für vollkommen überzogen. Ich bin nicht Paris Hilton. Aber ich bin auch nicht Lara Croft, die über die nächste Mauer springen, an einer Wand hochklettern und diesem Profi-Bodyguard entkommen kann. Ich bin Kiki, das Mädchen mit den bunten Haaren, neun Zentimeter hohen Stiefeletten und einem knappen »befriedigend« im Sportunterricht.

Die S-Bahn-Haltestelle erscheint am Ende der Straße in meinem Blickfeld. Als wir dort ankommen, blicke ich auf der roten LED-Anzeige, welche Bahnen als Nächstes fahren.

»Sechs Minuten noch«, verkünde ich und schaue auf meine Uhr am Handgelenk.

Dimitri sagt nichts, stellt sich mit breiten Beinen und vor seinem Schritt verkreuzten Händen seitlich hinter mich. Als ich über meine Schulter zu ihm aufsehe und verkniffen lächele, erwiderte er es knapp. Ich schaue wieder geradeaus, kaue auf meiner Lippe herum und denke fieberhaft nach. Hitze und Adrenalin schießen plötzlich durch meinen Körper, als mir eine gewagte Idee in die Gedanken schleicht. In einer Minute kommt die nächste Bahn, aber es ist nicht die, die ich nehmen muss.

Ich muss Dimitri loswerden.

Und ich habe nur diese eine Chance.

Ich lege mir eine Hand auf meinen Bauch und drehe mich zu dem Leibwächter um.

»Mein Magen knurrt wie verrückt«, sage ich und sehe ihn schuldbewusst an.

»Sie haben auch nicht viel zu Abend gegessen«, erwidert er.

»Ja. Das Gespräch mit meinem Vater hat mir den Appetit verdorben.«

»Er will nur das Beste für Sie und macht sich Sorgen.« Dimitri versucht es mit einem aufmunternden Lächeln.

»Ja, das weiß ich. Für mich ist die Situation trotzdem nicht einfach.« Ich sehe an ihm vorbei neben die Haltestelle, wo sich zwei Automaten befinden, an denen man sich Getränke und Snacks stöpseln kann.

»Haben Sie Kleingeld dabei?«, frage ich hoffnungsvoll. »Können Sie mir ein Snickers ziehen?«

»Natürlich.«

Dimitri greift an seine Gesäßtasche und zieht sein Portemonnaie heraus. Dabei öffnet sich sein Jackett etwas und gibt einen Blick auf die Waffe frei, die er an seinem Körper trägt. Ich komme nicht umhin sie anzustarren.

Der Personenschützer tut, als habe er meinen entsetzten Blick nicht bemerkt, und legt galant eine Hand an meinen Rücken, um mich mit sich zu dem Verkaufsautomaten zu führen.

In der Ferne höre ich die Straßenbahn näherkommen. Die beiden Scheinwerfer strahlen uns entgegen.

Dimitri tritt vor die Maschine und wirft Münzen hinein.

Ich stehe hinter ihm und im Lärm der bremsenden Wagons gehe ich auf Zehenspitzen rückwärts. Ich entferne mich von ihm und bete, dass er sich nicht umdreht, um nach mir zu sehen.

Dimitri tippt die Nummer ein, die bei dem Snickers steht. Die Metallspirale in dem Automaten dreht sich. Mit einem dumpfen Knall landet der Schokoladenriegel in dem Ausgabefach ganz unten. Der Leibwächter lehnt sich hinunter und fischt die Süßigkeit hilfsbereit für mich heraus.

Mein Herz rast. Mein schlechtes Gewissen nagt an mir.

Doch als er sich zu mir umdreht, um mir den Snack zu überreichen, schließen sich die Türen der Straßenbahn bereits vor meinen Augen.

Seine Gesichtszüge entgleisen, als er seinen Fehler bemerkt. Die Bahn fährt los und Dimitri setzt einige schnelle Schritte hinterher, doch dann gibt er es auf.

Ich sehe ihn fluchen und wie er sich mit beiden Händen in das kurzgeschorene Haar fasst. Schuldbewusst blicke ich zurück und hauche ein »Sorry« gegen die Scheibe.

»Gleich da!« Das ist die letzte Nachricht, die ich an Leo schreibe, bevor ich mein Handy ausmache. Nicht, dass Dimitri es noch orten kann!

Es tut mir leid, dass ich ihn so austricksen muss. Mein Vater wird toben vor Wut. Vielleicht verliert Dimitri sogar seinen Job. Wegen mir, dem sturen Mädchen, das sich nicht von ihrem Vater einsperren lassen will. Das ihr Leben ganz normal wie alle anderen in ihrem Alter genießen will. Das Feiern gehen, Alkohol trinken und mit Jungs flirten will. Ist es falsch, frei sein zu wollen? Normal sein zu wollen?

Als ich aus der Straßenbahn aussteige, bin ich weiter von unserem Treffpunkt entfernt als geplant. Immerhin war es die falsche Linie, die ich genommen habe. Doch die nächste Bahn, die zu meiner Haltestelle fährt, kommt erst in zwölf Minuten. Dann kann ich genauso gut zu Fuß gehen. Ich ziehe meine Jacke enger um mich und presse meine Handtasche an meinen Körper.

Frankfurt ist ein hartes Pflaster, dessen bin ich mir bewusst. Es ist kein Ort, an dem eine junge Frau nachts alleine umherlaufen sollte. Das Haus meines Vaters befindet sich im Stadtteil Sachsenhausen-Süd und somit in einer der beliebteren Wohngegenden der Weltmetropole. Vorbei an dem Museumsufer, über den Main gelangt man entweder in das verrufene Bahnhofsviertel oder in die Innenstadt.

Die falsche S-Bahn hat mich jedoch direkt in die Nähe des Bahnhofsviertels gebracht und obwohl ich versuche, stets einen Bogen um das Rotlichtmilieu zu machen, muss ich es jetzt mitten in der Nacht durchqueren, um unseren Treffpunkt zu erreichen. Mein Vater würde die Wände hochlaufen, wenn er das wüsste.

Ich starre stur geradeaus und ignoriere, dass es hier vor Männern nur so wimmelt. Frauen sehe ich nirgends. An den Straßenrändern stehen die teuren Karren der Zuhälter. Mit pochendem Herzen eile ich durch das Viertel und bete, dass mich niemand anspricht oder gar anhält.

Die Blicke der Männer kribbeln in meinem Nacken. Um die nächste Ecke ist ein Konsumraum. Dort gehen die Junkies hin, um sich wenigstens mit sauberen Spritzen einen Trip zu verpassen.

Ich stolpere über eine herumliegende Coladose, fluche und eile schnell weiter. Erst als ich das zwielichtige Ambiente hinter mir lasse, entspanne ich mich leicht und verlangsame meine Schritte.

Wohl fühle ich mich dennoch nicht. Es sind einige feiernde Gruppen unterwegs. Ich höre viele verschiedene Sprachen, allen voran wird Englisch gesprochen. Doch in manchen Ecken stehen düstere Kerle herum und ziehen ihre Kapuzen tief ins Gesicht. Die Drogenszene in Frankfurt ist berüchtigt. Manchmal sehe ich sogar am helllichten Tag am Straßenrand Junkies mit Nadeln in den Armen. An den Hauswänden sitzen Obdachlose mit ihren gammeligen Schlafsäcken.

Die schillernde, reiche Bankenmetropole hat eine überaus dunkle Schattenseite, über die auch die hohen, edlen Wolkenkratzer und die teuren Hotels nicht hinwegtäuschen können. Ich kann meine Faszination für diese Stadt nicht verleugnen. Die luxuriöse Anmut und die dahinter verborgene Gefahr lösen ein Glücksgefühl in mir aus. Tagsüber halten mir die Männer in Anzügen und Lackschuhen die Türen auf, und nachts komme ich nicht umhin, neugierige Blicke auf die dunkel gekleideten Gestalten zu werfen.

Ein Kerl in Kapuzenpullover steht an einem mit Graffiti besprühten Einfahrtstor. Ich kann sein Gesicht in dem Schatten, den seine Kapuze wirft, kaum erkennen. Doch ich bemerke, wie er mir den Kopf hinterherdreht, als ich an ihm vorbeigehe. Ich frage mich, woher er kommt, was seine Geschichte ist. Ist er böse? Ist er harmlos? Die Ungewissheit, die Gefahr, die Dunkelheit kann einen beängstigen.

Oder anziehen.

Bei mir ist es beides.

Obwohl ich das Bahnhofsviertel längst hinter mir gelassen habe, lässt mich das Gefühl nicht los, dass ich beobachtet werde. Ein Kribbeln in meinem Nacken, eine Gänsehaut auf meinen Armen, ein Stolpern meines Herzschlags. Ich bleibe stehen und drehe mich um. Hinter mir ist nichts. Nur ein paar Leute, die durch die Stadt schlendern oder in Gruppen herumsitzen. Einen Moment warte ich noch auf eine verdächtige Bewegung, aber als ich nichts bemerke, gehe ich weiter. *Die Paranoia meines Vaters färbt auf mich ab!*

Gleich bin ich an unserem Treffpunkt, dann bin ich in Sicherheit.

»Kiki!«, ruft Leo schon von weitem. Obwohl es dunkel ist, hat sie mich direkt erkannt.

Als ich atemlos bei meiner besten Freundin ankomme, umarme ich sie sofort. »Hier bin ich!«

Leo schaut sich um, dann sieht sie mich an. »Und dein Babysitter?«

»Habe ich abgehängt.« Wir grinsen uns an, dann zwinkert sie mir zu.

»Du bist der Hammer«, lobt sie mich.

Leo hat ihr weinrot gefärbtes Haar zu zwei Zöpfen geflochten und um ihren Kopf trägt sie ein schwarzes Haarband im Retro-Look. Ihre zerschlissene Lederjacke und ihre abgewetzten Boots verleihen ihr einen Bikerlook. Leo trägt immer diese coolen Klamotten. Sie ist groß und schlank, deswegen kann sie solche Sachen anziehen. Außerdem hat sie keinen Spießervater, so wie ich.

Leo hält mir ihren Arm hin und ich hake mich bei ihr ein. Gemeinsam schlendern wir los und das merkwürdige Gefühl, verfolgt zu werden, verliert sich in unseren Gesprächen.

»Was hat dein Vater denn schon wieder für Anwandlungen?«, fragt sie mich.

»Er ist paranoid, Leo, ich schwöre es dir. Ich weiß nicht, diese ganze Pharma-Industrie ist der reinste Horror. Keine Ahnung, was er da wieder für Probleme hat, aber er denkt, dass irgendwelche Pharmazie-Mafiosi es auf ihn abgesehen haben, die verhindern wollen, dass er das neue Medikament auf den Markt bringt.«

»Will er immer noch, dass du Wirtschaftswissenschaften studierst und bei seiner Firma einsteigst?«

Wir bleiben kurz stehen und Leo holt eine Flasche Weißwein aus ihrem Rucksack. Sie kauft billigen, süßen Fusel, der jedem Weinkenner die Fußnägel hochrollen lässt. Aber weil sie Geld auf der Party sparen möchte, trinkt sie vor.

»Ja. Aber das kann er vergessen!« Ich schnaube, schnappe mir die Flasche aus ihren Händen und trinke direkt aus dieser, um meinen Frust über meine Situation zu verdeutlichen. »Niemals steige ich in dieses Gewerbe ein. No way!«

Leo schaut mich aus ihren blauen Augen an. Ein leichtes Schmunzeln bildet sich auf ihren rot geschminkten Lippen, während sie mich beobachtet, wie ich den Weißwein meine Kehle hinabstürze.

»Langsam, Süße. Kleine Menschen werden schneller betrunken«, raunt sie belustigt und nimmt mir die Flasche ab.

Ich beschwere mich, indem ich sie vorwurfsvoll ansehe und meine Lippen schürze.

»Willst du immer noch Umwelt-Technik studieren?« Leo schaut mich fragend an und nippt dabei am Wein.

»Ja, das wäre perfekt. Der Studiengang wird in Wiesbaden angeboten. Ist also gar nicht weit weg!«

»Denkst du nicht, dass du es übertreibst, Kiki?« Ihr Blick wird plötzlich besorgt.

Ich hebe meine Augenbrauen und sehe sie stutzig an.

»Wie meinst du das?«

»Vegetarisch essen. Alles Bio kaufen. Kein Autofahren. Keine Plastiktüten, Fairtrade-Klamotten, Umwelt-Technik studieren. Du kannst nicht die ganze Welt retten.«

Leonies Worte treffen mich. Ich habe das Gefühl, dass sie mich nicht versteht und nicht an mich glaubt.

Ich sehe sie an und presse meine Lippen aufeinander. »Aber ich kann es versuchen«, beharre ich mit Kloß im Hals.

Wir schauen uns noch einen Augenblick lang an, dann lässt sie das Thema bleiben und wir gehen weiter, während wir uns mit der Weinflasche abwechseln. Der Alkohol fängt nach und nach an, meine kalten Glieder zu wärmen.

Bald ist unser Gespräch von eben vergessen und wir kommen lachend bei dem Club an, in dem heute Abend die Studentenparty steigt.

»Kennst du ein paar der Studenten?«, frage ich.

Leo ist jetzt selbst ein Erstsemester und hat vor ein paar Wochen erst ihr Jurastudium angefangen. Ich war damals fast aus den Wolken gefallen, als sie mir sagte, was sie studieren möchte. So ein staubtrockenes Fach für eine so ausgeflippte Frau wollte einfach nicht ins Bild passen. Aber Leo ist intelligent und ehrgeizig. Sie würde es weit bringen.

»Ein paar aus meinem Semester, ja«, antwortet sie. Wir stellen uns an der Schlange vor dem Club an. Sie wirft die leere Weinflasche vorher in einen Mülleimer.

Ich bedenke sie dafür mit einem finsteren Blick, denn Glas gehört normalerweise wie der Name sagt, in den Glasmüll!

Leonie ignoriert meinen stummen Vorwurf gekonnt.

Die zwei großen Typen am Eingang kontrollieren unsere Ausweise und Handtaschen und die Frau an der Kasse drückt uns einen Stempel auf die Hand. Durch einen schummrig beleuchteten Flur geht es eine schmale Treppe hinab. Die Musik wummert uns bereits in den Ohren, während wir unsere Jacken an der Garderobe abgeben.

Die warme Luft ist erfüllt von Alkohol-, Schweiß- und Parfumgeruch. Blitzende, bunte Lichter blenden mir in den Augen, als ich von meiner besten Freundin in den Hauptraum gezogen werde. Der Bass vibriert in meiner Brust und auf meiner Haut. Blicke richten sich auf uns. Wir sind zwei Paradiesvögel in der Großstadt.

Leonie und ich stellen uns direkt bei der Bar an und bestellen uns jeweils einen Wodka-Energy. Mit dem Getränk in der Hand drängen wir uns durch die vielen tanzenden und wankenden Körper und versuchen etwas abseits einen freien Platz zu finden.

Wir prosten uns zu und schlürfen an den Strohhalmen.

Ich sehe mich im Clubraum um. Es sind viele junge Erwachsene anwesend, alle im Alter zwischen zwanzig und dreißig. Nur ein paar ältere Gesichter stechen heraus. Die Menschen brüllen sich gegenseitig ins Ohr, lachen, tanzen und trinken.

Leo und ich machen uns einen Spaß daraus, zu raten, wer was studiert. Dabei bedienen wir uns jedes Klischees, das wir finden können.

»Wollen wir tanzen gehen?«, frage ich meine Freundin nach einiger Zeit und nehme ihre Hand. Ohne eine Antwort abzuwarten, ziehe ich sie auf die Tanzfläche und wir fügen uns in den Takt der Musik ein.

Leonie ist nicht der Typ für einen heißen Hüftschwung. Sie steht eher da, wippt ein bisschen und sieht mir zu, wie ich meine Mähne hin und her werfe und auf und ab hopse wie ein Flummi auf Koks. Sie lacht herzhaft. Ihre Augen sind ganz glasig. Ich fühle mich ausgelassen und frei. Nichts ist mir peinlich. Der Wein und der Wodka haben meine Hemmungen herabgeschraubt, sodass ich dem Grüppchen Kerle neben uns auffordernde Blicke zuwerfe. Mein Top und meine Strumpfhose kleben verschwitzt an meinem Körper. Die Overknees sind für die Diskothek zu warm. Ich spüre, dass meine Wangen vor Hitze glühen.

Einer der Kerle nickt zu uns herüber. Er ist ein dunkelblonder, schlanker Typ mit Karohemd. Sein Kumpel sieht ihm ähnlich, der andere scheint südländischer Abstammung zu sein. Der hat dichten, dunklen Bartwuchs und ist etwas breiter gebaut als die anderen.

»Hey«, begrüße ich die drei.

»Hey«, grüßen sie zurück und wir prosten uns zu. Die Jungs trinken Bier, während ich bei meinem Wodka-Energy bleibe.

»Wie heißt ihr?«, rufe ich ihnen lächelnd entgegen.

»Ich bin Tim«, stellt sich der Erste vor. Er muss sich zu mir vorbeugen und brüllt mir ins Ohr. Dann ist der Zweite dran.

»Julian!«

Der Südländer ruft mir »Aykan!« zu.

»Das hier ist Leo«, will ich meine Freundin vorstellen, doch die hat sich abgewendet und sieht nicht aus, als wolle sie sich mit den Fremden unterhalten.

»Deine Freundin ist süß«, sagt Tim und nickt zu Leonie hinüber. »Aber sieht nicht aus, als würde sie uns mögen.« Er lächelt schmal und ich entschuldigend zurück.

»Sie braucht einfach noch mehr Drinks. Die ist schüchtern!« Ich winke ab und lache. Die Jungs lachen mit mir mit. In ihren Augen sehe ich den Alkohol leuchten. Ihre Bewegungen sind ungelenk und ihre Sprache undeutlich. Mir geht es nicht anders, deswegen macht es mir im Moment nichts aus. Ich finde alle drei auf ihre Weise attraktiv und freue mich über ihre Aufmerksamkeit. Tim und Aykan beginnen mit mir zu tanzen. Julian ist etwas zurückhaltender. Wir stehen dicht beieinander. Aus dem Augenwinkel sehe ich Leos missmutige Blicke, deshalb sehe ich zu ihr hinüber und zwinkere ihr lächelnd zu. Sie soll nicht böse auf mich sein. Ich bin hier, um Spaß zu haben! Bloß ein bisschen tanzen, dann bin ich wieder für sie da.

Die Körper der beiden jungen Männer rücken nah zu mir heran. Irgendwann finde ich mich zwischen ihnen wieder. Eine Hand streift meinen Arm, eine andere meinen Po. Keine Ahnung von wem. Ist mir auch egal, solange mich keiner ernsthaft begrabscht. Ich schließe meine Augen, wiege mich im Takt der Musik, gebe mich dem Bass hin. Einer meiner Strümpfe ist heruntergerutscht, mein Top gibt eine Schulter frei und meine Haare kleben an meiner Haut. Vor mir, hinter mir, rechts und links – überall sind heiße Körper, die sich bewegen. Ich bin wie in Trance.

Schwere Hände legen sich auf meine Hüften. Ich glaube, es ist Aykan, der hinter mir steht. Ich spüre, wie sich etwas gegen meinen Po presst. Durch den Stoff meiner Hose spüre ich den Reißverschluss seiner Jeans und das, was sich darunter verbirgt. Als ich meine Augen öffne, sehe ich verschwommen Tim vor mir tanzen. Auch Julian hat sich inzwischen dazugesellt und durch weitere Drinks seine Zurückhaltung verloren.

»Du bist süß«, raunt mir eine Stimme von hinten in mein Ohr. Ich lächele und wiege mich weiter mit der Musik, ohne zu antworten.

Gerade will ich meine Augen schließen, als ich ein Gedränge vor uns bemerke. Jemand schiebt sich durch die tanzende Masse und erntet dafür genervte Blicke. Es ist ein fremder Mann, der direkt an uns vorbeigeht und dabei Aykan und Tim achtlos anrempelt.

Die beiden taumeln und verschütten ihre Getränke. Dann pöbeln sie ihn an.

»Ey, kannst du nicht aufpassen, du Pisser?«, knurrt der Südländer.

»Scheiße«, flucht Tim, dessen Hemd vom Bier ganz nass ist.

Der fremde Kerl bleibt stehen und dreht sich zu uns um. Seine dunklen Augen wirken im schummrigen Licht fast schwarz, ebenso wie seine Haare und sein eng anliegendes T-Shirt. Auf seinen Armen schlängeln sich Tattoos herauf, deren Motive ich so schnell nicht erfassen kann. An den Seiten sind seine Haare etwas kürzer geschnitten, aber ein wirklicher Iro ist es auch nicht. Er ist so groß, dass er aus der Menschenmasse heraussticht, hat ein kräftiges Kreuz und schmale Hüften.

Der Fremde sagt nichts, doch sein Blick durchbohrt meine Begleiter wie glühendes Eisen. *»Wollt ihr euch wirklich mit mir anlegen?«*, fragen seine Augen in stummer Drohung. Seine Kiefer pressen sich aufeinander, sodass seine markanten Wangenknochen hervortreten und harte Schatten auf sein scharfkantiges Gesicht werfen.

Plötzlich scheint die Luft wie geladen. Ein Funke und die Situation eskaliert. So kommt es mir vor. Ungewollt halte ich die Luft an und reibe mit meinen Fingern über meine Handballen, während ich den Fremden ansehe.

Tim und Aykan starren ihn ebenso an. Doch sie bleiben stumm. Nur wenige Sekunden später huscht der finstere Blick des Mannes zu mir, ehe er sich abwendet und unbeirrt seinen Weg fortsetzt.

Erst jetzt traue ich mich, auszuatmen. Ich weiß nicht, warum, doch etwas in mir warnt mich vor diesem Mann. Vielleicht ist es seine Ausstrahlung, die *»Gefahr«* schreit. Manchen Menschen sieht man an, dass sie Nerds sind und in ihrer Freizeit gerne Computerspiele zocken. Anderen sieht man an, dass sie verklemmt sind und zum Lachen in den Keller gehen.

Und manchen sieht man an, dass man sich von ihnen fernhalten sollte, weil sie nichts Gutes verheißen. Weil sie das Feuer sind, an dem man sich die Finger verbrennt. Weil sie der Sog sind, der einen nach unten zieht. Warum wird mir nicht schwindelig, wenn ich an einem Abgrund stehe? Warum will ich mich fallen lassen und herausfinden, was passiert?

»Lass uns in einen anderen Raum gehen.« Leos Stimme reißt mich aus den Gedanken. Erst jetzt bemerke ich, dass ich noch immer in die Richtung starre, in die der Fremde verschwunden ist.

Ich blicke mich um. Aykan steht mit Julian einige Meter entfernt. Die beiden unterhalten sich aufgeregt miteinander. Tim ist nicht zu sehen. Bestimmt ist er auf der Toilette und versucht sein Hemd zu trocknen.

»Ja«, sage ich zu meiner Freundin. Sie nimmt mich an der Hand und zieht mich mit.

Wir verlassen den Mainfloor und finden uns im Barbereich ein. Hier wird mehr getrunken als getanzt. Leo sieht schlecht gelaunt aus und bestellt einen Wodka-Energy für mich und einen puren Wodka für sich selbst.

»Was war das denn eben?«, frage ich sie und wir stoßen an.

Leo zuckt grimmig mit den Schultern. »Ein schlechtgelaunter Typ? Ist doch egal.«

Sie scheint kein weiteres Interesse an ihm zu haben, doch ich ertappe mich dabei, wie meine Blicke immer wieder den Raum nach ihm absuchen. Nach einiger Zeit schüttele ich den Kopf und versuche mich abzulenken.

Wer war er?

Meine Neugier wird irgendwann mein Untergang sein.

ER

Die Angst vor der Dunkelheit ist nichts anderes als die Angst vor dem Unbekannten. Wenn die Nacht eintritt, übergibt das Licht sein Zepter an die Schatten.
Ich habe keine Angst vor der Dunkelheit.
Ich bin die Dunkelheit.
Ich lebe in den Schatten, vor denen du dich fürchtest.

Zähneknirschend bahne ich mir meinen Weg durch die verschwitzten Körper und rette mich in den weniger überfüllten Raucherraum. Hier stehen runde Bartische und es gibt ein Sofa, auf dem ein Pärchen flirtet. Die Luft ist erfüllt von Qualm und nebligen Rauchschwaden.

Ich lehne mich im Raum an die Wand und schaue durch die Glastrennwand in das Innere der Diskothek.

Die Gesichter der Partygäste sind rot von der Hitze und glänzen vor Schweiß. Auch mir klebt mein verdammtes Shirt am Leib, obwohl ich mich kaum bewegt habe.

Mit zwei Fingern ziehe ich den schwarzen Stoff an meinem Bauch von meiner Haut und versuche etwas Luft darunter einzufangen. Diese vielen Menschen machen mich wahnsinnig. Ich habe das Gefühl, eingeengt zu sein und zu ersticken.

Lust, hier zu sein, habe ich auch nicht, doch ich habe keine andere Wahl. Ich ziehe meine zerdrückte Zigarettenpackung hervor und klemme mir eine zwischen die Zähne. Aus Gewohnheit schirme ich sie mit einer Hand ab, als ich sie anzünde. Kurz darauf inhaliere ich den Qualm und lüfte damit meine Lunge.

Schon besser. Ich entspanne mich etwas.

Gut, dass die beiden Paviangesichter eben keinen weiteren Stress gemacht haben. Sie haben meine Drohung verstanden, resümiere ich die vergangenen Minuten. Zum Glück halten sie sich jetzt von *ihr* fern.

Mein Blick haftet unentwegt auf ihrer zierlichen Gestalt. Sie steht bei ihrer Freundin und die beiden unterhalten sich, dann tanzen sie zusammen. Ihre pastellrosa Haare sehen aus wie Zuckerwatte. Die ganze Frau ist bunt und süß wie ein Jahrmarkt. Zufrieden beobachte ich, wie sie keine weiteren Anstalten macht, mit irgendwelchen Typen zu flirten. Besser für mich. Besser für sie.

»Na, Hübscher. Wie heißt du denn?« Eine Stimme lallt mir ins Ohr, begleitet von einer Prise Biergeruch. Damit sinkt meine Laune an den Nullpunkt. Ein Wunder, dass sich noch keine Eiskristalle an der Scheibe bilden. Eine betrunkene Tussi hat mir gerade noch gefehlt.

»Verpiss dich«, erwidere ich charmant knurrend, ohne sie anzusehen. Da ich weiter auf Miss Zuckerwatte starre, erkenne ich nicht, wie die Reaktion der Fremden ausfällt. Doch da sie kurz darauf über mich fluchend davontorkelt, scheint meine Botschaft angekommen zu sein.

Eine Stunde später will ich mir die fünfte Zigarette anzünden, doch meine Finger greifen in der Packung ins Leere. Um mich zu vergewissern, dass ich wirklich keine mehr habe, schaue ich hinein.

»Shit«, knurrte ich, zerknülle die Packung und lasse sie auf einem der Stehtische liegen.

Ich schaue mich um und spreche einen Kerl an, der wie ich alleine rumsteht. Als er mein Näherkommen bemerkt, hebt er den Blick und mustert mich von oben bis unten. Beeindruckt von meinem sympathischen Erscheinen verdüstert sich sein Blick und wird defensiv.

»Hast du 'ne Kippe für mich?«, frage ich.

Als ihm klar wird, dass ich keinen Ärger suche, entspannt er sich. Er hält mir seine Packung entgegen und ich nehme zwei heraus. Seine Gesichtszüge entgleisen ihm fast, als er diese Dreistigkeit bemerkt. Zum Glück hält er seine Klappe und ich nicke ihm kurz zu, ehe ich zu meinem Platz an der Wand zurückkehre.

Ich klemme mir die Zigarette zwischen die Zähne, schiebe die andere hinter mein Ohr und schaue zurück zu *ihr*.

Mein Herz setzt einen Schlag aus, als ich sie nicht mehr finde.

Scheiße, wo ist sie hin?

SIE

Leonies Blick wird immer träger, während wir tanzen. Sie hat vor einer halben Stunde aufgehört zu trinken und wird müde.

»Lass uns gehen«, jammert sie, als hätte ich es geahnt.

Im Gegensatz zu ihr fühle ich mich topfit. Am liebsten hätte ich die ganze Nacht durchgetanzt. Durch meine Flucht vor Dimitri habe ich Kopf und Kragen für diesen Abend riskiert. Ich möchte ihn bis zur letzten Sekunde auskosten.

Schade, dass mein Kennenlernen mit Tim, Julian und Aykan so jäh von diesem Fremden unterbrochen wurde. Ich hätte gerne noch etwas mit den Jungs geflirtet und vielleicht sogar unsere Nummern ausgetauscht. Aber nachdem Tim die Gratis-Bierdusche erhalten hat, sind die drei nach Hause gegangen.

»Na gut«, sage ich enttäuscht, lächele meine Freundin jedoch an. Sie belohnt mich, indem sie mich plötzlich in eine Umarmung zieht und fest drückt.

»Tut mir leid, Kiki. Morgen früh ist Uni.«

»Macht nichts, Leo. Inzwischen sind hier eh nur noch Alkoholleichen!« Ich hake mich bei ihr ein und wir gehen zusammen Richtung Ausgang. Auch mir kribbelt von den zahlreichen Drinks der Kopf. Alles fühlt sich taub und wie in Watte gepackt an. Angestrengt versuche ich, gerade zu gehen und mich nicht betrunken zu verhalten. Meine Stiefel fühlen sich an wie Stelzen. Alles ist so wackelig. Gleichzeitig finde ich es urkomisch und muss lachen.

Auf dem Weg nach draußen kommen wir an den anderen Räumen vorbei. Abgesehen von dem Mainfloor, auf dem die gängige Partymusik läuft, gibt es noch einen Techno- und einen Schlagerbereich. Außerdem gibt es einen separaten Raucherraum, in dem dichte Rauchschwaden die Sicht vernebeln. Als wir uns diesem Teil der Diskothek nähern, riecht es sofort nach Zigaretten.

Hinter der Glaswand befinden sich einige Personen. Manche stehen in Grüppchen an Tischen, doch viele sind alleine dort.

Leo hat bis vor einem Jahr auch geraucht. Ich habe so lange auf sie eingeredet, wie gesundheitsschädlich und stinkend das ist, bis sie irgendwann aufgegeben hat. Vermutlich war mein Nerven größer als ihre Sucht.

Plötzlich bleibt mein Blick an einem Mann hängen, der nahe der Glasscheibe steht und alarmiert hinaussieht, als hätte er etwas Schockierendes bemerkt. Eine Zigarette klemmt zwischen seinen Zähnen, das Feuerzeug hält er in der Hand.

Ich erkenne die schwarzen Linien der Tattoos, die sich seine Arme hochschlängeln, dann blicke ich in sein Gesicht. Seine dunklen Augen treffen meine. Sie sehen durch die Glasscheibe direkt zu mir hinab. Er muss den Kopf dazu vorneigen, weil ich ihm gerade mal bis zur Brust reiche. Ohne darüber nachzudenken, bleibe ich stehen, drehe mich zu ihm und starre ihn an wie ein Tier in einem Terrarium.

Leonie hält an und zieht verwundert an meinem Arm.

»Was ist los? Kommst du?« Es hört sich an, als wäre ihre Stimme weit weg.

Ich bin fasziniert von seinen Augen, seinen Tattoos, dem schwarzen T-Shirt, das an ihm klebt wie eine zweite Haut, und von seinem markanten Gesicht, welches nur spärlich von dem Licht der Lampen gestreift wird. Er steht nur wenige Zentimeter von mir entfernt. Lediglich die Glasscheibe trennt unsere Körper voneinander und doch kommt es mir vor, als könnte ich seine Hitze durch sie hindurch spüren. Die kleinen Haare an meinen Armen und in meinem Nacken stellen sich auf. Eine Gänsehaut überzieht meinen Körper. Eine unsichtbare Kraft zieht mich nach vorn.

Wer bist du?

Als er blinzelt und sich die Zigarette anzündet, zerreißt der Moment, der mich gefangen hält. Es ist, als würde ich aus tiefem Wasser auftauchen. Ich schnappe nach Luft und bemerke erst jetzt, dass ich sie angehalten habe.

Jetzt, da ich aus meinem Tagtraum aufwache, ist es mir peinlich, ihn derart angeglotzt zu haben wie eine Attraktion im Zoo. Die Schamesröte schießt mir in die Wangen und ich bin froh, dass er es in der dunklen Umgebung nicht bemerken wird.

Ich lächele ihn freundlich an und winke ihm zu.

Er schaut so finster drein, dass ich den Wunsch verspüre, ihn aufzumuntern.

Kein Muskel regt sich in seinem Gesicht. Das Ende seiner Zigarette leuchtet rot auf, als er daran zieht und den Rauch abfällig gegen die Scheibe in Höhe meines Gesichtes pustet.

Was für ein arroganter Mistkerl!

Ich fasse es nicht. Diese Geste kommt einem Mittelfinger gleich! Meine Faszination löst sich auf wie der Zigarettenqualm. Bevor ich reagieren kann, rüttelt Leonie erneut an mir.

»Kiki!«, ruft sie mich.

»Ja, sorry. Lass uns gehen.« Ich hake mich erneut bei ihr ein und schüttele unterwegs meinen Kopf.

»So ein Arsch«, ärgere ich mich.

Dennoch – ich bin vieles, aber keine Zicke. Ich würde ihn jederzeit wieder anlächeln, auch wenn ich mich gerade aufrege.

Wir holen unsere Jacken an der Garderobe ab und verlassen anschließend die Diskothek. Draußen ist es eiskalt, vor allem, weil wir verschwitzt sind. Ich hätte auf Dimitri hören und mir einen Schal anziehen sollen. Diese Einsicht kommt einige Stunden zu spät.

Ich halte mich dicht an Leo und versuche, mich an ihr zu wärmen, während wir zurück zum Willy-Brandt-Platz laufen. Es ist eine Ebene, die mit großen, grauen Pflastersteinen bedeckt ist und durch deren Mitte die S-Bahn-Schienen verlaufen. Eingegrenzt wird er auf der einen Seite von dem Euro-Tower, auf der anderen Seite von dem Wolkenkratzer der Commerz-Bank. Direkt hinter dem Platz erstreckt sich die Gallus-Anlage, ein innerstädtischer Park mit schönen Bäumen, Rasenflächen und Spazierwegen. Gegenüber befindet sich das große, flache Opern- und Theatergebäude. Die Grünanlage und der Platz trennen das Bahnhofsviertel von der Innenstadt.

Die Metropole ist gut beleuchtet, doch inzwischen sind kaum mehr Menschen auf den Straßen. Vereinzelte Partygäste sind auf dem Weg nach Hause, ansonsten warten nur noch zwielichtige Gestalten an den Ecken wie Spinnen auf ihre Beute.

Auf einmal beschleunigt sich mein Puls, meine Atmung wird flach und ich verspüre den Drang, mich nach hinten umzusehen.

»Und du kommst gleich klar zu Hause mit deinem Vater?«, fragt Leo und verhindert damit, dass ich mich meiner Panik hingeben kann.

»Muss ich wohl«, antworte ich und rümpfe meine Nase. »Es wird mit Sicherheit ein Riesen-Donnerwetter geben. Aber ich habe es ja auch irgendwie verdient.«

»Hast du überhaupt nicht! Du bist erwachsen, Kiki, und kein kleines Kind mehr, das er einsperren kann. Er kann dir nichts verbieten und er muss verstehen, dass es keine sonderlich entspannte Feier wird, wenn er dir seinen Aufpasser mitschickt!«

»Ja, ich weiß. Aber ich hätte dennoch nicht einfach davonlaufen sollen. Vor allem nicht, weil Dimitri sicher richtig Ärger bekommt.« Je mehr sich der Alkohol und die Aufregung des Abends in meinem Körper abbaut, desto größer werden meine

Gewissensbisse. Ich muss mich bei ihm entschuldigen. Unbedingt.

Mit klopfendem Herzen ziehe ich mein Handy aus meiner Jackentasche und schalte es ein.

Zehn verpasste Anrufe und drei bitterböse Nachrichten von meinem Vater. Die letzte lautet *»das wird Konsequenzen haben.«*

Ich stöhne und lehne mich an Leos Schulter, nachdem wir uns an der Haltestelle auf eine Bank setzen.

»Warten wir auf den Nachtbus oder soll ich uns ein Taxi rufen?«, frage ich meine Freundin. Ihre Finger streicheln vorsichtig durch das Haar, welches über meinen Rücken fällt. Die zärtliche Berührung tröstet mich etwas.

»Ich rufe gleich ein Taxi. Der Weg von der Bushaltestelle bis nach Hause ist mir im Dunkeln etwas zu weit«, füge ich an, bevor sie aus Kostengründen den Nachtbus wählt.

»Willst du bei mir pennen?«, bietet mir meine Freundin besorgt an, doch ich schüttele den Kopf.

»Nein, sonst mache ich es nur schlimmer. Lieber bringe ich den Ärger direkt hinter mich.«

Seufzend wähle ich die Nummer eines Taxiunternehmens. Wenige Minuten später hält ein eierschalenfarbener Mercedes am Straßenrand. Der Fahrer ist ein fülliger Mann im Alter von meinem Vater. Er redet nicht viel und fährt uns souverän zuerst zu mir nach Hause. Unser Wohnviertel liegt auf dem Weg nach Offenbach, wo Leonie zusammen mit ihren Eltern und ihrem Bruder wohnt.

Als wir vor dem Betonklotz, das ich mein Zuhause nenne, halten, drücke ich dem Fahrer bereits genügend Geld in die Hand, damit meine Freundin später nichts zahlen muss.

Ich weiß, dass sie das nicht mag, aber ich weiß auch, dass sie im Gegensatz zu mir jeden Penny zweimal umdrehen muss. Bevor ich gehe, umarme ich sie noch einmal und sie wirft mir einen mitleidvollen Blick zu. Ihre geflochtenen Zöpfe haben sich fast aufgelöst und ihre roten Haare werden nur von ihrem Haarband gehalten. Auch ihr Lippenstift ist verblasst und ihre Wimperntusche verschmiert. Sie sieht wirklich erledigt aus.

»Gute Nacht, Leo. Danke für den Abend!«, rufe ich ihr zu, als ich bereits ausgestiegen bin.

»Gute Nacht, Süße! Viel Glück mit deinem Vater! Meld dich!«

Dann schließe ich die Tür des Taxis und sehe den roten Rücklichtern nach, bis sie um die nächste Ecke gebogen sind. Seufzend und fröstelnd verschränke ich meine Arme vor meiner Brust und schaue in den Himmel. Es ist so kalt, dass mein Atem kleine Wölkchen formt.

Ich schaue zu dem Haus. Der Weg zur Eingangstür wird rechts und links von in den Boden eingelassenen Strahlern umrahmt. Abgesehen von zwei rund geschnittenen Buchsbäumen gibt es keine Pflanzen im Vorgarten. Mein Vater hat alles mit Kieselsteinen aufschütten lassen. Er meint, das sei pflegeleichter.

Die schmalen, hohen Fenster sind allesamt dunkel. Nur an dem meines Zimmers sehe ich das schwache Leuchten einer Lichterkette um die Hängepflanze. Ich habe vergessen, sie auszumachen, bevor ich gegangen bin.

Ich beruhige mich mit dem Gedanken, dass mein Vater bereits schläft und mich der Ärger erst morgen früh erwartet, als ich auf die graue Eingangstür zugehe und leise aufschließe.

Der Bewegungssensor geht an und sowohl der Außenbereich als auch der Flur im Inneren werden erhellt. Ich streife meine Stiefeletten ab und stelle sie in das Schuhregal. Morgen muss ich sie putzen. Keine Ahnung, was da alles Ekliges dranklebt. Ich erkenne einen Kaugummi und ein paar Steinchen. Schlimmer ist, dass sie zwei Meter gegen den Wind nach Bier stinken.

Auf Zehenspitzen schleiche ich die Betontreppe hinauf und gehe ins Bad, wo ich im Spiegel einen Schock über meinen Zustand bekomme. Meine Haare sind vom Wind und vom

Tanzen so zerzaust wie ein Vogelnest und von meiner Schminke ist nicht mehr viel übrig.

Ich putze mir die Zähne und wasche mein Gesicht. Meine Mascara klebt mir dunkel unter den Augen und ich brauche mehrere Wattepads, um sie loszuwerden. Die Haare knote ich zu einem unordentlichen Dutt, dann stütze ich mich mit den Händen auf den Rand des Waschbeckens und sehe mir in mein ungeschminktes Gesicht. Ich finde, ohne Make-up sehe ich aus wie fünfzehn.

»Spieglein, Spieglein an der Wand, wer ist die schlechteste Tochter im ganzen Land?« Ich schaue mir müde in die Augen. »Ihr, Kiki, seid die böseste Tochter hier und kein Kind auf der Welt ist schlechter als Ihr!« Ich verstelle meine Stimme, sodass sie tief und männlich klingt. Zum Glück sieht mich keiner, wie ich verzweifelten Quatsch mache. Sonst würde man mich noch für verrückt halten. Oder machen andere Leute auch so einen Unsinn, wenn sie sich alleine fühlen?

Schließlich trotte ich in mein Zimmer und lasse die Rollläden herunter. Ich kann durch das eingeschaltete Licht hinter mir kaum etwas auf der Straße erkennen. Doch dann fällt mir plötzlich etwas auf. Ein Schemen an einer Hauswand gegenüber.

Mit einem Mal wird mir schwindlig und Hitze flutet meinen Körper. Ich schlage nach rechts auf den Lichtschalter, der sich neben dem Fenster an der Wand befindet. Mein Zimmer wird dunkel und sofort erkenne ich die Außenwelt deutlicher.

Ich kneife meine Augen leicht zusammen und spüre mein Herz in meinem Hals pulsieren.

Dort steht ein Mann. Eine große, dunkle Silhouette zeichnet sich gegen die Hauswand unseres Nachbarn ab. Er schaut in die Richtung unseres Hauses, doch sein Gesicht kann ich nicht erkennen. Die Worte meines Vaters hallen in meinem Kopf wider.

»Da draußen gibt es üble Kerle, die nur darauf warten, dass du ihnen in die Hände läufst.«

Eilig packe ich das Zugband des Rollladens und lasse es durch meine Finger gleiten, dass es fast meine Haut verbrennt. Krachend rattert der Rollladen nach unten und schirmt mich von dem Schatten draußen ab.

Ich renne in mein Bett und ziehe mir die Bettdecke bis unter das Kinn. Mit rasendem Herzen starre ich in die Dunkelheit meines Zimmers hinein.

Wie lange stand er dort schon? Ist er mir gefolgt? Soll ich meinen Vater wecken?

Vor Angst kneife ich meine Augen zusammen und spanne meinen ganzen Körper an. Dann lausche ich angestrengt, ob ich verdächtige Geräusche von der Haustür höre.

Es bleibt still. Alles, was ich vernehme, ist das Rauschen des Blutes in meinen Ohren.

Ich greife nach meinem Handy und schreibe eine Nachricht an Leo.

Ich:

»Bist du gut angekommen? Liege jetzt im Bett. Gott, Leo! Draußen steht irgendein Typ und schaut zu unserem Haus! Ich hab so Angst! Was soll ich machen?«

Leo:

»Ja, bin auch eben angekommen. Ganz ruhig, Kiki! Das ist bestimmt einer, der euer Haus bewacht. Ihr habt Sicherheitskameras, eine Alarmanlage und einer der Bodyguards ist auch bei euch daheim. Es kann dir nichts passieren. Du bist in Sicherheit!«

Ihre Worte beruhigen mich etwas. Je länger ich darüber nachdenke, welche Vorkehrungen mein Vater in seiner Paranoia getroffen hat, um uns vor Fremden zu schützen, desto besser fühle ich mich.

»Es ist alles gut«, rede ich mir ein. Dennoch brauche ich in dieser Nacht lange, bis ich einschlafe.

ER

Der Horizont färbt sich in ein helles Blau, als ich früh am Morgen die Tür zu meiner Wohnung aufschließe. Sie liegt mitten in der Stadt und ich zahle einen Arsch voll Miete für die wenigen Quadratmeter, die auch noch schlecht in Schuss sind. Die Tapete blättert von den Wänden im Flur und der Spülkasten des WCs tropft ständig nach. Die Lichtschalter und Steckdosen präsentieren sich in einem schmierigen Gelb und die Türen knarren beim Öffnen und Schließen. Seit Ewigkeiten will ich mir Zeit nehmen, um die Toilette zu reparieren, die Scharniere zu ölen und die Wände neu zu tapezieren. Doch wie so häufig falle ich auch heute einfach nur erledigt in mein Bett.

Ich schaffe es gerade so, meine Stiefel abzustreifen, und lasse meine nach Rauch stinkenden, verschwitzten Klamotten an. Wie lange bin ich schon wach? Einen Tag? Zwei Tage? Keine Ahnung.

»Wach werden«, befiehlt eine Stimme neben mir. Ich spüre, wie jemand unsanft gegen meine Füße tritt. Widerwillig quält sich mein übermüdeter Verstand in einen Zustand, der dem Wort »wach« am nächsten kommt. Mein Gehirn fühlt sich an wie Wackelpudding. Ich kriege meine Lider kaum auseinander. Stöhnend setze ich mich auf und reibe mir mit Daumen und Zeigefinger über die geschwollenen Augen. Geblendet von dem Licht in meinem Zimmer schaffe ich es gerade so, mit gesenktem

Kopf durch eines zu der Gestalt zu schielen, die es sich auf meinem Schreibtischstuhl bequem gemacht hat.

»Was willst du, Ace?«, knurre ich zurück. Ich bin nicht gut gelaunt, wenn man mich nach drei Stunden Schlaf aus dem Delirium prügelt. Wer wäre das schon? »Du weißt, dass du nicht hierher kommen sollst.«

Mein Besucher verschränkt die Arme. Er hat kalte, blaue Augen. Sie stechen aus seinem gebräunten Gesicht heraus wie zwei Diamanten. Er wird von uns Ace genannt, weil er ein Trickster ist, der immer ein Ass im Ärmel hat. Wie sein echter Name ist? Keine Ahnung. Das interessiert in unserer Welt niemanden. Ace schaut mich mit einem wölfischen Grinsen an und fährt sich mit einer Hand durch seine kurzen, zerzausten Haare.

»Du weißt, dass ich gerne Dinge tue, die ich nicht tun darf.«

»Du weißt, dass ich dir gerne auf die Schnauze haue?«, frage ich zurück. »Also, was willst du? Rück raus mit der Sprache. Du bist doch nicht hier, um mich zu wecken wie der Prinz das Dornröschen.«

»Was? Nein. Der Prinz bei Dornröschen hat sich die Augen an den Dornen ausgestochen. Tut mir leid, aber so sehr liebe ich dich dann doch nicht.«

Ich runzele meine Stirn und sehe ihn an. Dann schüttele ich den Kopf. Am besten frage ich gar nicht erst, woher er sowas weiß.

»Zahltag«, sagt Ace und greift in die Innenseite seines legeren Jacketts. Er zieht einen weißen Umschlag heraus und überreicht ihn mir. Zögerlich nehme ich ihn entgegen und schaue ihn misstrauisch an.

»Seit wann bist du der Finanzmeister? Was ist mit Jess passiert?«

Ace zuckt die Schultern und schaut mich undurchdringlich an. »Ich wurde wohl befördert.«

Ich lasse diese Aussage unkommentiert. Stattdessen öffne ich den weißen Umschlag mit meinem Daumen und zähle die Scheine, die sich im Inneren befinden.

»Willst du mich verarschen? Wo ist der Rest?« Im Umschlag befindet sich zu wenig. Viel zu wenig. Zorn pulsiert durch meine Adern und vertreibt auch den letzten Rest Müdigkeit aus meinen Gliedern.

Unschuldig hebt Ace seine Arme und sieht mich bedauernd an. »Sorry. Da ist nicht mehr für dich drin. Du hast eben noch Schulden abzubezahlen.«

»Fick dich, Ace! Sag dem Boss, dass er mich mal lecken kann!«, fahre ich ihn an und stehe auf. Meine Wut braucht ein Ventil, doch so schnell finde ich nichts, wo ich sie loswerden kann – außer auf meinen Besucher loszugehen, doch das würde unter Umständen nicht gut enden. Außerdem weiß ich im Innern, dass er nichts dafür kann.

»Sag es ihm selbst, wenn du ihn siehst.« Ace steht ebenfalls auf und geht auf mich zu. Wir begegnen uns auf Augenhöhe, denn er ist genauso groß wie ich. Freundschaftlich klopft er mir auf die Schulter und lächelt schief. Er sagt nichts. Dann wendet er sich ab und steckt sich ein Kaugummi in den Mund.

»Ich muss jetzt weiter. Habe noch ein paar andere Hausbesuche zu machen«, verabschiedet er sich.

»Beim nächsten Mal kündige dich an und brich nicht bei mir ein wie ein verdammter Dieb.«

Ace antwortet nicht und schwenkt seine Hand winkend über seinem Kopf. Das Problem an der Sache: Er *ist* ein verdammter Dieb.

Als mein Besuch aus der Wohnung verschwunden ist, werfe ich einen Blick auf die Uhr. Es ist gerade mal acht und ich habe wirklich erst drei Stunden geschlafen.

Es ist Freitagmorgen.

Freitag.

Plötzlich fällt mir etwas ein und ich eile in den Flur und klopfe an der Zimmertür meiner kleinen Schwester.

»Aurora!«, rufe ich laut, während ich mit der flachen Hand gegen die Tür schlage. »Aufstehen! Schule!«

Als ich keine Antwort bekomme, klopfe ich erneut. »Aurora!!« Ich lehne meinen Kopf vor, um zu lauschen, doch ich höre nur Stille.

»Spinnst du?« Eine Stimme hinter mir lässt mich herumfahren. Aurora steht mit einer dampfenden Tasse im Türrahmen der Küche und trägt ihren weißen Frotteebademantel. Ihr brauner, kinnlanger Bob ist zerwühlt und sie sieht mich verschlafen an.

»Es ist Freitag, du musst in die Schule! Steh nicht so da rum, mach dich fertig!«, befehle ich ihr.

»Boah, beruhig dich. Wir haben heute frei. Es ist Brückentag. Außerdem – wann habe ich schon mal verschlafen? Noch nie!« Sie schiebt ihre Unterlippe vor und schmollt.

»Seit wann bist du wach?«, frage ich alarmiert.

»Seitdem dieser Typ geklingelt hat und du nicht aufgestanden bist. Ich habe die Tür aufgemacht und gerade Kaffee gekocht.« Aurora kräuselt ihre Stirn und sieht mich an, als hätte ich den Verstand verloren.

»Du sollst keinen Fremden die Tür aufmachen.« Ich seufze und sehe sie vorwurfsvoll an. Sie antwortet nicht und hält mir stattdessen die Tasse entgegen, die sie in der Hand hat.

»Kaffee?«, fragt sie unschuldig und ich nehme das Getränk dankbar entgegen.

»Den kann ich jetzt gebrauchen.«

»Was war das für ein Mann?«, fragt sie neugierig, als sie sich an den Küchentisch setzt, ich das Fenster öffne und zu meinem Kaffee eine Zigarette anzünde. Den Rauch puste ich hinaus in den Hinterhof.

»Nur ein Kumpel, der mir etwas vorbeigebracht hat«, erkläre ich und lächele sie an.

»Kennst du ihn von deiner Arbeit?«, fragt sie weiter. Ich mag es nicht, dass sie ihre Nase in meine Angelegenheiten steckt, aber verübeln kann ich es ihr auch nicht. Sie hat keine Ahnung, wer ihr Bruder ist. Was ihr Bruder macht.

»Ja. Er hat mir nur meine Gehaltsabrechnung vorbeigebracht. Er war ohnehin gerade in der Gegend. Er wusste nicht, dass ich gestern spät nach Hause gekommen bin«, versuche ich, mich mit der Halbwahrheit herauszureden.

»Wie war die Party gestern? Wann kann ich denn mal mitkommen?« Auroras braune Augen funkeln aufgeregt.

Ich schaue sie lange an und überlege, welche Antwort sie am wenigsten traurig macht. »Bald mal.«

Als ich am nächsten Morgen aufwache, fühle ich mich erstaunlich fit. Mir ist nur ein wenig flau im Magen, doch die richtige Übelkeit und die Kopfschmerzen bleiben aus. Ich habe Glück, keinen mordsmäßigen Kater zu haben. Gut geht es mir trotzdem nicht. Kaum habe ich die Augen aufgeschlagen, nagen das schlechte Gewissen und die Angst, wie mein Vater reagieren wird, wieder an mir.

Ein Blick auf mein Handy verrät mir, dass es Mittag ist. Das bedeutet, dass mein Vater nicht hier sein wird, um mir eine Lektion zu erteilen - denn im Augenblick sitzt er wahrscheinlich auf einem dreifach gepolsterten Drehstuhl im Gebäude seiner Firma und arbeitet. Ich strecke mich ausgiebig und wühle mich aus meinem Bett. In meinem Zimmer ist es stockdunkel. Die Rollläden lassen kein Licht hindurch. Als ich zum Fenster rübergehe, beschleunigt sich mein Puls bei der Erinnerung an gestern

Nacht. Eine Gänsehaut rieselt meine Wirbelsäule hinab bei der Vorstellung der Männergestalt an der Hauswand gegenüber.

Wer war er und was wollte er?

Für einen Moment entsteht ein Horrorszenario in meinem Kopf, in dem ich mir vorstelle, dass mich ein Blutbad erwartet, wenn ich gleich die Treppe hinabgehe. Was, wenn ich dort die Leichen meines Vaters und Dimitri in der Küche finde? Der Boden und die Wände sind rot verschmiert und bespritzt. Wie in einem Horrorfilm. Ich weiß, dass ich mir etwas zusammenspinne, und dennoch werde ich die Furcht nicht los.

Ich ziehe die Rollläden nicht vollständig hoch, sondern renne lieber sofort ins untere Geschoss. Als ich in die Küche eile und in der Tür stehenbleibe, schaut mich unsere Haushälterin Ramona überrascht, aber freundlich an. Sie hält einen Putzlappen in der Hand und war gerade dabei, die Küchenfronten abzuwischen.

»Fräulein König«, begrüßt sie mich. »Möchten Sie einen Kaffee?«

Ramona ist eine Frau mittleren Alters. Sie hat blond gefärbte, hochgesteckte Haare, ist ein bisschen mollig und superlieb. Doch egal wie oft ich ihr sage, dass sie mich Kiki oder wenigstens Viktoria nennen soll, immer wieder nennt sie mich »Fräulein König«.

»Kaffee klingt himmlisch«, sage ich und lasse mich seufzend auf einen Barhocker an der Kücheninsel sinken. Ramona geht zu unserem Vollautomaten und kurz darauf höre ich das Mahlen der Bohnen und das Zischen der aufschäumenden Milch.

Die Haushälterin schiebt mir schließlich ein hohes Latte macchiato Glas entgegen. Sie weiß genau, dass ich Kaffee nur in homöopathischen Dosen, mit viel Milchschaum oder Sahne und Vanillesirup vertrage.

»Du bist die Beste«, sage ich und seufze dankbar. Ich ziehe das Getränk zu mir heran und streue Zucker auf die Schaumkrone. Als ich sie mit dem Löffel in meinen Mund verfrachte, knirscht es zwischen meinen Zähnen.

»Möchten Sie etwas essen?«, fragt Ramona.

»Ja, gerne.« Möglicherweise kriege ich so das flaue Gefühl in meinem Magen weg. »Ein Brot mit Marmelade.«

Kurz darauf stellt die Haushälterin einen Teller vor mich, auf dem eine Scheibe Bio-Vollkorn-Brot mit ihrer selbstgemachten Pfirsichmarmelade liegt. Ich liebe diese Konfitüre. Ramona macht sie für mich immer extrasüß.

»Wie war mein Vater heute morgen drauf?«, frage ich vorsichtig nach. Ramona beginnt ihren Tag meist früh, indem sie Frühstück und Kaffee für Alois macht. Erst wenn er zur Arbeit gegangen ist, beginnt sie mit lärmenden Hausarbeiten. Daher weiß sie meist schon vor mir, was für eine Laune er an diesem Tag hat.

Es ist nicht Ramona, die mir antwortet, sondern eine Stimme aus dem Flur.

»Schlecht.« Es ist die raue, männliche Stimme meines Vaters. Sofort wird mir heiß und ein taubes Gefühl rauscht durch meinen Körper. Ertappt drehe ich mich zu ihm um. Hochgewachsen und schlank steht er in seinem Anzug im Türrahmen. Seine grau melierten Haare sind zurückgekämmt, sein Kinn frisch rasiert. Hart und anklagend bohrt sich sein Blick in mich, sodass ich auf dem Hocker zusammensinke.

»Guten Morgen, Vater«, sage ich leise und ärgere mich über mich selbst, dass ich mich so klein mache. Wäre Leonie jetzt hier, würde sie mir sagen, dass ich mich nicht von ihm unterdrücken lassen soll. Dass es mein Recht ist, ein freies Leben zu führen, über das ich selbst bestimmen kann.

»Es ist bereits Mittag«, korrigiert mich Alois und sieht mich an, als wäre das die letzte Bestätigung für mein Versagen als Tochter. Ich möchte mich nicht mit ihm streiten. Ich möchte ihn nicht anlügen oder hintergehen. Alles, was ich will, ist, dass er mich so liebt, wie ich bin, und nicht versucht, mich mit Gewalt in die Form zu pressen, die er bevorzugt.

»Ja, entschuldige. Bist du nicht an der Arbeit?«, frage ich in dem Versuch, einen Smalltalk zu beginnen, damit er nicht auf gestern Nacht zu sprechen kommt.

»Ich arbeite heute von zu Hause aus, da ich meine Tochter ja offenbar nicht aus den Augen lassen kann.« Natürlich geht mein Plan nicht auf. Jetzt bekomme ich einen Einlauf.

Ramona huscht an meinem Vater vorbei aus der Küche und tut so, als würde sie unseren Familienstreit nicht mitbekommen. Als sie aus unserem Sichtfeld verschwunden ist, kommt Alois auf mich zu und bleibt vor der Kücheninsel stehen. Er baut sich vor mir auf und ich werde immer kleiner. Mein schlechtes Gewissen ist zu groß, ich kann mich in diesem Moment nicht gegen ihn wehren.

»Hast du auch nur die leiseste Ahnung, wie verantwortungslos und gefährlich dein Verhalten ist?«, fährt er mich wütend an. Seine Haut am Hals wird rot und fleckig.

Ich zucke zusammen.

»Denkst du, ich schicke Dimitri mit dir mit, weil es mir Spaß macht, meine Tochter zu überwachen? Es geht hier um deine eigene Sicherheit! Aber du hast nichts Besseres zu tun, als dich nachts heimlich davonzustehlen und ihm dann auch noch davonzulaufen! Zu allem Überfluss machst du dein Handy aus, sodass ich die ganze Nacht vor Sorge beinahe durchgedreht bin! Ich dachte, es sei sonst etwas passiert!« Er schreit mich an. Das hat er noch nie zuvor. Egal wie sehr wir uns gestritten hatten. Er ist nie derart außer sich gewesen. Ich erkenne ihn kaum wieder. Sein Gesicht ist rot und wutverzerrt.

Tränen schießen mir ungewollt in meine Augen und ich wische sie eilig mit dem Ärmel davon. »Hör auf!«, rufe ich verzweifelt und springe von dem Barhocker auf. Ich bringe etwas Abstand zwischen uns und flüchte um die Kücheninsel herum. »Hör auf! Ich habe genug davon! Siehst du nicht, wie du geworden bist? Wie kaputt dich deine Arbeit gemacht hat? Du bist paranoid, Vater! Paranoid! Und du lässt mich unter deinem irrsinnigen Wahn leiden! Ich möchte doch einfach nur ein ganz normales Leben führen wie andere in meinem Alter auch!«

Er atmet tief ein, sein Brustkorb hebt sich dabei an und seine Augen folgen mir mit ihrem Blick. Unverwandt sieht er mich an. Nachdem er ausgerastet ist, ist er jetzt wieder ganz ruhig. Ich weiß nicht, ob mir das noch mehr Angst macht.

»Gut«, sagt er schließlich. »Wie du meinst. Es tut mir leid, Viktoria. Lass uns nicht weiter streiten. Ich bin zu weit gegangen.«

Irritiert von seiner wechselhaften Laune blinzele ich. Er öffnet seine Arme einladend und sieht mich entschuldigend an. Vorsichtig wie ein verschrecktes Tier gehe ich auf ihn zu.

»Ich weiß, dass mein Job mich vereinnahmt, dass ich wenig Zeit für dich habe und dass du darunter leidest. Du hast kein Interesse daran, in meine Geschäfte einzusteigen, und vielleicht ist das auch besser so. Es ist ohnehin zu gefährlich. Die Pharma-Industrie ist ein einziges Haifischbecken. Kein Ort für eine sensible Persönlichkeit wie dich.«

Mein Vater nimmt mich in den Arm und drückt mich an sich. Dass er endlich Einsicht zeigt, berührt mich so sehr, dass ich schluchzen muss. Fürsorglich streichelt er mir durch mein Haar und küsst mich auf die Schläfe.

»Machen wir einen Deal. Du kannst rausgehen, wann du willst, aber du versprichst mir, dein Handy anzulassen, damit wir dich zur Not orten können, und du meldest dich ab und an. Du kannst studieren, was dir beliebt, aber dafür hörst du auf mich, wenn ich dir etwas verbiete. Denn dann ist es zu deinem eigenen Wohl, da kannst du mir vertrauen.«

In der Umarmung meines Vaters fühle ich mich wieder wie ein kleines Mädchen. Ich möchte mich an seiner Brust vergraben und seinen tröstenden Worten Glauben schenken.

»Abgemacht«, stimme ich leise zu. »Es tut mir unendlich leid. Ich wollte dir keine Sorgen machen und keine schlechte Tochter sein.«

Wir lösen uns voneinander und ich lächele meinen Vater erleichtert an. Vielleicht war dieser Krach längst notwendig. Vielleicht hat er uns gutgetan. Alois erwidert meinen Blick und streicht mir vorsichtig mit seinem rauen Daumen die Tränen aus dem Gesicht.

»Ich will dich nicht weinen sehen, meine kleine Prinzessin. Du weißt doch, eine Königin zieht ihr Schwert.«

Ich schniefe, lache und trockne auch den Rest meiner Tränen mit meinem Ärmel. Ein König zieht sein Schwert, das ist unser Familienmotto. Seitdem mein Vater und ich alleine sind, gibt es uns Stärke und Zuversicht in dunklen Stunden.

»Was ist denn jetzt mit Dimitri? Er kann doch bleiben und wird nicht gekündigt, oder?«

Vaters blaugrüne Augen mustern mich. Dann nickt er. Ich atme erleichtert aus und nehme mir vor, mich bei dem Leibwächter zu entschuldigen, sobald ich ihn sehe.

»Ich bin jetzt wieder im Büro.« Mit diesen Worten verabschiedet sich mein Vater und lässt mich in der Küche alleine, wo ich mich meinem Frühstück zuwende. Nachdenklich nehme ich das Marmeladenbrot in die Hand. Meine Finger zittern noch von der Anspannung des Streits. Ich kann gar nicht glauben, dass er endlich den Fehler in seinem Verhalten eingesehen hat. Dass er so schnell meine goldenen Ketten löst und mich in die Freiheit entlässt. Seine plötzliche Meinungsänderung hinterlässt einen bitteren Beigeschmack auf meiner Zunge.

Während ich frühstücke, schreibe ich eine Nachricht an Leo.

Ich:

»Habe mit meinem Vater gesprochen. Er sieht ein, dass es so nicht weitergehen kann. Jetzt wird alles gut!«

Nachdem ich das Brot gegessen habe, schnappe ich mir meinen Laptop und informiere mich über die Zulassungsvoraussetzungen zu dem Studium der Umwelt-Technik an der Hochschule Rhein-Main. Es gibt keinen Numerus clausus, aber die Einschreibungsfrist endet in einer Woche. Daher mache ich meine Bewerbungsunterlagen sofort fertig und erledige alles online. In wenigen Tagen sollte ich also meinen Zulassungsbescheid erhalten und mich bald immatrikulieren können. Dann würde ich endgültig meine Schulzeit hinter mir lassen und ein Leben als Studentin beginnen.

Doch bis es soweit ist, sollte ich meine freie Zeit genießen und mir einen Nebenjob suchen. Zwar bekomme ich von meinem Vater alles, was ich mir wünsche, doch ich will endlich etwas Unabhängigkeit schaffen. Wenn ich finanziell nicht mehr auf ihn angewiesen bin, würde es mir leichter fallen, mich gegen seine Vorschriften zu wehren. Außerdem will ich neue Erfahrungen sammeln und aufhören, die kleine Prinzessin zu sein.

Ich entschließe mich, mich anzuziehen und in die Stadt zu fahren, um mich dort bei den Restaurants und Geschäften nach Jobs umzusehen. Da ich einen souveränen und erwachsenen Eindruck vermitteln will, ziehe ich mir nach dem Duschen meinen rosa Kaschmirpullover mit dem weißen Krageneinsatz und eine cremefarbene Stoffhose an. Dazu wähle ich schwarze Pumps und einen gleichfarbigen Blazer. Ich forme meine Haare zu einem legeren, lockeren Dutt und trage etwas dezente Schminke auf, damit ich erwachsener aussehe.

Anschließend betrachte ich mein Werk in dem großen Spiegel in meinem Zimmer und drehe mich hin und her. Als ich mich für stadttauglich erachte, gehe ich zu dem Büro meines Vaters und klopfe an.

»Ja?«, antwortet mir seine Stimme und ich öffne die Tür, um meinen Kopf hindurchzustecken.

»Ich fahre in die Stadt. Habe mein Handy dabei und an. Vor Sonnenuntergang bin ich zurück, okay?« Ich will meinen guten Willen zeigen und meinen Vater über mein Vorhaben informieren. Er dankt es mir mit einem Lächeln und einem Kopfnicken.

»Sei vorsichtig«, sagt er dennoch.

Ich werfe ihm einen Kuss zu, dann gehe ich die Treppe hinunter. Als ich bei der Haustür und dem Schuhregal ankomme, stelle ich fest, dass Ramona meine weißen Stiefeletten von gestern bereits geputzt hat. Diese Frau ist einfach ein Engel!

Lächelnd verlasse ich unser Haus. Als mein Blick jedoch das Nachbargebäude streift, den Ort, wo der Schatten gestern Nacht gestanden hat, fällt mein Lächeln in sich zusammen.

Mit schnellen Schritten mache ich mich auf den Weg zur S-Bahn-Haltestelle und sehe mich dabei ab und zu nach hinten um. Ich will sichergehen, dass mir niemand folgt. Es ist Freitag und für die Schüler ein Brückentag, da gestern Feiertag war. Deswegen haben auch viele Arbeitende frei und nutzen den Tag, um shoppen oder spazieren zu gehen. Es sind mehr Menschen draußen unterwegs als an einem normalen Wochentag. Ich fahre mit der Bahn in die Innenstadt und steige dort aus.

Die Fußgängerzone wimmelt nur so vor Leuten. Einige eilen gehetzt an mir vorbei, andere bummeln händchenhaltend durch die Straße. Große, kleine, dicke, dünne, helle, dunkle, hier ist alles vertreten. Jede Herkunft, jedes Alter, jede Religion und jede Farbe. Ich liebe die Vielfalt. Ich liebe die Menschen. Sie erinnern mich an Pflanzen. Der eine eher dezent und unauffällig wie ein Gänseblümchen, der andere extravagant und reizvoll wie eine Orchidee und der andere schlicht und elegant wie eine Weide. Manche brauchen die Sonne, andere wiederum verstecken sich im Schatten und einige leben in Schnee und Eis. Diese Vielfalt ist es, die jeden von uns einzigartig macht. Jeder hat seine eigene Schönheit, seine eigene Faszination.

»Welche Pflanze bin ich?«, frage ich mich, während ich die Fußgängerzone entlangspaziere und an den Schaufenstern nach Aushängen Ausschau halte.

ER

Als sie ihr Haus verlässt und die Tür hinter sich schließt, bemerkt sie nicht, dass ich ganz nah bei ihr stehe. So nah, dass ich ihren blumig-süßen Duft wahrnehmen kann. Ich befinde mich direkt an der Hauswand um die Ecke und dennoch bleibe ich ihr verborgen. Als sie eiligen Schrittes fast fluchtartig losgeht, folge ich ihr mit etwas Abstand. Ich achte stets darauf, dass ein paar Menschen zwischen uns sind. Als sie sich plötzlich nach hinten umdreht, sieht sie mich nicht. Warum schaut sie sich um? Hat sie doch bemerkt, dass ich ihr folge?

Ich steige in einen anderen S-Bahn-Wagon und setze mich so, dass ich sie durch die Spiegelung der Fensterscheiben beobachten kann. Sie tippt an ihrem Handy herum und ich nutze die Zeit, die Personen in ihrer Nähe zu mustern. Neben ihr sitzt eine alte Frau mit zwei Tüten voll Pfandflaschen und auf den Sitzen hinter ihr hört eine Gruppe Jugendlicher lautstark Musik. Können die sich keine Kopfhörer leisten, oder warum müssen die alle Fahrgäste mit ihrem Gangster-Rap beschallen? Ich hasse das.

Auf der anderen Seite des Mittelganges sitzt ein junger Kerl in ihrem Alter, der sie unverhohlen anstarrt. Mit ihrem ganzen Erscheinungsbild zieht sie Blicke an. Sie ist so auffällig wie ein buntes Regenbogeneinhorn in einer Horrorshow. Bemerkt sie das nicht oder ist es das, was sie mit ihrem Aufzug erreichen will? Aber immer wenn ihr Blick auf den eines anderen trifft, lächelt sie strahlend und freundlich. Wie kann ein einziger Mensch nur so viel gute Laune versprühen?

Als wir uns der Innenstadt nähern, ziehe ich meine Zigarettenpackung aus der Innentasche meiner Jacke und klemme mir eine zwischen die Zähne. Die Oma neben mir glotzt mich an und beobachtet ganz genau, ob ich es wage, die Kippe in der Bahn anzuzünden. Natürlich warte ich, bis wir anhalten und Miss Zuckerwatte aussteigt. Ich folge ihr ins Freie. Wobei frei bei dieser Masse an Menschen ein gewagter Begriff ist. Hier schirme ich mit meiner Hand die Zigarette vor dem Wind ab und zünde sie an. Dann vergrabe ich eine Hand in meiner Jackentasche, die andere brauche ich zum Rauchen.

Ich verenge meine Augen und beobachte genau, wohin sie geht. Ich sehe ihren rosafarbenen Kopf zwischen den Menschen verschwinden. Kurz darauf taucht er am Rand in der Nähe der Hauswände wieder auf. Sie hält sich dicht bei den Geschäften und schlendert die Fußgängerzone hinauf. Gedankenverloren betrachtet sie die Schaufenster. Erneut kann ich ihr puppenhaftes Gesicht durch die Spiegelungen beobachten. Ihre Nase und ihre Wangen sind von dem kalten Wind ganz rot.

Während ich den warmen Zigarettenqualm durch meine Nase und meinen Mund entweichen lasse, denke ich an ihren angenehmen Geruch. Ich kräusele die Stirn und schüttele meinen Kopf. Worüber mache ich mir hier Gedanken? Was für ein Unsinn.

Mein Blick gleitet unwillkürlich ihren Körper herab, über ihren runden Po bis hin zu den zarten Knöcheln in den hohen Schuhen. Wie können Frauen nur auf solchen Stelzen laufen? Es ist mir ein Rätsel. Aber wie durch ein Wunder weicht sie jeder Fuge und jedem Loch im Boden aus. Zum Weglaufen eigenen sich diese Hacken jedenfalls nicht. Aber mir kann sie ohnehin nicht entkommen.

Mir entkommt niemand.

Sie geht in einen Laden hinein, an dessen Eingang ein Aushang mit einem Aushilfsjobangebot zu sehen ist. Ich warte draußen, lasse meine heruntergerauchte Zigarette fallen und trete sie mit dem Stiefel aus. Als sie wieder herauskommt, lächelt sie fröhlich und geht weiter.

Einige Meter weiter hält sie erneut an und holt sich einen grünen Smoothie an einer Saftbar und spricht dort mit der Bedienung.

Um Genaues zu verstehen, bin ich zu weit entfernt. Sie will sich mit dem Becher in ihrer Hand umdrehen, als nun doch ein Abflussgitter zur unausweichlichen Falle wird. Ihr dünner Absatz rutscht zwischen die Metallstangen und sie knickt um. Als wäre er der Heilige Gral, hält sie den Smoothie in die Luft, um zu verhindern, dass er ihr aus der Hand fällt und sich auf dem Boden verteilt. Sie strauchelt ein paar Schritte, dann fängt sie sich wieder. Dabei sieht sie aus wie ein sterbender Schwan und die Leute um sie herum sehen sie erschrocken an.

Als ein Mann auf sie zugeht, sie am Arm anfasst und fragt, ob alles in Ordnung ist, spannt sich jeder Muskel in meinem Körper an. Sie lacht über ihr eigenes Ungeschick plötzlich los, sodass die Umstehenden erleichtert aufatmen und weitergehen. Ich sehe sie abwinken und wie ihre Wangen vor Scham noch roter werden.

»Oh Mann«, murmele ich und bemerke, wie ich selbst einen Mundwinkel wegen ihr angehoben habe.

Mit meinem Blick suche ich die Umgebung ab. Seitdem sie in der Stadt angekommen ist, hat sie sich nicht nochmal suchend umgesehen. Offenbar wähnt sie sich in dieser großen Menschenmenge sicher und fühlt sich nicht weiter verfolgt. Auch mir ist es recht, dass ich zwischen den vielen Leuten untertauchen kann. Wir befinden uns mitten auf der Zeil.

Rechts und links ragen moderne Gebäude mit mindestens fünf Geschossen neben der breiten Fußgängerzone auf, in deren Mitte vier Baumreihen gepflanzt sind. Wir überqueren die Konstablerwache, einen großen Platz über einer S- und U-Bahn-Station und passieren das Gebäude des Oberlandesgerichtes und immer wieder macht sie kleine Besuche in Geschäften, Bistros oder Restaurants.

Schließlich nähern wir uns dem Ende der Zeil, wo sich die Friedberger Anlage befindet, ein breiter Park, der die Innenstadt vom nächsten Viertel trennt. Schon vorher verlaufen sich die Menschenmassen und es wird schwerer, ihr ungesehen zu folgen. Ich vermute, dass sie nach dem Park nach rechts abbiegen und auf die nächste S-Bahn-Station zuhalten wird, um zurück nach Hause zu fahren. Kurz darauf betreten wir die unterirdische Haltestelle.

Ich bleibe neben einem Getränkeautomaten stehen und nutze diesen als Deckung, damit sie mich nicht sieht. Sie hat keinen Schimmer, dass ich ihr durch die gesamte Stadt gefolgt bin. Keine Ahnung davon, dass ich all die Zeit nur wenige Herzschläge von ihr entfernt war, dass ich sie beobachte, dass sie keinen Schritt machen kann, ohne dass ich davon weiß.

Am liebsten würde ich an dem Smoothie-Stand arbeiten oder in dem Bio-Kosmetik-Laden, von dem ich viele Produktlinien selbst besitze. Ich glaube, als Kellnerin in einem Gastronomiebetrieb wäre ich überfordert. Ich bin beeindruckt von den Service-Mitarbeitern in Restaurants, wie sie geschickt um die Tische herumwuseln und am Ende frei aus dem Kopf die Rechnungsbeträge zusammenrechnen. Vorausgesetzt, sie haben kein digitales Eingabegerät oder eine Kasse, die die Rechnung übernimmt. Unser Zeitalter der modernen Technik macht vieles einfacher, vieles aber auch schwerer.

Ich habe Glück, dass ich technikaffin bin. Manchmal habe ich das Gefühl, dass ich schon mit einem Handy in der Hand auf die Welt gekommen bin. Für mich ist es kein Problem, mit der Zeit zu gehen. Bei meinem alten iPhone habe ich sogar selbst das

Display ausgetauscht, weil ich zu große Angst davor hatte, meinem Vater den Schaden zu beichten. Mit Youtube-Tutorials kriegt man heutzutage fast jedes Problem selbst gelöst, wenn man die Zeit und den Ehrgeiz dazu hat.

Jetzt stehe ich an der unterirdischen S-Bahn-Station und warte darauf, dass meine Linie in wenigen Minuten einfährt. Wie bin ich nur auf die irrsinnige Idee gekommen, die ganze Strecke auf hohen Schuhen zu laufen? Ach ja. Weil ich einen guten Eindruck bei den möglichen Arbeitgebern machen wollte. Dabei glaube ich nicht, dass meine Schuhwahl der ausschlaggebende Punkt sein wird, ob ich eingestellt werde oder nicht. Jetzt, da ich den »geschäftlichen« Teil erledigt habe, brauche ich mich nicht weiter quälen.

Ich sehe mich zu beiden Seiten um. Die Haltestelle ist gut besucht, aber keiner der umstehenden Fahrgäste achtet auf mich. Daher setze ich mich auf eine der Metallbänke an der Wand, streife meine Pumps ab und reibe mir über die roten, schmerzenden Stellen über meiner Ferse.

»Autsch«, murmele ich und öffne meine Handtasche. Ich ziehe ein Paar Ballerinas heraus, die besonders dünn und leicht sind. Wenn ich auf hohen Schuhen aus dem Haus gehe, nehme ich sie immer mit, falls ich nicht mehr auf den Absätzen laufen kann. Meine Pumps stopfe ich in meine Tasche. Jetzt geht sie zwar nicht mehr zu, aber wenigstens muss ich die Schuhe nicht tragen.

Als ich aufstehe, fühle ich mich direkt einen ganzen Kopf kleiner. Aber wenn sie es könnten, würden meine Füße jetzt erleichtert aufseufzen.

Ich schaue erneut auf mein Handy. Leonie hat mir geschrieben.

Leo:

»Das freut mich! Ich wusste, dass alles gut werden würde. Habe gleich Uni aus. Was hast du heute gemacht?«

Ich: »Ich habe mich für Umwelt-Technik beworben! Gerade war ich in der Stadt und habe mich nach Nebenjobs umgesehen. Vielleicht fange ich beim Smoothie-Laden an!«

Ich habe die Antwort gerade abgeschickt, als ich alarmiert meinen Kopf hebe. Ein merkwürdiges Kribbeln sitzt mir im Nacken. Dasselbe Gefühl, das mich schon die letzte Zeit verfolgt. Das Gefühl, nicht alleine zu sein.

Beobachtet zu werden.

Ich sehe mich um. Neben mir steht ein Pärchen mit Koffern, gebräunter Haut, das sich auf einer Sprache unterhält, die ich nicht verstehe. Dahinter ist ein Automat, an dem sich eine Frau einen Snack zieht. In der anderen Richtung stehen mehrere Jugendliche und zwei Männer in Anzügen, die auf Englisch diskutieren.

Warum fühle ich mich so beobachtet?

Kiki, du drehst langsam durch! Dein Vater färbt auf dich ab!

Dann bemerke ich es plötzlich. Einige Meter entfernt halb in einer Nische in der Wand sehe ich einen Mann. Er ist unauffällig gekleidet, trägt eine Jeans und einen schlichten, grauen Pullover. Er lehnt an der Wand und sieht in meine Richtung. Vor sich hält er ein Handy, doch er schaut nicht darauf. Unsere Blicke treffen sich und augenblicklich fährt eine kalte Welle der Angst durch meinen Körper.

Was, wenn ich es mir nur einbilde und er mich grundlos ansieht? Es ist ja nicht so, dass mich nie Leute ansehen würden! Doch etwas an diesem Mann ist anders. Er lächelt nicht, als sich unsere Blicke kreuzen. Es ist nicht dieser neugierige, interessierte Ausdruck, mit dem ich sonst gemustert werde.

Ich möchte meinen Vater anrufen oder eine Nachricht an Leo schreiben, doch ich traue mich nicht, von ihm wegzusehen und auf mein Handy zu schauen.

Ganz ruhig, Kiki! Hier sind lauter andere Menschen um dich herum, es kann dir hier nichts passieren!

Egal, wie sehr ich mir das einrede, mein Puls will sich nicht beruhigen. Meine Finger beginnen vor Anspannung zu zittern. Was soll ich tun, wenn er auf mich zukommt und mich auf die Gleise zu schubsen versucht?

Ganz langsam lasse ich meine Hand sinken und taste in der offenen Handtasche nach meinen Pumps. Ich spüre die samtige Oberfläche unter meinen Fingerspitzen und fasse um das fordere Ende. Ich werde mit den spitzen Absätzen auf ihn einschlagen, wenn es sein muss. Ich werde schreien und mich nach Leibeskräften wehren. Viele Opfer sind unvorbereitet, wenn sie überfallen werden, und können nicht schnell genug reagieren. Aber ich werde bereit sein. Ich werde es ihm so schwer machen wie nur möglich! Wenn doch nur Dimitri hier wäre!

Der Mann schaut mich immer noch an. Er hat nicht eine Sekunde weggesehen. Meine Befürchtung, dass er mich beobachtet, wird zu einer bitteren Gewissheit. Langsam, um ihn nicht zu provozieren, bewege ich mich in Richtung der beiden Männer im Anzug. Wenn ich mich bei anderen Personen aufhalte, hat er es schwerer, mich zu erwischen. Es ist wie bei den Löwen! Sie suchen sich die schwachen, kranken oder alten Tiere aus und versuchen sie von der Herde zu trennen.

Plötzlich bewegt sich der Fremde. Er steckt sein Handy weg und kommt auf mich zu, bevor ich mich den anderen wartenden Fahrgästen weit genug nähern kann.

Es ist wie in einem Albtraum. Meine Hand schließt sich enger um meinen Schuh in der Tasche, während ich es mir anders überlege und rückwärts gehe, zerrissen zwischen angreifen und weglaufen. Am besten werfe ich meinen Schuh und renne dann. Das ist ein guter Plan. Ich sehe meinen Verfolger genau an. Er ist groß, hat eine Glatze und eine markante Scharte im Kinn. Sein Blick bohrt sich in meinen, seine Schritte werden schneller.

Dann pralle ich mit dem Rücken gegen ein Hindernis und meine Rückwärtsflucht wird jäh unterbrochen. Ich bemerke sofort, dass ich gegen eine Person gelaufen sein muss. Zwei kräftige Hände fassen um meine Oberarme. Sein Komplize! Jetzt ist es aus! Vorbei! Ich habe nichts mehr zu verlieren.

Mit dem Schuh in der Hand wirbele ich herum und schlage so kraftvoll ich kann zu. Dabei hole ich tief Luft und schreie so laut ich kann.

»HILFE!«

Der Mann, gegen den ich gestoßen bin, weicht nach hinten zurück und hebt abwehrend die Hände. Mein Absatz streift über seine Brust, verhakt sich im schwarzen Stoff seines Shirts und reißt ein längliches Loch hinein. Ich erwische sogar oberflächlich seine Haut. Sie schrammt auf. Ich hinterlasse einen roten Striemen auf ihr. Der Mann zischt und flucht vor Schmerz.

Die Leute um uns herum starren uns erschrocken an, einige nehmen Abstand.

»Was soll das? Bist du bescheuert?«, fährt mich der Fremde an, den ich gerade angegriffen habe. Er sieht entsetzt an sich hinab, als hätte ich ihn mit heißem Kaffee beschüttet und seine Klamotten dreckig gemacht. Als ich in sein Gesicht blicke, stockt mir der Atem. Diese dunklen Augen, diese markanten Züge. Ich kenne ihn! Es ist der unhöfliche Kerl von der Studentenparty, der mir den Rauch entgegengepustet hat.

»Du?« Ich schnappe nach Luft. Aber ich habe keine Zeit, mich weiter zu wundern. Ich befinde mich immer noch in Lebensgefahr. Eilig sehe ich mich über die Schulter um. Wo ist der Kerl, der mich beobachtet hat? Der Typ in Jeans und Pulli? Ich kann ihn nicht mehr sehen. Panisch schaue ich mich überall um, doch von ihm ist keine Spur mehr. Habe ich mir die Bedrohung nur eingebildet?

»Hast du sie noch alle?«, fährt mich der Kerl von der Party an und packt mich am Oberarm.

»Hey! Was ist hier los? Lassen Sie die Frau in Ruhe!« Einer der Männer im Anzug mischt sich ein. Er kommt bedrohlich auf uns zu. Ich höre das Gemurmel der Leute um uns herum. Wir werden von jedem angestarrt.

»Was? Sie ist gegen mich gelaufen und hat mich plötzlich angegriffen«, wehrt sich der Kerl aus der Disko. »Sie hat mir mit ihrem verdammten Schuh beinahe die Brust aufgeschlitzt!« Der Mann im Anzug kneift seine Augen leicht zusammen und versucht das Szenario korrekt zu verstehen. Die Wunde auf der Brust ist jedoch Beweis genug.

»E-er hat recht«, schalte ich mich ein. »Ich dachte, er würde mich angreifen, aber ich bin nur gegen ihn gelaufen. Tut mir leid. Ich brauche keine Hilfe. Danke. Entschuldigung«, rede ich, so schnell ich kann, um die Situation zu entschärfen. Die eigentliche Bedrohung ist längst nicht mehr hier. Wenn denn überhaupt eine da war und ich nicht einen normalen Mann für einen Verfolger gehalten habe.

»Großer Gott, ich habe einen Schrecken bekommen«, murmelt der Mann im Anzug kopfschüttelnd und dreht sich zu den anderen Fahrgästen. »War nur ein Missverständnis. Alles gut«, ruft er den Leuten zu. »Everything okay.«

Die Menschen tuscheln noch, werfen mir Blicke zu, als hätte ich den Verstand verloren, oder eilen in die S-Bahn, die gerade quietschend am Bahngleis zum Stehen kommt. Als die Anspannung von mir abfällt, merke ich, wie meine Knie butterweich werden. Dennoch sehe ich den Typ von der Party flehentlich an.

»Es tut mir so leid. Ich dachte, du würdest mich angreifen, und wollte mich wehren. Tut es sehr weh? Wirklich, ich wollte das nicht! Das musst du mir glauben!« Verzweifelt starre ich auf die Wunde an seiner Brust, die zwar nicht blutet, aber sicher höllisch brennt.

Der Kerl sieht noch mieser gelaunter aus als sonst und das ist allein meine Schuld. Seine braunen Augen starren von oben auf mich herab wie die eines Raubtiers vor seiner Beute.

»Vergiss es«, knurrt er nur und schiebt mich mit einer Hand beiseite, als wäre ich ein lästiges Insekt. Er vergräbt seine Hände in seinen Jackentaschen und geht an mir vorbei, ohne mich noch eines Blickes zu würdigen. Obwohl ich ihn nicht kenne, trifft mich seine abweisende Art und versetzt mir einen Stich. Mir die Frage zu stellen, was ich ihm denn getan habe, ist inzwischen überflüssig geworden.

»Warte mal«, sage ich und gehe ihm hinterher. Ich muss zwei Schritte laufen, um zu ihm aufzuschließen. »Bitte lass es mich irgendwie wiedergutmachen!« Ich will meine Schuld begleichen, mein Gewissen reinwaschen.

Er sieht aus dem Augenwinkel zu mir herunter, ohne mir den Kopf zuzuwenden.

»Tu dir selbst den Gefallen und halte dich von mir fern«, warnt er mich mit rauer Stimme.

Etwas in mir sagt mir, dass ich besser auf ihn hören sollte. Er hat eine Ausstrahlung, die mir eine Gänsehaut bereitet. Sein großer, trainierter Körper, seine kräftigen, sehnigen Hände, die definierten Muskeln an seinem Bauch und seinem Nacken flößen mir Respekt ein. Die Tattoos, seine zerschlissene, graue Jeans und die abgetragene, schwarze Lederjacke mit der eingenähten Stoffkapuze lassen ihn verwegen und finster erscheinen. Er ist die Art Mann, um die man besser einen Bogen macht, wenn man keinen Ärger möchte. Die Art Mann, bei der man auf die andere Seite des Bürgersteigs wechselt, wenn man ihm nachts begegnet. Die Art Mann, von der man sich fernhalten sollte. Die Art Mann, die mich gleichsam abschreckt wie fasziniert. Verängstigt und anzieht.

»Nur einen Kaffee«, sage ich, all die Warnungen ignorierend, die meine Vernunft mir zuruft. »Danach lasse ich dich in Ruhe.«

Er geht zwei Schritte weiter, dann hält er an und dreht sich zu mir um. Seine Augen mustern mich kühl. Er schweigt und mahlt dabei angespannt mit dem Kiefer.

Ich sehe ihn auffordernd an und schaffe es auf unerklärliche Weise, trotz meiner wackeligen Knie und meinen zitternden Händen zu lächeln.

Eigentlich möchte ich einfach nur nach Hause fahren und nie wieder einen Schritt ohne Dimitri vor die Tür machen. Doch ich kann ihn nicht angreifen und verletzen, ohne es wenigstens ein bisschen wiedergutgemacht zu haben.

»*Einen* Kaffee«, sagt er betont und sieht mich warnend an.

Ich habe das Gefühl, gerade etwas Unmögliches geschafft zu haben, und Erleichterung macht sich in mir breit.

»Wir fahren mit der S-Bahn an eine andere Haltestelle. Ich kenne ein gutes Café«, bestimme ich mehr aus dem Grund, dass ich von hier verschwinden möchte, als dass es für einen guten Kaffee notwendig gewesen wäre. Doch wenn der Mann eben wirklich ein Verfolger war und mich angreifen wollte, dann ist er vermutlich noch hier irgendwo und ich sollte schleunigst verschwinden.

ER

Was habe ich mir nur dabei gedacht? Ich hätte niemals mit ihr sprechen sollen. Sie hätte mich niemals bemerken sollen. Doch jetzt ist es zu spät. Es muss ihr blumiger Duft sein, der mein Gehirn weichkocht. Anders kann ich es mir nicht erklären. Wenn ich sie rieche, kann ich kaum klar denken. Jetzt sitzt sie in der S-Bahn vor mir und umklammert ihre Handtasche, während ich stehen bleibe und mich an der Metallstange an der Decke festhalte. Die Wunde auf meiner Brust pocht und brennt, als hätte mich ein Tier mit scharfen Krallen angefallen.

Eins muss ich ihr lassen – ich hätte ihr nicht zugetraut, dass sie so wild und energisch sein kann. Ist sie nicht sonst das Prinzesschen, das von morgens bis abends bedient wird und einen eigenen Arschabwischer hat? Ich mustere ihre Erscheinung, die ich zum ersten Mal so nah betrachten kann, ohne dass eine Glasscheibe zwischen uns ist.

Sie hat ein herzförmiges Gesicht mit weichen Konturen und schmalem Kinn. Ihre Nase ist klein und rund und macht zur Spitze hin einen sanften Knick nach oben. Ihre türkisen Augen sind groß, die Stirn hoch und ihre dunkelblonden Augenbrauen dicht, dominant und geschwungen. Mein Blick wandert herab zu ihren vollen Lippen, die so häufig von einem Lächeln geziert werden. So auch jetzt. Sie sieht zu mir herauf und schaut mich fröhlich an. Sie ist so jung. Neben ihren Augen sind kaum Fältchen zu erkennen, wenn sie lacht.

Worauf achte ich hier eigentlich? Ich will sie nicht weiter anstarren und wende meinen Kopf zur Seite. Hoffentlich sind wir bald da und ich kann endlich eine rauchen. Das Ganze stresst mich. Ich bin so ein Vollidiot. Die Wut über mich selbst lässt mich meine Fäuste ballen.

Die S-Bahn hält an und als sie aufsteht, folge ich ihr nach draußen. Ich dachte, sie sucht uns ein gemütliches Café, wo wir im Freien sitzen können, doch zu meinem Erstaunen geht sie in ein Kaufhaus. Dort fahren wir mit den Rolltreppen nach ganz oben, wo sich ein Gastronomiebetrieb befindet, der vollkommen überfüllt ist. Vermutlich geht sie hierher, weil sie sich in Menschenmassen sicherer fühlt.

Wir setzen uns an einen der letzten freien Tische. Ich kann ihr ansehen, dass sie den Drang unterdrückt, sich ständig umzusehen. Ihr Lächeln ist steif, ihre Finger reiben nervös aufeinander, die Schlagader an ihrem zarten Hals bebt.

Keine Sorge, Kleines. Ich sitze jetzt genau vor dir.

Ich lehne mich auf der Bank, auf der ich sitze, zurück und lege meinen Arm auf der Lehne ab.

»Wie heißt du?«, fragt sie mich, kaum dass wir zwei Sekunden sitzen.

Ich stöhne genervt und rolle meine Augen, dass es schmerzt. Es war so klar, dass sie ausgerechnet diese Frage stellen muss. Die Frage, die ich ihr nicht beantworten will. Genaugenommen will ich ihr gar nichts über mich beantworten. Ich kann es nicht. Darf es nicht.

»Können wir nicht hier sitzen und unser Schweigen genießen?«

Sie schaut mich stumm an. Ihre blaugrünen Augen mustern mich eingehend.

Erstaunt hebe ich meine Brauen. Hätte nicht gedacht, dass sie mir diesen Gefallen tut.

»Ich bin Kiki«, zerstört sie meine aufkommende Erleichterung. »Wir hatten keinen guten Start. Lass es uns diesmal besser machen.« Sie lächelt und hält mir ihre Hand entgegen.

»Wenn du mich nicht wieder angreifst«, antworte ich, ergreife ihre Hand jedoch nicht. Irgendwann lässt sie ihre wieder sinken.

»Das war wirklich ein Versehen und es tut mir schrecklich leid!« Ihr schlechtes Gewissen zeichnet sich deutlich in ihrem verzweifelten Gesicht ab. Es ist fast zum Lachen, wie sie so sehr auf Vergebung hofft. »Ich werde dir das Oberteil natürlich ersetzen! Wie viel hat es gekostet?« Sie zieht ihre Geldbörse hervor. Es ist ein riesiges, glitzerndes Ding, das quasi »klau mich« schreit. Dann guckt sie mich erwartungsvoll an.

»Quatsch, das näh' ich wieder«, lehne ich ab. Sie sieht mich zweifelnd an und zieht einen Fünfzig-Euro-Schein aus dem Geldfach. »Lass stecken. Ich will dein Geld nicht.« Nicht, dass ich die Kohle nicht eigentlich dringend gebrauchen könnte. »Was ist Kiki überhaut für ein komischer Name? Das klingt wie ein Teletubbie.«

Ihr Mund klappt auf. Meine Mundwinkel zucken und sie können sich nicht entscheiden, ob nach oben oder nach unten.

»Das kommt von Viktoria. Als ich ein kleines Kind war, konnte ich meinen Namen nicht aussprechen und habe mich selbst immer Kiki genannt. Seitdem nennen mich fast alle meine Freunde so. Ich finde, ich sehe auch nicht wirklich aus wie eine Viktoria oder Vicky, oder?«, antwortet sie fröhlich.

»Nee, eher wie ein Teletubbie.«

Sie seufzt resigniert. Je schneller sie aufgibt, desto besser.

Die Bedienung kommt endlich an unseren Tisch und rettet mich für einige Momente.

»Was kann ich Ihnen bringen?«, fragt die junge Kellnerin mit geflochtenem Zopf und schaut uns abwartend an. Ich nehme einen Kaffee und Viktoria bestellt einen Karamell-Macchiato. Kaum ist die Dame davongewuselt, spricht Viktoria mich wieder an.

»Wie heißt du denn jetzt?«

»Frag mich was anderes. Egal was, aber irgendwas anderes. Ich verspreche, ich werde antworten.«

Sie verengt ihre Augen, doch dann gibt sie sich zum Glück einen Ruck. Ich bin nochmal davongekommen.

»Gut. Dann sag mir, warum du so mies gelaunt bist. Warum du im Club die anderen angerempelt hast und mir Rauch ins Gesicht gepustet hast.«

»Kannst wohl keine Arschlöcher leiden, was?«

»Keine Gegenfragen!«

Ich hebe abwehrend meine Hände. »Ist ja gut. Okay. Meine Freundin hat gestern Abend Schluss gemacht. Deswegen bin ich im Moment etwas schlecht gelaunt.« Die Lüge kommt schnell und leicht über meine Lippen. Es macht mir nichts aus. Mein Leben ist eine einzige Lüge. Ich bin eine einzige Lüge.

Weil ich dich ohne dein Wissen beobachten will – das hätte ich ihr wohl kaum sagen können.

SIE

Dieser Typ ist echt eine harte Nuss. Warum will er mir nicht mal seinen Namen verraten? Er macht ein ganz schönes Geheimnis aus sich. Ich kann einfach nicht glauben, dass jemand so verbittert und gemein sein kann, ohne dass es einen Grund dafür gibt. Aber möglicherweise hat er etwas zu verbergen oder wird von der Polizei gesucht und will mir deswegen nicht sagen, wie er heißt. Besser, ich lasse es auf sich beruhen. Scheue Tiere soll man ja auch nicht bedrängen, sondern warten, bis sie von alleine auf einen zukommen.

Als er mir sagt, dass seine Freundin gestern mit ihm Schluss gemacht hat, reiße ich meine Augen auf. Oh verdammt. Ich bin so eine Idiotin! Voll ins Fettnäpfchen gerannt. Es geht ihm kacke und nun streue ich auch noch Salz in die Wunde.

»Oh… Das … tut mir leid.« Mehr kriege ich nicht hervor. Die Frage, was passiert ist, weshalb sie sich getrennt haben, brennt mir auf der Zunge. Aber für Herrn Düster-und-distanziert ist dieses Thema sicher wieder zu persönlich. Dabei würde ich so gerne mehr über ihn wissen.

Obwohl er diese ablehnende, kalte Art an sich hat und er jede meiner Freundlichkeiten mit einem bissigen Kommentar quittiert, liegt sein Blick ununterbrochen auf mir. Seine Iris ist dunkel, nur das Licht der Kerze auf unserem Tisch wirft einen glänzenden Schein auf seine Augen. Erneut komme ich mir beobachtet vor. Jedoch nicht so wie sonst in letzter Zeit. Nicht von irgendjemandem aus dem Verborgenen. Sondern von ihm. Seine Präsenz ist vereinnahmend. Schon im Club habe ich die Anziehung gespürt, die von ihm ausgeht. Wie ein lockendes Flüstern aus den Schatten.

Komm zu mir und du wirst dich verlieren.

Ich weiß, dass ich nicht sollte. Aber ich will.

Wir schweigen und sehen uns an, so wie er es wollte. Sein Blick wandert über mein Gesicht, über meine Lippen, herunter zu meinem Hals. Ich blinzele nervös und sehe, wie er tief einatmet. Sein Brustkorb hebt sich.

Dann lehnt er sich vor, faltet seine Hände auf dem Tisch und hebt seinen Blick zu meinen Augen an. Jetzt, da er mir plötzlich so nah ist, werde ich noch unruhiger. Mein Herz schlägt bis in meinen Hals. Meine Handinnenflächen werden feucht.

»Was?«, frage ich leise.

»Du riechst gut.« Seine Stimme ist nicht mehr als ein tiefes Raunen, das mir eine Gänsehaut den Rücken hinabjagt.

Hat er das gerade wirklich gesagt? Ich misstraue meinen eigenen Ohren, meinem eigenen Verstand.

Als die Kellnerin zu unserem Platz kommt und unsere Getränke bringt, lehnt er sich zurück und wendet den Blick von mir ab.

Es fühlt sich an, als wäre ich von unsichtbaren Fesseln erlöst worden und kann endlich wieder atmen.

Ich bin froh, mich mit meinem Macchiato ablenken zu können. Als ich zwei Löffel Zucker unterrühre, sieht er mich schockiert an.

»Da ist doch schon Karamellsirup drin.«

Stolz rühre ich mit dem langen Löffel um und grinse ihn an. »Ich mag es süß.«

»Du magst es eher diabetisch«, korrigiert er mich mit gekräuselten Brauen.

Ich zucke unbekümmert die Schultern. »Man lebt eben nur einmal. Da will ich mich nicht mit Diäten quälen und auf all die leckeren Sachen verzichten. Klar, es ist nicht gesund. Aber dafür rauche ich wenigstens nicht.« Diesen Seitenhieb kann ich nicht lassen. Als Antwort schnaubt er verächtlich und trinkt einen Schluck von seinem schwarzen Kaffee.

»Sag mal, wie alt bist du denn? Oder ist das auch streng geheim?«, frage ich dann in der Hoffnung, doch noch die ein oder andere Information aus ihm herauszukriegen.

»Sechsundzwanzig.«

»Puh! Sieben Jahre älter als ich«, stelle ich fest.

»Und? Bin ich dir zu alt?« Er hält seine Tasse Kaffee am Henkel mit einer Hand fest und lehnt sich erneut zu mir vor. Sein Blick wandert forschend über mein Gesicht und bringt mich abermals in Bedrängnis. Ich spüre, wie mir die Hitze in die Wangen schießt. Meine Aussage sollte nicht so klingen, als würde ich abwägen, ob wir zueinander passen oder nicht.

»So meinte ich das nicht. Ich dachte nur nicht, dass …«

»Ich so alt bin?«, beendet er meinen Satz und sieht mich mit angehobener Braue an. Im Gegensatz zu mir ist an diesem Kerl nichts mehr kindlich. Seine Züge sind hart, seine Konturen kantig, seine Stimme ist tief und rau. Dazu der Bartschatten und sein breites Kreuz. Nein. Vor mir sitzt kein Junge, sondern ein Mann.

Ich schürze meine Lippen und nippe an meinem Karamell-Macchiato, anstatt ihm zu antworten. Für heute bin ich in genügend Fettnäpfchen getreten.

Er trinkt seinen Kaffee mit zwei großen Schlucken leer und stellt die Tasse anschließend auf dem Untersetzer ab.

»So«, sagt er dann und steht auf. »Danke für den Kaffee. Deine Schuld ist damit beglichen. Wir sind quitt.«

Ich sehe zu ihm hinauf und blinzele irritiert. »Willst du schon gehen?«

»Ich habe gesagt *einen* Kaffee. Den hatte ich jetzt, also habe ich keinen Grund mehr zu bleiben. Viel Spaß noch, Prinzessin.« Seine Mundwinkel ziehen sich herauf, doch das Lächeln erreicht seine Augen nicht.

»Okay, dann … gute Besserung.«

Ich sehe ihm hinterher, wie er sich durch die Menschenmenge in Richtung Rolltreppe drängt. Er sieht sich nicht zu mir um, fährt einfach davon und lässt mich sitzen.

Obwohl ich ihm diesen Kaffee als Entschuldigung ausgeben wollte und mir nichts davon erhofft habe, sticht mich diese Kaltherzigkeit in der Brust. Irgendwo in meinem Unterbewusstsein hatte ich gehofft, dass ich wenigstens ein bisschen an seiner harten Schale kratzen kann. Doch er hat mich all die Zeit über nicht eine Sache über mich gefragt. Er hat einfach kein Interesse an mir.

Jedenfalls keines, das über irgendwelche körperlichen Verlangen hinausgehen würde. Aber was erwarte ich auch? Es ist erst seit gestern mit seiner Freundin Schluss und ich frage mich hier, warum er sich nicht auf mich einlässt. Ich kneife meine Augen verärgert über mich selbst zusammen. Besser, ich schlage mir diesen Typen aus dem Kopf. Nicht, dass ich überhaupt etwas wollen würde!

Mein Karamell-Macchiato ist noch halbvoll, als ich die Bedienung rufe und bezahle. Ich gebe der freundlichen Frau ein gutes Trinkgeld und mache mich auf den Weg nach Hause. Mit der Rolltreppe fahre ich bis ins Erdgeschoss und verlasse das Kaufhaus. Draußen fröstelt mich der kalte Wind, doch zum Glück ist die nächste Haltestelle nicht weit entfernt. Ich werde jetzt sofort nach Hause fahren und nicht mehr ohne Begleitung rausgehen.

Kaum bin ich einige Schritte gegangen, spüre ich wieder dieses Kribbeln in meinem Nacken. Dieses Gefühl, verfolgt zu werden. Panisch sehe ich mich um. Doch der Mann mit Jeans und Pulli ist nicht zu sehen. Vielleicht drehe ich so langsam durch. Ich bin mitten in der Stadt. Überall sind Menschen. Mir kann nichts passieren!

Dennoch eile ich mit schnellen Schritten weiter. Was ein Glück, dass gerade, als ich die Haltestelle erreiche, meine S-Bahn-Linie mit quietschenden Rädern hält. Ich stelle mich direkt an den Ausstieg mit der Glastrennwand zu den Sitzen in meinem Rücken. So kann sich niemand hinter mich schleichen und ich kann schnell verschwinden. Während ich mich ständig umsehe, klammere ich mich an dem Riemen meiner Handtasche fest. Es ist jetzt Nachmittag, der Himmel ist bedeckt und dunkle Wolken kündigen Regen an.

Nach der kurzen Fahrt laufe ich schnell nach Hause. In unserer Wohngegend ist nicht so viel los wie in der Innenstadt und ich fühle mich direkt nur noch halb so sicher.

Erst als ich zu Hause ankomme und die Tür hinter mir schließe, atme ich erleichtert aus.

»Papa?«, rufe ich durch den Flur, nachdem ich meine Schuhe ausgezogen habe. Da er nicht antwortet, gehe ich davon aus, dass er noch in seinem Arbeitszimmer ist. Ich laufe die Treppe hoch und klopfe an seiner Tür an. Nach seinem Ok trete ich ein.

Alois sitzt hinter seinen beiden großen Flachbildschirmen, die sich in seinen Augen spiegeln. Sein Gesicht wird von dem kühlen Licht der Displays beleuchtet. Hinter ihm steht Ansgar, der andere Personenschützer, der gerade Schicht hat, mit unbewegter Miene. Er hat kurze, hellblonde Haare und einen langen Vollbart.

»Was ist denn, Prinzessin?«, fragt mich mein Vater, ohne mich anzusehen.

»Können wir kurz reden?« Ich versuche, ihm klarzumachen, dass ich jetzt seine ungeteilte Aufmerksamkeit brauche.

»Ich brauche hier noch eine Weile. Lass uns nach dem Essen reden.« Er wirft mir ein kurzes Lächeln zu, das nichts anderes sagt als: *verschwinde jetzt, du nervst.*

Ich schlucke den Kloß herunter, der sich in meiner Kehle bildet, und verlasse sein Büro. Es tut weh, dass seine Firma stets an erster Stelle steht und ich erst an zweiter. Inzwischen bin ich erwachsen und ich kann nicht sagen, dass es mir je an etwas gefehlt hat – außer an väterlicher Zuwendung. Bei den wichtigen Terminen war er da – wenigstens kurz. Bei meiner Abschlussfeier zum Beispiel. Wenn ich krank war, hat sich Ramona um mich gekümmert, mir Suppe gekocht und mein Fieber gemessen. Ich erinnere mich genau an das tröstende Gefühl ihrer kühlen Hand auf meiner Stirn. Es erinnerte mich an Mutters Hand, als ich noch klein war.

War es ein Fehler, nicht mit Mutter mitzugehen, als sie sich von Vater getrennt hat? Leonies Gesicht blitzt vor meinem inneren Auge auf und darauf die meiner anderen Freunde und meiner Großeltern. Nein. Hier ist mein Lebensmittelpunkt. Es war die richtige Entscheidung, hier zu bleiben.

Seufzend mache ich mich auf die Suche nach Dimitri, dem ich noch immer eine Entschuldigung schulde. Die beiden Personenschützer haben einen eigenen Raum zur Verfügung gestellt bekommen, in dem sie sich aufhalten können, während sie Freizeit haben. Zwei Tage in der Woche gehen sie nach Hause zu ihren Familien, aber nie an denselben Tagen. So ist zumindest tagsüber immer jemand anwesend.

Ich klopfe an der Tür an. Kurz darauf wird sie geöffnet und Dimitri steht in Hemd und Anzugshose vor mir. Ohne sein Jackett sieht er viel jünger aus. Unauffällig schiele ich zu seiner Hüfte und stelle fest, dass er unbewaffnet ist. Er sieht mich an und kratzt sich mit einer Hand über seinen Dreitagebart.

»Viktoria, kann ich etwas für Sie tun?«

»Ich möchte kurz mit dir sprechen. Ist das okay?«

Er zögert, doch dann lässt er mich in das Zimmer hinein. Wir haben es einrichten lassen wie ein Apartment, sodass die beiden Männer sich hier wohlfühlen und sich zurückziehen können. Jeder der beiden hat sein eigenes Bett, es gibt einen kleinen Tisch mit drei Stühlen, ein Sofa, ein Fernseher, zwei Kleiderschränke und auch eine eigene Kommode, auf der eine Kaffeemaschine und ein Wasserkocher sowie eine Mikrowelle stehen. Natürlich dürfen sie auch unsere Küche mitbenutzen. Links im Raum führt eine Tür in das angrenzende eigene Badezimmer.

Wir setzen uns an den kleinen Tisch. Dimitri bietet mit einen Kaffee an, den ich dankend ablehne. Ich habe eben erst den Karamell-Macchiato getrunken und wenn ich jetzt noch mehr Koffein zu mir nehme, laufe ich heute Abend wie ein Hamster auf Speed durch mein Zimmer.

»Worum geht es?«, fragt der Personenschützer freundlich.

»Ich möchte mich bei dir entschuldigen. Dafür, dass ich einfach abgehauen bin. Das war unvernünftig und tut mir schrecklich leid. Du machst nur deinen Job und den habe ich mit meinem Verhalten unnötig riskiert«, erkläre ich kleinlaut und schaue ihn reumütig von unten herauf an. Manchmal kommt mir mein kindliches Aussehen zugute, denn vor allem Männer können nicht lange böse auf mich sein. »Ich werde das nie wieder machen, das verspreche ich.«

»Ich bin nicht Ihr Vater, Sie müssen sich nicht bei mir entschuldigen. Wenn Sie mir entkommen konnten, habe ich einen Fehler gemacht und meinen Job nicht gut genug. Von daher haben Sie sich da nichts vorzuwerfen. Sie hätten hinter meinem Rücken entführt werden können. Ich habe fahrlässig gehandelt und ich bin es, der sich entschuldigen muss.« Dimitri sieht mich ernst an, als erwarte er wirklich, dass ich ihm verzeihe. Ich kann nicht verstehen, dass er die Schuld auch noch bei sich sucht.

»Ach, Dimitri!« Seine demütige, selbstkritische Art rührt mich so, dass ich aufstehe und zu ihm herübergehe, um ihn zu umarmen. Der Personenschützer zuckt zusammen, lässt es jedoch geschehen. Ich umarme ihn fest und lächele dabei. »Du hast wirklich ein großes Herz.«

Unbeholfen klopft er mit einer Hand auf meinen Rücken und sieht beschämt zur Seite, als ich mich von ihm löse. »Sie auch, Viktoria«, murmelt er.

Ich setze mich ihm wieder gegenüber und schaue ihn erleichtert an. Dann jedoch werde ich ernst. »Dimitri. Ich glaube, ich werde verfolgt.«

Seine Augen weiten sich, dann senken sich seine Brauen zu einem grimmigen Ausdruck. »Erzählen Sie mir alles«, verlangt er energisch.

»Gestern Nacht in der Stadt wurde ich das Gefühl schon nicht los. Als ich wieder zu Hause ankam, stand ein Mann am Nachbarshaus und hat zu uns rübergesehen. Als ich heute in der Stadt war, hat mich jemand an der S-Bahn-Haltestelle beobachtet. Jedenfalls glaube ich das. Er hatte ein Handy vor sich, aber er hat nicht draufgesehen, sondern mich angestarrt. Es war ein Mann mittleren Alters, gekleidet in eine Jeans und einen grauen Pullover. Die ganze Zeit über hat er mich angeglotzt und dann ist er plötzlich auf mich zugekommen.«

Während ich ihm von meinen Erlebnissen erzähle, wird mein Atem immer heftiger, meine Stimme höher. »Ich war mir sicher, dass er genau auf mich zugeht und dass er mir etwas Böses will. Dann bin ich rückwärts gegangen und habe zum Glück jemanden getroffen, den ich kenne. Der Mann, der mich beobachtet hat, war daraufhin verschwunden.« Ich versuche, in Dimitris Gesicht abzulesen, was er von dieser Geschichte hält. Ob er jetzt denkt, dass ich übertreibe und verrückt bin, oder ob er sich Sorgen macht.

Er nickt jedoch nur und sagt: »Gehen Sie bitte nur noch in Begleitung außer Haus.«

Zu dieser Erkenntnis bin ich inzwischen auch gekommen. »Ja«, sage ich daher und stehe auf. »Danke, Dimitri.«

»Machen Sie sich keine Sorgen. Sie sind sicher. Wir werden auf Sie aufpassen. Es ist gut, dass Sie mit mir darüber geredet haben.« Seine Mundwinkel heben sich leicht zu einem beruhigenden Lächeln.

Diese Worte geben mir tatsächlich etwas Sicherheit und sind Balsam für meine Nerven. Ich nicke ihm zu und lächele ihn aufrichtig an, dann verlasse ich sein Zimmer.

Nach dem Abendessen habe ich nicht mehr den Wunsch, mit meinem Vater zu sprechen. Inzwischen habe ich Dimitri von meinen Ängsten berichtet und muss ihn nicht noch zusätzlich beunruhigen. Vermutlich werden die beiden Bodyguards ihn ohnehin einweihen. Ich verabschiede mich früh vom Tisch und gehe in mein Zimmer. Dort checke ich zuerst meine E-Mails, ob ich eine Antwort von der Hochschule bekommen habe. Natürlich nicht. Ich habe meine Bewerbung ja auch erst vor ein paar Stunden abgeschickt.

Leonie ist heute Abend bei ihrem Tanztraining, deswegen brauche ich ihr gar nicht erst schreiben. Also entschließe ich mich dazu, mir ein paar Kerzen anzuzünden und ein entspannendes Bad zu nehmen. Während mein Körper schwerelos im wohlig warmen Wasser schwebt und das leichte Prickeln des Schaums meine Haut liebkost, lasse ich meine Gedanken davongleiten. Ich schließe meine Augen und atme langsam ein und aus. Der heiße Dampf trägt den Geruch von Lavendel zu meiner Nase heran.

»Du riechst gut.«

Mein Herzschlag beschleunigt sich, als ich daran denke, wie er sich zu mir vorgelehnt und diese Worte geraunt hat. Dabei haben seine dunklen Augen tief in meine geblickt. Ein wohliger Schauer durchfährt plötzlich meinen Körper.

Warum hat er mir das gesagt? Hat er das ernst gemeint?

Ich bin wirklich eine unschlagbare Optimistin, dass ich ausgerechnet an den einzigen netten Satz denke und all die fiesen Kommentare ausblende, die er abgelassen hat. Dabei sollte ich diesen Kerl komplett aus meinem Kopf verbannen. Ich werde ihn ohnehin nie wiedersehen.

ER

»Was ist denn mit dir passiert?« Meine Schwester schnappt nach Luft, als sie die Wunde auf meiner Brust und das aufgerissene Shirt sieht. Ich grummele etwas in mich hinein und werfe mich auf unser durchgesessenes Sofa. Aurora glotzt mich fassungslos an. Sie hat heute schulfrei, aber sie muss für ihre Klassenarbeiten lernen. Deswegen trägt sie einen gemütlichen Pulli, der so groß ist, dass fast einem Kleid ähnelt. Moment – ist das meiner?

»Ziehst du wieder meine Klamotten an, Rory?«

Sie sieht an sich herab und klimpert anschließend unschuldig mit den Wimpern.

»Die sind halt so bequem.« Sie grinst und zuckt die Schultern. Ich hebe meine Augenbrauen, verzichte aber darauf, mit ihr zu diskutieren. Rächen kann ich mich ja nicht. In ihre Klamotten passe ich nicht mal mit einem Arm rein und selbst wenn, würde es einfach nur bescheuert aussehen.

»Also, was hast du angestellt? Wie konnte das denn geschehen?« Sie setzt sich zu mir auf die Sofakante und zupft an dem abgerissenen Fetzen Stoff an meiner Brust.

»Bin an einem kaputten Stück Bauzaun hängen geblieben«, rede ich mich heraus. Sie sieht mich zweifelnd an, gibt sich dann jedoch mit meiner Ausrede zufrieden.

»Ich mache dir etwas Salbe drauf«, bestimmt meine Schwester, ehe sie im Bad eine Wundsalbe holt. Als sie zurückkommt, macht sie eine scheuchende Bewegung mit der Hand, damit ich mir mein Shirt ausziehe. Ich streife es über meinen Kopf ab und lasse es neben das Sofa fallen. Fürsorglich verteilt Aurora die weiße Paste auf meiner tätowierten Haut.

»Dir ist schon klar, dass das nur ein Kratzer ist?«, erinnere ich sie. »Außerdem brennt es jetzt mehr als vorher.«

»Heul leise!« Sie schnaubt mich an. »Du wirst sehen. So heilt es schneller.«

»Wenn du meinst.«

Aurora setzt sich auf den Teppichboden vor dem Sofatisch und greift in die Tüte Chips, die seit ein paar Tagen offen darauf rumliegt.

»Ach übrigens«, beginnt sie dann.

Ich stöhne entnervt auf. Kein erfreulicher Satz hat jemals mit »ach übrigens« begonnen. Danach kommt immer nur Scheiße. So wie »ach übrigens, das Klo ist verstopft« oder »ach übrigens, die Milch ist leer.« Ich sehe meine Schwester erwartungsvoll an.

»Wir fahren im Sommer auf Klassenfahrt. Dazu habe ich auch einen Infozettel.«

»Wohin und wie viel soll das kosten?« Ich wünschte, ich könnte einfach sagen: »Hey, kein Problem. Viel Spaß«, aber das kann ich nicht. Nicht mit den Schulden, die wir haben. Die unser Vater uns hinterlassen hat.

»Mitte Juni. Dann fahren wir nach Rom für drei Nächte. Etwa vierhundert Euro plus Taschengeld.« Auroras Augen leuchten. Sie strahlt mich mit ihrem Lächeln an, welches all ihre Vorfreude widerspiegelt. »Meinst du, ich kann mitfahren?«, fragt sie vorsichtig.

»Natürlich«, antworte ich sanft.

»Yay!« Aurora springt auf und klatscht in ihre Hände. Ihr brauner Bob flattert um ihr Gesicht. Einige Haare verfangen sich in ihren Mundwinkeln, die fast von Ohr zu Ohr grinsen.

»ABER«, betone ich mit lehrerhaft erhobenem Zeigefinger, »nur, wenn du in der Klassenarbeit neun oder mehr Punkte hast.«

Meine Schwester hört mir schon gar nicht mehr zu. Sie tanzt fröhlich aus dem Raum hinaus und verschwindet in ihrem Zimmer. Ich sehe ihr hinterher und schüttele lächelnd meinen Kopf.

Im Gegensatz zu mir ist sie eine echte Frohnatur. Manchmal habe ich das Gefühl, dass sie unsere Situation besser wegsteckt als ich selbst. Das mag vielleicht daran liegen, dass sie die gesamten Ausmaße gar nicht kennt. Aber das soll sie auch nicht. Sie soll ihr Lächeln nicht verlieren.

Plötzlich drängt sich eine Frau mit rosa Haaren und süßem Duft in meine Gedanken und ich versuche sie schnell wieder loszuwerden. Reicht es denn nicht, wenn ich ihr überallhin folge? Muss sie mich denn jetzt auch noch zu Hause heimsuchen? Ich wusste, dass es ein fataler Fehler war, mich ihr zu offenbaren. Sie hätte niemals von meiner Anwesenheit erfahren dürfen. Nun habe ich den Schlamassel. Jetzt muss ich zusehen, dass sie mich nie wieder entdeckt.

Allerdings habe ich im Moment ein noch größeres Problem. Bis Juni muss ich vierhundert Euro für die Klassenfahrt und sicher nochmal hundertfünfzig bis zweihundert als Taschengeld an Land bringen. Dabei sind wir sowieso schon knapp bei Kasse, weil mein Boss ein Wichser ist, der mir nach eigenem Belieben Geld vom Gehalt abzieht, wenn er meint, ich müsse mal wieder ein paar Schulden abzahlen. Dabei interessiert es ihn einen Scheiß, ob ich am Ende des Monats noch meine Rechnungen oder unser Essen bezahlen kann.

Bei dem Gedanken balle ich die Hände zu Fäusten und knirsche mit den Zähnen.

Ich liege eine Weile auf dem Sofa herum. Der Schlafmangel macht mir immer noch zu schaffen. Inzwischen fange ich an, merkwürdige Muster vor meinen Augen zu sehen. Vielleicht sollte ich die Lider schließen. Nur für ein paar Minuten.

Als ich aufwache, ist es draußen dunkel. Aurora hat Sandwiches gemacht und mir eines auf den Tisch gestellt, ebenso wie eine Karaffe voll Leitungswasser. Hungrig greife ich nach meinem Abendessen. Sie hat es mit Salami, Käse und Salat belegt. Ich schlinge das Brot mit wenigen Bissen herunter, dann kippe ich ein paar ordentliche Schlucke Wasser hinterher. Mit dem Unterarm wische ich mir den Mund ab.

Dann stehe ich auf, gehe in mein eigenes Zimmer und nehme einen frischen Pulli aus der Wäschewanne, die seit einiger Zeit unausgeräumt herumsteht. Als ich fertig bin, gehe ich bei Auroras Zimmer vorbei und klopfe leise an.

»Rory?«, frage ich. Da ich keine Antwort bekomme, drücke ich die Tür vorsichtig auf. Ihr Zimmer ist dunkel, nur das Licht aus dem Flur wirft einen Schein auf ihr Bett, wo sie eingekuschelt liegt und schläft. Ich betrachte meine Schwester einen Augenblick, ehe ich die Tür leise schließe.

Ich nehme mir meine schwarze Lederjacke von der Garderobe im Flur, ziehe meine Stiefel an und verlasse die Wohnung. Draußen ist die Straße nass vom Regen. Die Laternen und die Scheinwerfer spiegeln sich auf dem Asphalt. Ein Auto rauscht an mir vorbei. In seinen Lichtern sehe ich den Nieselregen, der mir von einer Windböe ins Gesicht geweht wird. Ich schlage meine Stoffkapuze auf und suche unter einem Dachvorsprung Schutz, um mir dort eine Zigarette anzuzünden. Der heiße Qualm flutet meine Lunge und ich puste den Rauch durch Nase und Mund in die kalte Luft. Obwohl es so spät ist und das Wetter kacke, sind die Straßen der Innenstadt voll von Menschen. Ich gehe los. Es ist nicht weit.

Mein Ziel befindet sich nur wenige Gehminuten entfernt. Es ist ein modernes Hochhaus in der City. Ich drücke auf einen Klingelknopf unten bei der Tür. Kurz darauf höre ich Ace' Stimme, die durch den Lautsprecher verzerrt wird.

»Was willst du?«

»Reden«, sage ich, lasse meine Zigarette fallen und trete sie aus. Das Brummen des Türöffners ertönt. Ich trete in die große Eingangshalle ein und fahre mit dem Aufzug nach ganz oben. Klar, hat er eine Penthousewohnung mitten in Frankfurt. Sein Gehalt wird ja auch nicht gekürzt.

Oben begrüßt mich Ace nur in Boxershorts, einem offenen, schwarzen Bademantel und einem Glas Wein in der Hand. Seine blauen Augen mustern mich von oben bis unten.

»Komm rein«, sagt er und macht mir Platz. Ich war schon ein paarmal hier, dennoch kommt es mir vor, als würde ich eine andere Welt betreten.

Die großen Panoramafenster ermöglichen einen Blick über ganz Frankfurt, das sich wie ein Lichtermeer unter uns erstreckt. Der Boden ist aus schwerem, dunklem Vollholz. Unter dem niedrigen Esstisch befinden sich japanische Tatami-Matten aus Bambus und anstelle von Stühlen liegen Kissen auf dem Boden. An den Wänden befinden sich Lampions aus cremefarbenem Papier, die gedimmtes Licht abstrahlen. Die großzügige Wohnlandschaft ist in eine Versenkung im Boden eingelassen, sodass sie einen ganz eigenen Bereich bildet. An der Wand gegenüber hängt ein riesiger Fernseher und in der Mitte des loftartigen Zimmers steht eine schwere, rechteckige Säule, in die ein Gaskamin eingearbeitet ist, der für Wärme und Licht sorgt.

Passend zum fernöstlichen Geschmack des Hausherrn hängen alte Kalligraphien auf Papyrus an den Wänden und eine antike Samurairüstung steht vor den Fenstern. Keine Ahnung, warum Ace so auf asiatischen Kram abfährt, aber ich beneide ihn um seine Wohnung. Tja. Das könnte ich mir auch leisten, wenn mein Vater kein egoistischer Mistsack gewesen wäre.

Direkt nach der Eingangstür ziehe ich die Schuhe aus. Ace flippt aus, wenn man mit Straßenschuhen sein Reich betritt. Ist in Asien wohl üblich so, dass man nie mit Schuhen ins Haus geht. Dafür kriege ich Hausschuhe. Wenn man Ace im Alltag erlebt –mit seinen lässigen Jacketts, den bunten Tattoos auf seinen Armen und dem Dreitagebart –, dann glaubt man kaum, dass er hier lebt wie der Kaiser von China.

»Was kann ich für dich tun, Kumpel?«, fragt er und wir setzen uns auf das Sofa. Ace legt seine Füße hoch, überschlägt die Beine und schaut mich an wie der Caesar auf seiner Liege.

Es fällt mir nicht leicht, mit der Sprache rauszurücken. Eigentlich würde ich mir lieber die Zunge abbeißen. Doch ich muss es tun. Ich habe keine andere Wahl.

»Ich brauche Geld«, knurre ich resigniert.

»Unten ist 'ne Sparkasse.« Ace sieht mich mit seinem Teufelsgrinsen an, das ich ihm am liebsten aus dem Gesicht prügeln möchte.

»Du weißt, was ich meine.« Ich habe keine Lust auf seine Spielchen. Er weiß genau, wie stolz ich bin und dass mir das hier mehr als nur einen Zacken aus der Krone bricht.

»Also du willst Geld von *mir*«, fasst Ace zusammen und deutet dabei mit dem Daumen auf sich.

»Korrekt.«

»Und was springt für mich dabei raus?« Na klar. Der Gauner denkt wieder an seinen eigenen Vorteil. Man wird eben nicht reich, indem man Mutter Theresa spielt. An seiner Stelle wäre ich ganz genauso.

»Was willst du?«, frage ich zurück.

Ace sieht mir direkt in meine Augen und schweigt, während er das Weinglas schwenkt. Vermutlich hat er längst eine Idee und spuckt sie bloß noch nicht aus.

»Wie wäre es mit deiner Schwester?«, sagt er.

Ich starre ihn an. Das kann nicht sein Ernst sein. Will er mich verarschen? Ein schnaubendes Lachen verlässt meine Lippen.

»Sie ist süß. Wenn sie erst mal richtig erwachsen ist, wird sie eine heiße Lady sein.«

»Auf keinen Fall!« Darüber muss ich nicht mal nachdenken. Niemals gebe ich meine kleine Schwester in die kriminellen, bösartigen Hände dieses gerissenen Wolfes. Er würde sie zerstören! Zudem ist er viel zu alt für sie. Ace ist fast zehn Jahre älter als ich und damit fast zwanzig älter als meine Schwester. »Ich handele nicht mit meiner Schwester. Sie ist erst siebzehn und kann für sich selbst entscheiden.«

»Schade«, sagt Ace und schürzt die Lippen.

»Hast du kein anderes Angebot? Eins, was ich auch bezahlen kann?«, frage ich. Der Typ kackt quasi Geld und ist zu geizig, mir ein paar Kröten zu leihen. Er hat nicht mal gefragt, wie viel ich brauche.

»Ich brauche nur fünfhundert Euro, Ace. Ich zahle es zurück, sobald ich kann«, versuche ich es erneut und bleibe diplomatisch.

»Fünfhundert?«, fragt Ace stirnrunzelnd.

»Ich weiß, dass du für den Betrag nicht mal aufstehen würdest. Aber ich brauche das Geld, okay? Also wenn du mir das leihen würdest, wärst du echt ein Kumpel.«

Ace sieht mich erneut schweigend an. Dann steht er auf.

»Warte einen Moment. Ich habe da glaube ich etwas für dich.« Er geht die drei Treppenstufen aus der Wohnnische nach oben und steuert auf seinen großen Schreibtisch zu, der ebenfalls aus einem schweren, dunklen Vollholz gefertigt ist. Dort kramt er herum und kehrt anschließend mit einem weißen Briefumschlag zurück. Als er ihn mir entgegenhält, greife ich mit misstrauischem Blick danach.

»Was ist das?«, frage ich.

»Ein kleiner Auftrag, von dem der Boss nichts weiß. Keine Schulden abzuzahlen also«, erklärt er und zwinkert mir zu.

»Für wen war der eigentlich?« Ich drehe den Umschlag um, finde aber keinen Namen darauf.

Ace zuckt die Schultern und schmunzelt finster. »Das ist jetzt nicht mehr wichtig.«

SIE

Am nächsten Morgen hat sich meine Aufregung über die Erlebnisse soweit gelegt, dass die Langeweile zunehmend an meinem Kiefer zupft und ihn zum Gähnen zwingt. Der Regen von gestern Nacht hat Pfützen hinterlassen, doch heute blinzelt schon wieder die Sonne hinter den weißen Wolken hervor. Es ist windig und die Äste der Bäume biegen sich mit den Böen.

Was soll ich heute machen? Ich gehe zu meinem Fenster und sehe in den Himmel. Es ist so hell, dass ich zwinkern muss, weil das Licht in meinen Augen brennt. Ohne dass ich es will, huscht mein Blick umher und sucht eine unbekannte Gestalt, die unser Haus beobachtet, doch da ist niemand.

Dennoch fühle ich mich eingesperrt. Obwohl ich für mich selbst entschlossen habe, nicht ohne Begleitung hinauszugehen, kommt es mir jetzt vor, als trüge ich schwere Ketten an Armen und Beinen. Da ist ein Kitzeln in meinen Zehen- und Fingerspitzen, das danach verlangt, die Tür aufzureißen und nach draußen zu rennen. Mir die unsichtbaren Fesseln abzureißen und mich mit ausgebreiteten Flügeln wie ein Phönix aus der Asche in die Luft zu erheben, frei zu sein.

Ich stelle mir vor, wie ein schwarz gekleideter Mann mit tief ins Gesicht gezogener Kapuze vor unser Haus tritt und zu mir heraufsieht. Er streckt seine Hand zu mir aus und lädt mich ein, mit ihm zu kommen, ihn in seine unbekannte Welt zu begleiten. Ich weiß weder wer er ist noch woher er kommt oder wohin er geht. Aber es ist mir auch egal. Vielleicht ist es gefährlich, vielleicht gibt es keinen Weg zurück. Ein aufregendes Flattern breitet sich in meiner Brust aus. Nehme ich die Einladung an? Lasse ich mich von diesem dunklen Fremden in eine unbekannte, ungewisse Welt entführen oder bleibe ich ewig das kleine Prinzesschen, das in ihrem goldenen Turm eingesperrt ist? Ich hebe meine Hand an und lege sie an die kühle Fensterscheibe. Ein Seufzen verlässt meine Lippen. Dann drehe ich mich weg und werfe mich aufs Bett.

Ich fühle mich schäbig, weil ich mir über so etwas Bescheuertes den Kopf zerbreche, während andere Menschen überall auf der Welt nicht mal wissen, wie sie ihr nächstes Essen bezahlen sollen. Eine Psychologin hat einmal zu mir gesagt: »Probleme haben kein Gewicht.« Damit meinte sie, dass ich meine Sorgen nicht gegen die eines anderen aufwiegen und vergleichen kann. Ob sie damit recht hat? Im Inneren glaube ich immer noch, dass ein Vergewaltigungsopfer schlimmere Probleme hat als ich und dass ich kein Recht habe, mich selbst zu bemitleiden.

Heute ist Samstag. Mein Vater arbeitet trotzdem, auch wenn er etwas früher Feierabend macht. Ich finde, dass er wieder anfangen sollte zu leben. Eine neue Frau würde ihm guttun. Eine, die ihm zeigt, wo der Hammer hängt, und die ihn davon abhält, sich eines Tages tot zu schuften.

Ich vertrödele den Tag damit, meinen Kleiderschrank auszumisten und meine Kleidung über das Internet zu verkaufen. Nachdem ich ungefähr einschätzen kann, wie viel ich einnehmen werde, gehe ich für diesen Betrag auf neue Shoppingtour in den Onlineshops. Klar könnte ich einfach das Geld meines Vaters verprassen. Aber mein neues Ziel ist mehr Unabhängigkeit, also fasse ich sein Vermögen nicht an.

Nach dem Abendessen streame ich einen Film und lege mich in mein Bett. Ich habe einen Smart-TV in meinem Zimmer, sodass ich hier gemütlich fernsehen kann. Obwohl ich zu Hause von Luxus umgeben bin, finde ich, dass ich bald eine eigene Wohnung brauche. Sobald ich Geld verdiene!

Draußen ist es dunkel, als mein Handy plötzlich klingelt. Leonies Anzeigebild ist auf meinem Display zu sehen.

»Hey Leo!«, begrüße ich meine beste Freundin lächelnd.

»Kiki, Süße!« Es tut gut, ihre Stimme zu hören. Meine Laune hebt sich sofort an und schießt quasi durch die Decke. »Was machst du gerade?«

»Liege im Bett und gucke einen Film.«

»Was schaust du dir an?«

»Rendezvous mit Joe Black«, antworte ich seufzend.

»Den alten, schnulzigen Schinken?« Leo lacht.

»Hey! Es ist ein wunderschöner Film und ich finde die Geschichte ultrasüß!«, verteidige ich mich schmollend.

»*Du* bist süß«, sagt meine Freundin amüsiert. »Ich habe gerade einen Anruf von einem Kommilitonen aus dem Studium bekommen. Er macht eine Hausparty, weil er Geburtstag hat. Bin schon auf dem Weg dahin. Es ist Samstag, du solltest auch vor die Tür gehen! Komm mit mir auf die Party, das wird der Hammer!« Im Hintergrund höre ich das Rauschen der Straßenbahn, in der sie vermutlich sitzt.

»Eine Hausparty?«, frage ich unsicher. »Ich weiß nicht. Leo, im Moment habe ich echt Angst. Mein Vater hat eventuell recht und wir werden beobachtet. Ich will nicht ohne Begleitung außer Haus. Meinst du, Dimitri kann mitkommen?«

»Mit auf die Hausparty?« In ihrem Tonfall höre ich schon, dass sie Nein sagen wird. »Kann er dich nicht hinbringen und abholen? Hier drin bin ich doch bei dir und außerdem lauter Leute, die ich kenne. Da kommt doch keiner auf die Party, der deinem Vater was anhaben will.«

Wenn sie das so sagt, klingt das wirklich sehr unwahrscheinlich.

»Also gut«, gebe ich mich geschlagen. »Dimitri soll mich fahren und draußen warten.«

»Klasse! Ruf mich an, wenn du da bist. Bis später, Kiki!«

Dimitri ist zufrieden damit, dass er mich zur Hausparty hinfahren und draußen auf mich warten kann. Von daher bin ich beruhigt und vertraue auf seine fachmännische Einschätzung.

Nach dem Anruf von Leonie bin ich erst mal durchgedreht und wusste nicht, was ich anziehen soll. Da ich heute meinen Kleiderschrank erst sortiert habe, wusste ich wenigstens, was sich alles darin befindet.

So entscheide ich mich für eine rosa-karierte Hotpants aus weitgeschnittenem Stoff mit Hosenträgern und einem eng anliegenden, weißen Rollkragen. Ich liebe diesen Pulli, weil er so ein süßes Strick-Muster hat. Meine Haare flechte ich zu einem langen, lockeren Zopf, der mir über die rechte Schulter fällt. Am Ende sehe ich irgendwie aus wie ein lebendig gewordenes Bonbon oder wie aus einem Anime entsprungen. Aber das ist mir egal. Meine Garderobe gibt alles her – von eleganten, schwarzen Kleidern und Seidenblusen über Nietenjacken bis hin zu einem Lolitakleid mit kleinen Kätzchen drauf. Um meinen flippigen Look abzurunden, trage ich einige bunte Armreifen, die klimpern, wenn sie an meinem Handgelenk umherrutschen, und meine lila Springerstiefel. Nach meinem fersenvernichtenden Ausflug in die Stadt gestern habe ich heute keine Lust auf hohe Schuhe.

Dimitri fährt mich bis vor die Haustür eines Mehrfamilienhauses in Frankfurt-Höchst. Es hat drei Stockwerke und sieht schon ein bisschen in die Jahre gekommen aus. Von drinnen dröhnt laute Musik und Gelächter. Die Fenster sind gekippt oder geöffnet und ich sehe unzählige Leute.

Ich rufe Leonie an und warte solange im Wagen. Nach kurzer Zeit geht ihre Mailbox dran, doch bevor ich es noch mal versuchen kann, wird die Haustür des Gebäudes geöffnet und der rote Schopf meiner Freundin erscheint. Sie hebt ihr Handy an und winkt mir grinsend zu.

»Danke, Dimitri«, sage ich und klopfe ihm auf die Schulter.

»Ich habe die Umgebung im Blick. Rufen Sie mich an, wenn etwas ist. Dann bin ich sofort da«, sagt er und nickt mir zu. Ich steige aus und laufe mit ausgebreiteten Armen auf Leo zu.

»Kiki!« Sie fängt mich auf und drückt mich fest an sich. Im Gegensatz zu mir sieht sie mal wieder aus wie einer Rockband entsprungen. »Toll, dass du gekommen bist! Komm, wir gehen rein!«

Sie löst sich von mir und legt ihren Arm um meine Taille. Zusammen gehen wir zu dem Gebäude und die Treppe nach oben.

»Stört der Lärm denn nicht die anderen Bewohner im Haus?«, sorge ich mich und sehe mich zweifelnd um. Der Krach muss doch bis ins hinterste Zimmer überall im Haus zu hören sein.

»Quatsch. In dem Haus hier sind nur WGs von Studierenden. Die wissen alle Bescheid und sind auch auf der Party.« Leonie lächelt mich an und zwinkert mir zu. Ihre Augen sind dunkel geschminkt und wirken dadurch groß und verführerisch. Die Jungs müssen sich um sie reißen. Aber Leo scheint kein Interesse an einer Partnerschaft zu haben. Sie lässt jeden abblitzen, der mehr von ihr will als Freundschaft.

Im ersten Stock sind beide Türen offen, die in das Treppenhaus führen. Es stehen sogar Leute im Flur mit Plastikbechern in der Hand und unterhalten sich. Offenbar sind für die Party beide Wohnungen zusammengelegt worden.

»Da sind wir!«, ruft Leo, als wir nach rechts durch die Tür gehen. Sie reißt die Arme in die Luft und ruft laut: »Whoooo!«

Die umstehenden Jungs und Mädels grölen los und prosten uns zu.

»Ich stelle dir das Geburtstagskind vor«, sagt sie dann und zieht mich mit sich mit. Wir drängen uns an den anderen vorbei und bleiben bei einem jungen Mann mit roten, strubbeligen Haaren, Tattoos, Tunnels und Piercings stehen. Er ist schmal gebaut und hat Sommersprossen. Trotzdem wirkt er wie ein echter Haudegen.

»Hey, Pitz!«, ruft Leo ihm zu und klopft ihm auf die Schulter. Er ist gerade dabei, Bierflaschen in den Kühlschrank zu stapeln, und dreht sich zu uns um.

»Leo! Und – oh. Wer ist denn das?« Seine blauen Augen schauen mich offen und interessiert an. Ich finde ihn auf Anhieb sympathisch.

»Das ist Kiki! Meine beste Freundin!«

»Ach, das ist Kiki! Schön dich kennenzulernen!«, ruft Pitz mir über die Musik hinweg zu. »Ich bin Tillmann Pitz, aber alle nennen mich Till oder Pitz.«

»Hi, Pitz!«, antworte ich grinsend und breite die Arme aus. »Herzlichen Glückwunsch zum Geburtstag, auch wenn wir uns noch gar nicht kennen!« Ich umarme ihn herzlich. Er lacht und drückt mich fest.

»Danke! Bin einundzwanzig geworden. Jetzt bin ich vollkommen strafmündig, also darf ich keinen Scheiß mehr bauen!« Er zwinkert mir zu. »Willst du was trinken?«

»Ja, gerne! Was gibt es denn?«, frage ich.

Er zählt diverse alkoholische Getränke auf und am Ende entscheide ich mich für eine Erdbeerbowle, die seine Freundin selbstgemacht hat.

Obwohl ich weiß, dass die Früchte den meisten Alkohol enthalten, schaufele ich mir besonders viele davon in mein Glas. Die sind so lecker!

ER

Warum muss sie ausgerechnet auf eine Hausparty gehen? Ich stehe vor dem Mehrfamilienhaus und ziehe tief an meiner Zigarette. Da drin ist es heiß, voll und die Gäste werden in wenigen Stunden stockbesoffen sein. Wirklich. Ich kann mir Besseres für meinen Samstagabend vorstellen.

Doch egal wohin sie geht, ich werde ihr folgen.

Von außen kann ich durch die Fenster kaum etwas sehen. Sie ist eben mit ihrer Freundin nach drinnen gegangen und draußen wartet nur dieser Typ im Anzug im Wagen.

Ich habe sie aus den Augen verloren. Das ist schlecht. Also schnippe ich die halb gerauchte Kippe weg, schiebe meine Hände in meine Jackentaschen und betrete das Gebäude. In der Haustür ist der Schnapper heruntergedrückt, sodass sie immer zu öffnen ist. Ich gehe nach oben und nicke den Leuten zu, die im Flur stehen.

»Hey, wer bist du?«, spricht mich ein Kerl an, der in der rechten Tür steht, auf die ich zuhalte.

»Bin 'n Kumpel von Andi«, antworte ich und gehe einfach an ihm vorbei nach drinnen.

»Ahso«, sagt der Typ hinter mir. »Wer ist Andi?«, fragt er dann einen anderen. Wie die Antwort ausfällt, bekomme ich nicht mehr mit. Aber da mir niemand hinterherkommt, um mich rauszuschmeißen, ist es mir auch egal.

Ich gehe ein paar Schritte und finde sie neben ihrer Freundin. Sie versucht, mit einem Spießchen eine Erdbeere aus ihrem Glas zu fischen. Schnell mache ich einen Schritt zur Seite durch eine Tür hindurch, um aus ihrem Blickfeld zu verschwinden.

Als ich mich umsehe, finde ich mich in einem Schlafzimmer wieder, in dem ein schmales Einzelbett steht. Die Wände sind vollgestellt mit Schränken und Vitrinen und die Blümchen-Deko lässt eindeutig darauf schließen, dass es sich hierbei um ein Mädchenzimmer handelt. Zwei Leute sitzen auf dem Bett, drei davor auf dem Boden und zwei weitere stehen. Sie spielen Flaschendrehen. Einige andere stehen in der Gegend herum und unterhalten sich.

Als ich den Raum betrete, werde ich zwar gemustert, doch niemand stört sich an meiner Anwesenheit. Auf das Türblatt sind Spiegel geklebt. Perfekt. Ich stelle mich an die Wand und öffne die Tür so, dass ich in der Spiegelung Viktoria fokussieren kann.

SIE

»Wie viele seid ihr in deiner WG?«, frage ich Pitz.

»Ich lebe mit meiner Freundin hier. Das dort ist unser Zimmer.« Er zeigt schräg aus der Küche heraus zu einer Tür. »Da hinten wohnt Semih.« Nun zeigt er auf die Tür, die am weitesten von uns entfernt ist. Anschließend schwenkt sein Arm weiter zu einer, die offen steht und mit Spiegeln beklebt ist. »Und das hier ist das Zimmer von Caro. Sie ist aber im Moment zu Besuch bei ihren Eltern in Hamburg. Wir haben ihre Erlaubnis, das Zimmer für die Party mitzunutzen. Vorausgesetzt wir hinterlassen alles sauber!«

Mein Blick folgt seinem Arm. Es leben also zwei Männer und zwei Mädels in dieser WG. Als ich in die Spiegel von Caros Tür sehe, kann ich ihr hübsch eingerichtetes Blumen-Zimmer dadurch sehen.

»Wie cool«, freue ich mich für Pitz. »Und ihr versteht euch auch alle gut?«

»Ja, absolut. Caro und Semih sind mir schon sehr ans Herz gewachsen. Wir wohnen jetzt seit einem Jahr hier.«

»Ich sehe die Küche und eure Zimmer. Aber habt ihr gar kein Wohnzimmer?«, frage ich ihn.

»Doch!«, mischt sich Leonie ein und schnappt mich an meinem Arm. Sie zieht mich mit sich mit um eine Wand bei der Küche. Um diese herum vor dem Zimmer von Semih befindet sich ein weiterer Bereich, der mit einem braunen Sofa und einem Fernseher eingerichtet ist.

»Ach hier!«

Leo zieht mich mit sich zu der Couch, wo gerade zwei Leute aufstehen und uns Platz machen.

ER

Das war knapp. Beinahe hätte sie meine Spiegelung gesehen. Im letzten Moment konnte ich die Tür so kippen, dass für Viktoria nur das Zimmer erkennbar war. Jetzt hat ihre Freundin sie aus meinem Blickfeld gezogen. Egal, wie ich das Türblatt kippe, ich kann sie nicht mehr sehen. Verdammt.

Ich warte noch einen Moment, ehe ich einen Typ festhalte, der an mir vorbeigeht.

»Hey«, sage ich, »hast du Kiki gesehen?«

Der kleine Kerl mit Hornbrille sieht mich verständnislos an. »Wen?«

»Klein, rosa, sieht aus wie 'ne Animefigur.« Ich finde meine Beschreibung ziemlich treffend. Sieht der andere genauso, denn er nickt verstehend.

»Ah, ja. Ich glaube, die ist eben mit Leo um die Ecke zum Sofa gegangen.«

»Danke.« Um die Ecke klingt schon mal gut. Daher riskiere ich es, aus dem Mädchenzimmer rauszugehen. Nun stehe ich wieder in der Küche. Ich nutze die Gelegenheit, um mir ein Bier aus dem Kühlschrank zu nehmen, und öffne es mit meinem Feuerzeug, während ich mich umsehe. Vermutlich befindet sich das Sofa auf der anderen Seite der Wand. Wie soll ich sie dort ungesehen beobachten können? Dazu muss ich ein Zimmer weiter gehen. Die Tür des anderen Raumes ist direkt gegenüber der Couch. Von dort aus hätte ich einen guten Blick.

Ich passe einen Moment ab, an dem sich viele Leute im Wohnzimmer tummeln, dann gehe ich von der Küche zu meinem Zielraum. Es ist ein Zimmer, in dem offenbar zwei Personen leben. Es gibt ein großes Doppelbett mit zwei Nachttischen und auch der gegenüberliegende Kleiderschrank ist so groß, dass darin Platz für zwei Garderoben ist. Auf das Bett wurden alle Jacken und Mäntel geworfen, die an dem Haken neben der Haustür keinen Platz mehr gefunden haben.

Obwohl mir heiß ist, lasse ich meine Lederjacke an. Ich setze mich auf den Schreibtischstuhl und rolle auf Höhe der Tür. So kann ich so tun, als würde ich der Musik im Wohnzimmer lauschen und gleichzeitig hinaussehen. Zwar ist mein Blick zum Sofa immer wieder von Menschen verdeckt, doch es reicht, um stets einen kleinen Blick auf sie zu haben. Manchmal sehe ich nur ihre Knöchel, manchmal ihr Handgelenk und manchmal blitzt etwas Rosanes zwischen den Körpern auf.

SIE

Die in Alkohol getränkten Erdbeeren hauen ganz schön rein. Mein Abendessen liegt auch schon eine Weile zurück. Ich fühle mich beschwipst. Aber das wird so schnell gehen, wie es gekommen ist. Ich nehme mein Spießchen und fische in meinem Glas die letzte Erdbeere heraus. Mit einem *‚Plopp'* verschwindet sie zwischen meinen Lippen. Leonie schaut mich an und lächelt.

»Mach mal langsam, du kleine Schnapsdrossel«, sagt sie und grinst.

Ich stupse sie mit dem Ellbogen an. »Sind doch nur ein paar Erdbeeren.«

»Ja, lass sie doch«, mischt sich plötzlich jemand anderes ein. Es ist ein junger Mann, etwa in unserem Alter. Vielleicht auch ein oder zwei Jahre älter. Er hat kurzgeschorenes, dunkles Haar und eine breite Nase sowie volle Lippen. Seine Schultern sind muskulös. Er trägt einen grauen Jogginganzug. »Ich bin Lukas«, stellt er sich vor und hält mir die Hand hin, die ich ergreife und freundlich schüttele.

»Ich bin Kiki!«

»Kiki. Ein Süßer Name für ein süßes Mädchen.«

Leonie neben mir stöhnt genervt und rollt ihre Augen. Wenn sie eins nicht leiden kann, dann sind das schmalzige Typen, die mich angraben. Viele Männer missinterpretieren meine herzliche Art leider als Flirten. So auch Lukas. Er steht auf und setzt sich dicht neben mich. Seinen rechten Arm legt er auf der Sofalehne hinter mir ab, sodass die Fingerspitzen seiner Hand meine Schulter berühren. Dass er mir plötzlich so nah kommt, ist mir unangenehm, aber ich möchte auch nicht unhöflich sein und einfach weggehen.

»Und stehst du auf Animes und so ein Zeug?«, fragt Lukas neben mir.

Ich lächle steif. »Manche.«

»Machst du auch Cosplay und ziehst Lolitakleider an?« Sein Grinsen wird schmierig. Ich weiß genau, dass bei ihm im Kopf gerade perverse Vorstellungen abgehen.

»Du, lass uns lieber über was anderes reden, ja?«, versuche ich es diplomatisch, doch Lukas scheint andere Pläne zu haben. Er legt seine Hand auf mein Knie. Augenblicklich sträuben sich mir die Nackenhaare wie bei einer fauchenden Katze. Bewegungslos bleibe ich sitzen und verkrampfe mich.

»Nee, sag doch mal. Ich steh da drauf«, bedrängt er mich weiter.

Jetzt reicht es mir!

ER

Packt der sie gerade an? Durch die Beine und Körper der Leute sehe ich nur, wie sich seine Hand auf ihr Knie legt. Plötzlich steigt eine rasende Wut in mir auf. Heiß und gefährlich pumpt dieses Gefühl durch meine Venen. Ich stehe von dem Schreibtischstuhl auf. Er rollt einige Zentimeter zurück, bis er gegen ein Regal stößt. Die Gäste in dem Zimmer sehen mich mit irritierten Gesichtern an.

Aber sie sind mir jetzt egal. Ich bekomme ihr Erstaunen nur am Rand mit. Eine Stimme in mir ruft, dass ich unvernünftig bin, dass ich gefasst bleiben muss, dass ich mich unauffällig verhalten sollte – so unauffällig es eben geht für einen tätowierten, großen und athletischen Kerl wie mich. Aber diese Stimme der Vernunft geht im tobenden Rauschen meines Zornes unter.

Ich verlasse das Zimmer und schiebe ein paar Personen mit meinen Händen beiseite, pflüge mich durch die Körper wie eine Welle durch das Wasser. Wenn ich diesen Typen in die Hände kriege, werde ich ihm sein schmieriges Grinsen aus dem Gesicht schlagen. Meine Zähne knirschen, als ich meine Kiefer übereinanderschiebe.

Bevor ich das Sofa erreichen kann, springt Viktorias Freundin Leonie plötzlich auf und schlägt die Hand des Kerls von ihrem Knie.

»Merkst du nicht, dass sie nicht will?«, faucht sie ihn an. Ihre blauen, schwarz umrahmten Augen funkeln angriffslustig. »Also nimm deine Dreckgriffel weg, klar?«

Viktoria blinzelt erstaunt und schaut die Rothaarige verblüfft an. Der Kerl ist genauso baff. Dass er von einem Mädchen derart eins auf den Sack kriegt, hätte er wohl nicht erwartet. Bevor er etwas erwidern kann, mischt sich plötzlich ein anderer Mann ein. Er ist klein, schmal und hat auffällige Tunnels in den Ohrläppchen.

»Wie wäre es mit einem Trinkspiel! Wer ist dabei? Kiki? Leonie?«, ruft er und schaut die beiden mit breitem Grinsen an.

Die beiden Freundinnen wechseln einen Blick, dann stehen sie auf. »Dabei!«, beschließen sie einstimmig.

»Cool. Dann lasst uns in mein Zimmer gehen. Je mehr, desto besser. Julia, Simon und Semih machen auch mit. Vergesst eure Gläser nicht!«

Ehe ich mich versehe, kommen alle drei auf mich zu. Ich muss schleunigst hier verschwinden.

SIE

Pitz, das Geburtstagskind, hat uns eingeladen mit ihm ein Trinkspiel zu spielen. Irgendwo tief in mir weiß ich, dass das keine gute Idee ist, denn das einzige Ziel ist es, betrunken zu werden. Aber die Gewissheit, dass Dimitri draußen auf mich wartet und mich behütet nach Hause bringen wird, gibt mir Sicherheit. Außerdem bin ich froh, vom Sofa aufzustehen und den aufdringlichen Lukas hinter mir lassen zu können. An einigen anderen Gästen vorbei bewegen wir uns auf das Zimmer von Pitz zu, welches sich direkt gegenüber dem Wohnzimmer befindet.

ER

Als sie frontal auf mich zukommen, bleibt mir nichts anderes übrig, als seitlich auszuweichen und die Flucht in Richtung Küche anzutreten. So kann sie mich nur von hinten sehen und meine Chancen, unerkannt zu bleiben, steigen. Ich drängele mich an den Leuten vorbei und steuere auf das Bad neben der Haustür zu. Von hier kann ich zwar nicht mehr das Geschehen beobachten, aber ich kann warten, bis sie sich wieder irgendwo hingesetzt haben und ihr dummes Trinkspiel spielen.

Ich schließe die Badezimmertür hinter mir und stelle meine Bierflasche auf der Ablage beim Waschbecken ab. Dann nutze ich die Gelegenheit, um zu pinkeln, und wasche mir anschließend die Hände. Ich sehe in den Spiegel. Er hängt für mich zu niedrig, weswegen ich mich etwas bücken muss, um mich zu erkennen. Ich betrachte die dunklen Ringe unter meinen Augen und fahre mir mit der nassen Hand durch meine Haare, um sie nach hinten zu streichen. Meine Sitecuts sind lang geworden und kaum noch zu erkennen. Aber gerade habe ich andere Probleme. Irgendwie muss ich einen Ort finden, von dem ich sie beobachten kann. Ohne dass sie mich bemerkt.

»Ich muss nur nochmal gerade wohin. Dann komme ich nach!«, sage ich leise zu Leonie. Sie zögert kurz, dann nickt sie mir zu und geht mit Pitz in sein Zimmer. Mit unsicherem Schritt wanke ich zum Badezimmer neben der Eingangstür. Es waren doch eindeutig zu viele Erdbeeren. Die Welt um mich herum dreht sich verdächtig. Ich will mir etwas kaltes Nass aus dem Wasserhahn ins Gesicht spritzen, um wieder Herrin meiner Sinne zu werden. Danach sollte ich etwas essen, bevor ich bei dem Trinkspiel mitmache, oder einiges an nicht alkoholischer Flüssigkeit trinken.

Das Bad ist besetzt. Ich rüttele an der Klinke und schnaube frustriert. Dann muss ich wohl warten. Kurze Zeit später wird der Schlüssel gedreht und die Tür geöffnet. Vor mir in der Badezimmertür steht ein großer Kerl mit dunklen Augen, dunklen Haaren und schwarzer Lederjacke. Ich kenne ihn! Was tut er hier? In seinem Blick erkenne ich Ärger. Ist es ihm wirklich so unangenehm, mich zu sehen? Ohne dass ich es will, macht sich ein Stechen in meiner Brust bemerkbar. Um es zu überspielen, lächle ich ihn fröhlich an.

»Hallo!«, rufe ich ihm zu. »Was ein Zufall. Du bist auch hier!«

»Ja«, knurrt er genervt, »was ein Zufall.«

»Meine Freundin und ich wollen jetzt mit Pitz und den anderen etwas spielen. Willst du mitmachen?«, frage ich ihn und bin mir ziemlich sicher, dass er mich jetzt abfällig ansehen und mir ein »nein« entgegenknurren wird. Ich kann es einem Kerl wie ihm nicht verübeln. Für ihn muss das klingen wie im Kindergarten.

»Okay«, sagt er und zuckt die Schultern.

Okay?!

Habe ich mich verhört?!

Irritiert sehe ich ihn an und warte darauf, dass er mich auslacht und mir sagt, dass er mich verarscht hat. Doch er geht einfach an mir vorbei. Seine Schulter streift dabei meinen Arm und der Luftzug, den er mit sich bringt, riecht nach Leder und Rauch.

Dieser kurze Moment der Nähe reicht aus, dass eine Gänsehaut meinen Körper überzieht und ein leichtes Flattern in meiner Magengegend zu spüren ist. Es fühlt sich an, als gäbe es einen unsichtbaren Faden zwischen ihm und mir, der mich mit sich zieht. Obwohl er diese Sogwirkung auf mich hat, bleibe ich wie angewurzelt an Ort und Stelle stehen und schaue ihm nach.

Er hält an und dreht sich zu mir um. Sein Blick trifft meinen.

»Wo bleibst du, Prinzessin? Ich dachte, du willst spielen«, raunt er leise. Seine Stimme ist tief, rau und männlich. Seine Worte eine Aufforderung, eine Einladung. Und gleichzeitig auch eine Warnung. Wer mit diesem Mann spielt, verliert. Das weiß ich tief in meinem Inneren. Doch diese Gefahr, die er ausstrahlt, zieht mich unweigerlich an.

Dabei kenne ich nicht mal seinen Namen.

»Ähm, ja.« Meine Stimme klingt belegt. Ich räuspere mich und spüre, wie mir die Hitze in den Kopf steigt. Hoffentlich bemerkt er meine Nervosität nicht. Schlagartig bin ich nüchtern und folge ihm, ohne überhaupt auf der Toilette gewesen zu sein. Ich kam hierher, um mir etwas kaltes Wasser ins Gesicht zu spritzen, doch jetzt fühlt es sich an, als läge ich bis zu meinem Scheitel in einer heißen Quelle.

Er dreht mir den Rücken zu und geht los. Die Hände schiebt er dabei in die Taschen seiner Jacke. Ich betrachte sein kräftiges

Kreuz, während ich ihm folge. Dann lasse ich meinen Blick weiter hinabwandern. Eine abgewetzte Jeans bedeckt seinen knackigen Hintern und die langen Beine, die in alten Lederstiefeln enden. Er ist groß. Unter dem Türrahmen passt er gerade so durch. Seine Haarspitzen streifen das Holz.

In dem Zimmer unseres Gastgebers sitzen die anderen bereits auf dem Teppich vorm Bett und schauen uns an, als wir den Raum betreten.

Leonies Blick verdunkelt sich, als sie ihn erblickt. »Du bist doch der Typ aus dem Club«, stellt sie fest.

Bevor er etwas Fieses erwidern kann, springe ich dazwischen und deute mit beiden Händen auf ihn.

»Er möchte auch gerne noch bei dem Spiel mitmachen. Je mehr, desto besser. Nicht wahr, Pitz?«

Der Gastgeber lächelt und rückt etwas zur Seite, um uns Platz zu machen.

»Klar. Ich bin Tillmann Pitz, aber alle nennen mich Till oder Pitz. Das hier ist Leonie.« Er deutet auf Leo, dann schwenkt sein Arm zu einer anderen, jungen Frau mit blonden Haaren. »Das ist Julia und das hier Simon«, wobei er auf einen kleinen Kerl deutet, der bereits tiefe Geheimratsecken in seinen mausbraunen Haaren hat, und schließlich auf einen hochgewachsenen, sportlichen Südländer, »und das hier ist mein Kumpel und Mitbewohner Semih.« Pitz grinst und legt seinen Arm um Semih. Dieser schaut unter einer Sonnenbrille hervor, obwohl es im Zimmer ziemlich schummrig ist. Die Pupillen seiner dunklen Augen sind stark geweitet.

»Und wer seid ihr?«, fragt Semih.

»Ich bin Kiki!«, stelle ich mich vor und winke allen zu. »Und das hier ist-« An diesem Punkt endet mein Wissen. Ratlos schaue ich zu ihm hinauf.

»Seth«, sagt er einsilbig. Dann setzt er sich neben Pitz, legt einen Arm locker auf einem angezogenen Knie ab und sieht zu mir herauf. Seth. Das ist also sein Name. Ich frage mich, ob es sein wirklicher Name ist oder irgendein Spitzname.

»Setz dich«, sagt er und klopft mit der flachen Hand neben sich auf den Boden. Zwischen ihm und Leonie lasse ich mich sinken, hocke mich auf meine Beine und schaue in die Runde.

»Was spielen wir denn?«

Seth zieht seine Jacke aus und wirft sie aufs Bett. Im Augenwinkel erkenne ich die schwarzen Tattoos, die seine kompletten Arme überziehen. Ich spüre die Wärme, die von seinem Körper ausgeht. Sein Oberarm, mit dem er sich nach hinten abstützt, ist nur wenige Zentimeter von meinem entfernt. Es fällt mir schwer, mich zu konzentrieren. All meine Sinne wollen wie kleine Fühler neben mich tasten. Seinen Duft riechen. Seine Stimme hören. Seine Haut spüren. Doch die Luft, die sich zwischen uns befindet, fühlt sich an wie eine unsichtbare Barriere. Ob es ihm auch so geht? Nein, unmöglich. Seine Trennung ist viel zu frisch. Ich sehe unauffällig zu ihm hinüber, doch er schaut Pitz an, der gerade das Spiel erklärt.

»Wir spielen ‚Never have I ever'. Ihr kennt es sicher. Jeder von uns macht der Reihe nach eine Behauptung. Wer diese nicht mit Ja beantworten kann, muss trinken.«

»Warum spielen wir nicht direkt Flaschendrehen?«, fragt Semih grinsend. »Dann kann man wenigstens den Mädels sagen, dass sie sich ausziehen sollen.«

»Semih!«, ruft Julia und schlägt ihm lachend gegen den Oberarm. Der Türke grinst und schaut unter seiner Sonnenbrille hervor zu ihr.

»Du musst die Mädels erst betrunken machen, damit sie sich ausziehen. Also echt, Semih, du weißt auch nicht, wie das geht!«, mischt sich Simon ein.

Leonie schnaubt abfällig. Sie krempelt sich die Ärmel angriffslustig herauf. »Als ob. Euch Bubis trinke ich locker unter den Tisch. Wir werden sehen, wer hier am Ende nackt auf den Tischen tanzt.« Sie stellt eine Flasche Tequila und einen Salzstreuer in die Mitte der Runde. Jeder bekommt dazu einen Teller mit ein paar Zitronenscheiben. »Los geht's.«

»Das Geburtstagskind fängt an!«, befindet Julia und erntet damit Zustimmung von allen Seiten.

»Also gut. Fangen wir mit etwas Harmlosen an.« Pitz überlegt, ehe er die erste Behauptung aufstellt. »Ich habe noch nie einen Autounfall gehabt.«

Ich, Leonie, Simon, Seth und Pitz antworten mit »Ja.« Julia und Semih trinken. Dann erzählen sie von ihren Unfällen. Julia hatte einen Wildunfall, bei dem ihr ein Wildschwein vor das Auto gelaufen ist, und Semih hatte einen Auffahrunfall. Als Nächstes ist Seth dran, der direkt neben Pitz sitzt.

Er überlegt nicht lange, bevor er sagt: »Ich habe noch nie eine Party nüchtern verlassen.«

Alle schauen ihn an. Jeder von uns war bereits mal Fahrer und musste eine Feier zwangsweise, ohne betrunken zu sein, verlassen. Wir greifen gleichzeitig zur Zitrone und dem Salz und trinken. Ich verziehe das Gesicht, als der Alkohol in meiner Kehle brennt.

Jetzt bin ich dran. Überlegend tippe ich mir mit dem Finger gegen das Kinn. »Ich habe noch nie etwas geklaut!«, rufe ich.

Leonie und Semih trinken. Doch meine Aufmerksamkeit gilt nur Seth, der die Fläche auf seinem Handrücken zwischen Daumen und Zeigefinger mit Zitronensaft beträufelt und etwas Salz darauf streut. Er hebt seine Hand zu seinem Mund und leckt mit der Zungenspitze über die salzige Stelle. Mein Atem beschleunigt sich, als ich ihm zusehe, und ein merkwürdiges Ziehen entsteht zwischen meinen Schenkeln. Als wäre es Wasser, kippt er sich das kleine Shot-Glas in den Mund und beißt dann in die Zitrone. Ich presse meine Lippen zusammen.

Leonie ist an der Reihe. Sie stellt bereits ihre Behauptung auf, während ich noch damit beschäftigt bin, Seths Adamsapfel zuzusehen, wie er sich bewegt, als er schluckt.

»Ich habe noch nie keine Unterhose untendrunter getragen.«

»Uhh, jetzt wird es schlüpfrig!«, freut sich Simon und grinst. Julia wird rot und trinkt. Pitz schaut sie an, schnalzt grinsend mit der Zunge und schüttelt tadelnd den Kopf.

»Lasst mich! Ich war noch ein kleines Mädchen und hab's vergessen!«, verteidigt sich Julia schmollend.

Semih ist dran. Um den kommenden Worten mehr Dramatik zu verleihen, zieht er langsam seine Sonnenbrille ab und schaut jedem von uns in die Augen.

»Ich habe noch nie Sex auf einer Toilette gehabt.«

Es ist alleine Seth, der erneut nach dem Schnapsglas und der Zitrone greifen muss. Ein leichtes Schmunzeln zupft an seinen Mundwinkeln, als er trinkt. Er hatte also schon mal Sex auf einer Toilette. Meine Fantasie geht mit mir durch, als ich mir vorstelle, wie er mit einer Frau wild küssend in eine dreckige Klokabine verschwindet. Wie sie ihm die Haare zerwühlt. Wie er ihren kurzen Rock hochschiebt und mit seiner großen, sehnigen Hand ihren Oberschenkel fasst und hochhebt. Zerrissen zwischen Wut und Erregung blinzele ich und wende meinen Blick von ihm ab. Ich balle meine Fäuste auf meinen Knien und warte die nächste Behauptung ab. Von Semih, Pitz und Simon bekommt Seth grölenden Zuspruch.

»Ich habe noch nie«, beginnt Julia, die jetzt an der Reihe ist, »eine Beziehung gehabt.«

Semih, Julia, Simon und Pitz müssen trinken. Das bedeutet, dass Leonie, ich und Seth noch nie eine feste Bindung gehabt haben. Ich schiele unauffällig neben mich und runzele die Stirn. Hatte er nicht behauptet, sich von seiner Freundin getrennt zu haben? Hat er mich angelogen oder lügt er jetzt? Ich weiß, dass er schon sechsundzwanzig ist. Trotzdem hatte er noch keine Freundin? Ich kann mir vorstellen, dass er niemand ist, der eine feste Bindung eingehen will. Sex. Mehr nicht. So schätze ich ihn ein.

»Du hast noch keinen Freund gehabt?«, fragt Pitz erstaunt an Leonie gerichtet. Diese zuckt unbekümmert die Schultern.

»Naund?«, sagt sie. »Kein Interesse.«

»Aber Sex hattest du schon, oder?«

»Hey. Das hier ist kein Wahrheit oder Pflicht. Simon ist dran!« Leonie verschränkt die Arme. Sie hat mit mir noch nie über intime Themen wie Liebe oder Sex geredet. Obwohl sie mir gegenüber eine liebevolle, offenherzige Person ist, scheint dieses Thema ihr unangenehm zu sein und ich wollte sie nie dazu zwingen.

»Ich bin noch nie irgendwo eingebrochen«, sagt Simon und sieht in die Runde.

Leonie und Seth trinken.

Ich bin bloß ausgebrochen, aber nicht eingebrochen.

»Das war die erste Runde. Ich bin wieder dran!« Jeder hat bisher eine Frage gestellt und nun sind wir wieder bei dem Geburtstagskind angelangt. Diesmal musste ich nicht viel trinken, doch das ändert sich in der zweiten Runde. Die Tequila-Flasche wird immer leerer. Die Welt um mich herum beginnt sich erneut zu drehen. Meine Zunge wird lockerer, ebenso wie die der Mitspieler. Alle haben Spaß, lachen übereinander, nur Seth sitzt mit steinerner Miene dort und scheint als Einziger noch nicht betrunken zu sein. Liegt wahrscheinlich daran, dass er der größte von uns allen ist und am meisten verträgt. Wie Leonie immer sagt: Kleine Menschen werden schneller betrunken.

»Ich hatte noch nie einen Dreier.« Das ist Pitz' Behauptung in der dritten Runde. Als hätte ich es geahnt, muss Seth als Einziger trinken.

»Alter«, sagt Semih und sieht ihn interessiert an. »Wie hast du das denn geschafft? Waren es zwei Mädels oder noch ein anderer Kerl?«

»Zwei Mädchen natürlich.« Seth runzelt die Stirn und sieht ihn an, als wäre er verrückt, diese Frage überhaupt zu stellen. »Sie waren halt scharf auf mich. Was sollte ich machen? Ich konnte sie doch nicht enttäuschen.«

»Und wie habt ihr es gemacht?« Auch Simon ist Feuer und Flamme für Seths Bettgeschichte.

»Naja. Eine Weile lang haben mir beide einen geblasen, dann hat sich eine auf meinen Schoß gesetzt und die andere über mein Gesicht gekniet, damit ich sie lecken konnte. Am Ende, als es härter wurde, habe ich die eine von hinten genommen, während die andere uns zugeschaut und es sich selbst dabei gemacht hat. Als die Kleine vor mir zweimal gekommen ist, haben sie sich abgewechselt und ich habe die andere gefickt. Aber mal ehrlich. Lange konnte ich das nicht durchziehen. Das war schon ziemlich heftig«, erzählt Seth derart abgebrüht, als wäre es ein Aufsatz im Deutschunterricht und nicht ein halber Porno. Die Jungs sind begeistert, während Leonie angeekelt das Gesicht verzieht.

»Scheint ja ein ganz Toller zu sein«, murmelt sie neben mir.

Ich dagegen weiß überhaupt nicht, was ich empfinden soll. Auf eine merkwürdige Weise fühle ich mich wie betäubt. Inzwischen weiß ich, dass Seth schon mit diversen Frauen an diversen Orten auf diverse Weisen gevögelt hat, und die Art, wie er darüber redet, lässt darauf schließen, dass es ihm rein gar nichts bedeutet. Der kleine, naive Teil in mir, der geglaubt hatte, dass er mich irgendwie mögen könnte, zerbricht. Oft genug hat er mir jetzt schon klargemacht, dass ich ihn nerve. Ich weiß auch nicht, warum ich diese romantischen Vorstellungen mit ihm habe. Vermutlich, weil er die Freiheit verkörpert, die ich suche. Weil es wirkt, als könnte er tun und lassen, was er will. Als wäre ihm alles egal. Als käme er aus einer anderen, gefährlichen Welt. Die Welt in Frankfurts Schatten, die mich so fasziniert.

Doch er ist nicht der mysteriöse Mann, der vor meinem Haus erscheint, seine Hand nach mir ausstreckt und mich einlädt mit ihm zu kommen. Er ist der mysteriöse Mann, der sich nicht im Geringsten für mich interessiert und der so viel Sex mit heißen Frauen hatte, dass ich buntes, verrücktes Kind für ihn vollkommen uninteressant bin. Die Erkenntnis brennt wie ein heißer Kloß in meinem Hals.

Kiki, sei nicht dumm. Du kennst ihn kaum. Such dir einen netten Kerl, der dich gut behandelt und auf Händen trägt!

»Ich war noch nie verliebt.« Seths Stimme durchdringt meine Gedanken und bestätigt noch ein letztes Mal das Bild, das ich von ihm habe. Wenn er gelogen hat und gar keine Freundin hatte, dann ist diese Aussage genauso traurig wie wenn er wirklich eine hatte und nicht mal verliebt in sie war. Er ist nichts für mich. Und ich nichts für ihn. Großer Gott, wenn er nur wüsste, was für Gedanken ich mir über ihn mache!

Niemand trinkt. Jeder von uns war schon mal verliebt.

»Noch nie? Nicht mal in der Schule?«, fragt Simon verblüfft.

»Nein. Nie.« Seth zuckt die Schultern.

Ich bin an der Reihe, aber irgendwie ist mir die Lust auf das Spiel vergangen. Um mich herum dreht sich alles. Meine Augen haben Probleme damit, einen Punkt im Raum zu fixieren. Ich habe viel zu viel getrunken.

»Ich habe noch nie so viel Alkohol getrunken wie heute«, behaupte ich daher mit erhobenem Zeigefinger.

Die anderen lachen über mich. Alle müssen trinken.

»Ich habe noch nie eine Frau gesehen, die schöner ist als Kiki«, sagt Leonie plötzlich, die nach mir an der Reihe ist. Ich schaue sie verblüfft an. Sie lächelt leicht, als sie meinen Blick erwidert.

»Du bist ja süß«, sage ich verlegen. »So hübsch bin ich aber nicht!«

»Für mich schon.« In ihren blauen Augen erkenne ich die Aufrichtigkeit ihrer Worte. Sie nennt mich ständig »Süße« und ich weiß, dass sie mich liebt wie eine Schwester. Aber diese ehrliche Bewunderung hätte ich ihr nicht zugetraut.

»Sorry, ich muss trinken, ich habe eine Freundin«, sagt Pitz, zwinkert mir zu und trinkt den Tequila.

»Ich stehe auf Jennifer Lawrence«, sagt Simon und trinkt ebenfalls. Semih zwinkert mir über seine Brille hinweg zu und lässt sein Shot-Glas stehen. Seth fasst an das kleine Glas, doch er trinkt nicht. Er dreht es lediglich zwischen seinen Fingern und lässt Leonies Aussage unkommentiert.

Zwanghaft versuche ich mir einzureden, dass das rein gar nichts zu bedeuten hat. Er will bloß höflich sein. Mehr nicht. Aber dieser Mann ist nicht der Typ dafür, auf die Gefühle anderer zu achten. Im Club hat er mir ins Gesicht gepustet und auch sonst keinen Hehl daraus gemacht, dass ich ihn nerve und ihn in Ruhe lassen soll. Warum sollte er ausgerechnet jetzt damit anfangen? Ich werde einfach nicht schlau aus ihm und inzwischen bin ich nicht mehr wirklich in der Lage, klar zu denken.

ER

Warum habe ich mich nur auf dieses dämliche Trinkspiel eingelassen? Als Viktoria plötzlich vor mir stand, hat es all meine Bemühungen und Planungen, unentdeckt zu bleiben, zunichtegemacht. Wenn ich direkt neben ihr sitze, kann ich sie ebenso gut beobachten. Inzwischen ist sie beschwipst. Ebenso wie ich – bloß, dass ich es mir nicht anmerken lasse. Von all den Trotteln, die sich hier im Kreis auf dem Teppich versammelt haben wie ein Haufen minderjähriger Indianer, musste ich das meiste trinken. Je leerer die Tequilaflasche wurde, desto niveauloser und sexistischer wurden die Behauptungen und umso größer die Chance, dass ich mein Glas leeren muss. Ich muss aufhören, bevor ich die Kontrolle über die Situation verliere.

Viktoria ist ungewöhnlich still geworden seit der letzten Frage. Ich sehe aus dem Augenwinkel zu ihr. Dieses trübselige Gesicht steht ihr nicht. In mir keimt der bescheuerte Wunsch auf, das Lächeln auf ihre Lippen zurückzubringen.

»Ich glaube, ich brauche etwas frische Luft. Das war jetzt doch ziemlich viel Tequila«, nuschelt sie und steht auf. Natürlich ist auch ihre Freundin Leonie sofort auf den Beinen und klebt an ihrer Seite. Das Mädchen ist wie ein verdammter Wachhund.

»Ich bringe dich auf den Balkon«, sagt sie.

»Schon gut. Ich muss meine Lunge eh mal durchlüften. Ich begleite sie. Spielt ihr ruhig weiter.« Ich stehe auf und wühle auf dem Bett in meiner Jacke nach den Zigaretten. Dabei spüre ich Leonies zweifelnden und Viktorias überraschten Blick in meinem Rücken.

»Hm«, macht Leonie, »ich komme trotzdem mit.«

»Ach komm schon, lass uns weiterspielen, Leo! Er wird sie schon nicht fressen!«, mischt sich Pitz ein. Als auch die anderen

Leonie überreden hier zu bleiben, gibt sie schließlich auf und setzt sich wieder hin.

Viktoria wankt in Richtung der Balkontür. In diesem Moment bin ich froh, dass sie nicht diese Stöckelschuhe anhat. Damit wäre sie sicher der Länge nach hingeflogen. Die lila Springerstiefel bringen sie halbwegs sicher nach draußen auf den Balkon.

»Es ist eiskalt«, stellt Viktoria fröstelnd fest und umklammert ihre Oberarme, auf denen sich augenblicklich eine Gänsehaut bildet, mit ihren Händen. Sie hat recht. Die kalte Nachtluft empfängt uns auf dem Balkon. Als ich die Tür hinter uns schließe, sind die Musik und die Geräuschkulisse der Party nur noch gedämpft zu hören. Es kommt mir beinahe angenehm still vor.

»Mhm«, stimme ich ihr zu, zünde meine Zigarette an und lehne mich mit den Unterarmen auf das Metallgeländer. Wir befinden uns im ersten Stock und der Boden ist etwa drei Meter unter uns. Neben dem Weg, der zur Haustür führt, wachsen ein paar Gebüsche.

Viktoria stellt sich schweigend neben mich und hebt ihren Blick in den Himmel. Ich drehe meinen Kopf leicht zu ihr, um sie ansehen zu können. Ihre Wangen sind von der Hitze im Zimmer und dem Alkohol leicht gerötet und ihre türkisgrünen Augen schimmern von dem Licht der Straßenlaterne. Sie ist schön. Ihre Haut ist hell und sieht so weich aus, dass ich sie am liebsten berühren möchte, um herauszufinden, wie sie sich anfühlt. Es kribbelt in meinen Fingerspitzen, aber ich gebe dem Drang nicht nach. Ihr süßer Geruch wird vom kalten Wind zu mir herangetragen.

Ich habe das Gefühl, dass sich etwas zwischen uns geändert hat. Sie ist so still und distanziert. Wo ist das fröhliche Mädchen hin, das immer lächelt und jeden damit ansteckt? Ich sollte froh sein, ihr Interesse an mir endgültig zerschlagen zu haben. Das war mein Ziel. Doch obwohl ich es erreicht habe, will sich kein Gefühl der Befriedigung in mir einstellen.

»Du magst mich nicht, oder?«, fragt sie plötzlich. Ich drehe mich zu ihr und sie sieht mir fest in die Augen. Sie sind erfüllt von dem Mut eines betrunkenen Mädchens. Viktoria presst ihre vollen Lippen zusammen und ihre Augenbrauen nähern sich über ihren Augen. Sie hat Angst vor meiner Antwort, obwohl sie sich deren schon sicher ist. Es ist perfekt. Wenn ich ihr jetzt sage, dass ich sie nicht leiden kann, wird sie sich von mir fernhalten und ich kann zurück in die Schatten gehen und sie aus dem Dunkel heraus beobachten.

SIE

Er drückt seine Zigarette in dem überfüllten Aschenbecher aus, der auf einem kleinen Tisch auf dem Balkon steht, und wendet sich dann mir zu. Seine Augen werden schmal, als sie mich fixieren. Ich bin mir sicher, dass er mich nicht leiden kann. Für gewöhnlich bin ich niemand, der Komplexe hat, aber dieser Mann lässt mich fühlen, als wäre ich der Kaugummi unter seinem Stiefel.

Mein Herz schlägt heftig in meiner Brust. *Bumm. Bumm. Bumm.* Keine Ahnung, wie viele Herzschläge vergehen, und er starrt mich immer noch an. Sein bohrender Blick macht mir Angst.

Dann schnalzt er plötzlich genervt mit der Zunge und streicht sich aufgebracht durch die Haare. »Scheiße. Warum machst du es mir so schwer?«, fragt er.

Ich hebe verwundert meine Augenbrauen und trete verwirrt einen Schritt zurück. »Was? Was mache ich schwer?«

»Ich sollte mich von dir fernhalten. Aber ich schaffe es einfach nicht.« Seine Stimme wird leiser, als er mir einen Schritt nachkommt.

Das Licht, das durch die Fenster nach draußen scheint, trifft auf sein Gesicht und wirft einen raubtierhaften Glanz in seine dunklen Augen. Ich gehe noch einen Schritt zurück und trete auf eine Bierflasche, die auf dem Boden liegt. Sie rollt scheppernd zur Seite und ich falle nach hinten gegen die rau verputzte Hauswand.

Mit einem großen Schritt ist Seth direkt vor mir. Er stützt einen Arm neben meinem Kopf ab und lehnt sich über mich. Ich starre erschrocken zu ihm hinauf. Was hat er vor? Will er mir etwas antun?

All die Zeit habe ich nicht ein Mal daran gedacht, dass er vielleicht tatsächlich derjenige sein könnte, der es auf mich abgesehen hat. Dabei war er fast immer da, wenn ich mich beobachtet gefühlt habe! Meine Atmung beschleunigt sich. Was, wenn er wirklich der Komplize von dem Kerl am Bahnhof war und nur nichts passiert ist, weil der mutige Anzugmann dazwischengegangen ist?

»Hast du Angst?«, fragt er leise und sein Blick wandert an meinem Gesicht herunter zu meinem Hals. Mein Mund ist staubtrocken und schaue mich nach einem Fluchtweg um.

»Nein«, lüge ich und schaue ihn an, »wenn du mir etwas antun willst, werde ich so laut kreischen, dass jeder auf der Party nach draußen stürmt!« Keine Ahnung, ob diese Drohung funktioniert.!«

An seinen Mundwinkeln zupft ein leichtes Lächeln.

»Glaubst du ernsthaft, dass du noch um Hilfe rufen könntest, wenn ich dir wirklich etwas antun wollte?«, fragt er amüsiert.

Ich beiße mir auf die Unterlippe und sehe zu ihm hinauf. »Und? Willst du mir etwas antun?« Meine Stimme ist leise und belegt, dennoch sehe ich ihn fest an. Woher ich diesen Mut nehme, weiß ich selbst nicht.

Seths Augen blicken direkt in meine. Er steht so dicht vor mir, dass ich erneut seinen Geruch nach Leder und Rauch wahrnehme und die Wärme seines Körpers spüre. Seine Nähe beschleunigt meinen Herzschlag sowie meinen Atem und ich kann nicht mal sagen, ob durch Angst oder Aufregung. Vielleicht beides. Bin ich verrückt, dass mich diese Ungewissheit, diese Gefahr derart erregt? Oder ist es normal, eine Anziehung zu jemandem zu spüren, von dem man keine Ahnung hat, wer er ist, was er will oder woher er kommt?

Wieder vergehen viele schmerzhafte Herzschläge, bis er reagiert.

Erneut zuckt einer seiner Mundwinkel zu einem kleinen Lächeln. Plötzlich fasst er mit der freien Hand nach meinem Kinn. Sie ist so groß, dass sie fast mein halbes Gesicht umfassen kann. Sein Daumen streicht über meine Wange, während er tief einatmet. Die Dunkelheit in seinen Augen wird zu einer Schwärze, die mich verschlingt wie ein Sog, aus dem ich nicht entkommen kann. Egal, wie sehr ich dagegen ankämpfe und mich im Geiste sträube.

»Du hast ja keine Ahnung, wie gerne ich dir etwas antun würde«, sagt er mit rauer Stimme.

»Ist das eine Warnung oder eine Einladung?«, flüstere ich. In meinen Wangen entsteht ein Kribbeln, das sich bald über meine Brust bis zu meinem Bauch und meinem Unterleib ausbreitet. Mein Körper wird von ihm angezogen wie von einem Magneten. Ich möchte mich gegen seine Brust drücken, seinen harten Bauch spüren und mit meinen Fingerspitzen über seine kräftigen Schultern fahren. Gleichzeitig weiß ich, dass es besser ist, zu flüchten und so viel Abstand wie möglich zwischen ihn und mich zu bringen.

»Beides.« Seths Griff um mein Kinn wird fester. »Du solltest dich von mir fernhalten, weil ich es nicht kann. Ich bin nichts für ein Mädchen wie dich. Das ist mein ehrlicher, gut gemeinter Rat.« Sein Daumen streicht über meine Unterlippe und hinterlässt ein heißes, erwartungsvolles Prickeln. »Ich werde dich nur verletzen.«

»Und wenn ich es nicht tue?«, frage ich leise. »Wenn ich mich nicht von dir fernhalte, was wirst du dann mit mir machen?«

Er lehnt sich zu mir herab und neigt seinen Kopf leicht schräg.

»Das willst du lieber nicht herausfinden, Prinzessin«, haucht er gegen meine Lippen.

Das letzte bisschen Vernunft in mir fällt in sich zusammen wie ein Kartenhaus. Ich hebe meine Hände an, greife in den schwarzen Stoff des T-Shirts über seiner Brust und stelle mich auf die Zehenspitzen. In dem Moment, in dem meine Lippen seine berühren, geht die Balkontür plötzlich auf und die laute Musik schallt nach draußen.

»Lass sie in Ruhe!«, höre ich Leonies aufgebrachte Stimme.

Seth rollt die Augen und geht einen Schritt zurück. Sein Blick haftet noch einen Moment auf mir. »Sieht aus, als müsstest du es ein anderes Mal herausfinden«, sagt er, ehe er sich zu ihr umdreht und auf sie zugeht. Als er an ihr vorbeigeht, lehnt er sich kurz zu ihr hinab und sagt:

»Du bist ein nervigerer Wachhund als dieser Typ im Auto vor dem Haus.« Dann verschwindet er in die Wohnung.

Leonie starrt ihm wütend hinterher. Ich stehe noch wie paralysiert an der Wand und versuche, meine Gedanken zu sortieren. Was ist eben passiert? Was bedeutet das alles?

»Woher weiß er, dass Dimitri hier ist?«, fragt Leonie. Sie kommt auf mich zu und schaut an mir herauf und herab, als hätte ich eben einen Autounfall gehabt. »Geht es dir gut?«

»Ich …ich weiß nicht. Vielleicht hat er gesehen, wie er mich hierher gefahren hat? Ja, mir geht es gut.« Ich fasse mir an die Stirn und schließe meine Augen. Wollte ich diesen Mann eben wirklich küssen? Ich kann es nicht fassen.

»So ein Mistkerl. Ich wusste, dass ich dich nicht mit ihm alleine lassen sollte. Der hat doch nichts anderes im Kopf als Sex. Es war mir so klar, dass er sich an dich ranmachen würde. Du hättest ihm einfach eine verpassen sollen, Kiki.« Sie stemmt ihre Hände in die Hüften und schnaubt abfällig.

»Ich wollte ihn küssen«, platzt es aus mir heraus. Ich habe keine Ahnung, was Seths Absichten sind. Ob er nicht nur ein Spiel mit mir spielt und mich flachlegen will – oder ob er gar Böseres im Sinn hat – aber ich kann nicht zulassen, dass Leonie denkt, ich wäre sein Opfer gewesen.

»Was?« Meine Freundin sieht mich schockiert an. Ihre blauen Augen weiten sich und ihr Mund steht offen, als hätte ich ihr gerade gesagt, dass ich morgen das Land für immer verlassen werde. »Aber warum?«

»Ich weiß nicht, Leo.« Ahnungslos und verzweifelt hebe ich meine Schultern. »Irgendetwas an ihm zieht mich an. Ich kann es dir nicht erklären.«

»Ich kenne Typen wie ihn, Kiki! Lass die Finger von ihm. Er wird dich nur verletzen und unglücklich machen, glaub mir. Der Kerl ist nicht ganz koscher. Wer weiß, welche Leichen er im Keller vergraben hat. Keiner von den anderen kennt ihn, er ist viel älter als du und man sieht ihm an, dass er nichts als Ärger bereitet«, redet sie auf mich ein.

»Ich weiß, Leo. Es ist ja auch nicht so, dass wir jetzt miteinander gehen! Es wäre nur ein Kuss gewesen. Mehr nicht. Kein Grund zur Sorge!« Ich versuche, mich zu verteidigen, und merke dabei selbst, wie kläglich ich mich anhöre.

»Ich mache mir aber Sorgen«, murmelt Leonie leise und schaut mich an wie ein geschlagener Hund.

»Ach, Leo!« Ich gehe auf sie zu und nehme sie in den Arm. Sie drückt ihr Gesicht in meine Haare und zieht mich dicht zu sich heran. »Solange ich dich habe, kann mir doch gar nichts passieren.«

Den Rest der Party finde ich Seth nicht mehr wieder. Dass er einfach abgehauen ist, ohne sich zu verabschieden, sieht ihm ähnlich. Leonie und ich feiern mit den anderen noch bis spät in die Nacht, ehe ich von Dimitri sicher nach Hause gebracht werde. Kurz darauf liege ich in meinem Bett und schmiege meine Wange an das weiche Kopfkissen. Die Lichterkette an meiner Hängepflanze spendet ein gedimmtes Licht in meinem Zimmer, sodass ich nicht in völliger Dunkelheit liege.

Wer ist Seth und warum fühle ich mich derart von ihm angezogen? Ich habe noch nicht viel Erfahrung mit dem anderen Geschlecht gemacht, doch auch ich war schon mal verliebt oder hatte mit Männern geflirtet. Keiner von ihnen hatte auch nur ansatzweise das ausgelöst, was dieser unhöfliche, mysteriöse Mistkerl in mir entfacht.

Seine ganze Erscheinung reizt den Teil in mir, der abends den zwielichtigen Kerlen hinterhersieht. Den Teil, der sich nach einem Abenteuer sehnt. Den Teil von mir, der aus diesem goldenen Käfig entkommen möchte. Ich bin fasziniert von ihm und ich wünsche mir tief in meinem Inneren, dass ich ihn hinter seiner harten Fassade ebenfalls irgendwo berühre. Dass dort etwas zwischen uns ist. Dass nicht nur mein Herz schnell schlägt, wenn wir uns gegenüberstehen.

Kann ich mir auf die Dinge, die er zu mir sagt, etwas einbilden oder ist das alles nur gelogen, um mich herumzukriegen?

Warum tut er so, als wäre er gefährlich für mich und er müsste mich vor sich selbst beschützen? Oder ist es, weil er noch nicht bereit für etwas Neues ist?

Verwirrt schüttele ich meinen Kopf und schließe seufzend meine Augen.

ER

Es ist gut, dass Leonie plötzlich auf den Balkon kam und uns unterbrochen hat. Viktoria wollte mich küssen. Habe ich sie denn nicht eindringlich genug vor mir gewarnt?

Und noch viel wichtiger: Warum mache ich mir überhaupt Gedanken über das alles? Als ob ich keine anderen Probleme hätte.

Ich ziehe das Schreiben von Ace aus dem Briefumschlag und lese mir den Auftrag noch einmal genau durch. Dann stopfe ich es zurück in die Innentasche meiner Jacke und zünde mir eine Zigarette an.

Während ich den heißen Qualm tief in meine Lunge ziehe, betrachte ich das heruntergekommene Gebäude, vor dem ich stehe. Der viele Tequila von der Party rauscht noch immer durch meine Adern, doch er sollte mich nicht weiter einschränken. Es ist kein schwieriger Auftrag, von daher mache ich mir keine Sorgen. Ich schaue auf die Uhr an meinem Handy. In drei Stunden wird die Sonne aufgehen. Jetzt ist der ruhigste Zeitpunkt in Frankfurt. Die braven Bürger schlafen in ihren Betten, die meisten Partylöwen sind nach Hause gegangen und die Straßen sind frei für Typen wie mich.

Bevor ich auf die Eingangstür zugehe, reibe ich mir mit Daumen und Zeigefinger über die Augen. Die Haut um sie herum fühlt sich weich und faltig an. Ich muss scheiße aussehen. Zu oft und zu lange zu wenig geschlafen. Aber hey, das Leben ist kein Ponyhof und Frankfurt schon mal gar nicht.

Als meine Zigarette heruntergeraucht ist, werfe ich den Stummel auf den Boden und gehe zum Eingang. Die Wände des Gebäudes waren mal weiß, doch jetzt sind sie nicht nur mit Graffiti besprüht, sondern auch die Abgase der vielen Autos der

Großstadt haben einen grauen, dreckigen Film auf ihnen hinterlassen.

Das Schloss ist einfach zu knacken. Es ist alt und keine sehr sichere Ausführung. Mit meinen Dietrichen drücke ich einen Zylinder nach dem anderen herunter, bis es sich drehen lässt und ich ein leises Klacken höre. Es ist offen. Ohne zu zögern, trete ich ein und ziehe die Tür hinter mir zu. Ich gehe das Treppenhaus nach oben in den zweiten Stock. Hier gibt es zwei Türen. Vor einer steht ein Kinderwagen. Ich drehe mich zu der anderen und lausche.

»Oh ja, gibs mir!«, höre ich eine Frau entzückt jauchzen. Anschließend vernehme ich ein tiefes Stöhnen.

Scheint, als käme ich zum perfekten Zeitpunkt. Ohne dass es das vögelnde Paar mitbekommt, mache ich mich erneut am Schloss zu schaffen. *Klack.* Ich drücke die Tür auf und gehe hinein. In der Wohnung riecht es nach Opium und Zigarettenqualm. Das Stöhnen ist jetzt wesentlich lauter und ich kann das Aufeinanderklatschen ihrer Körper hören. Gedimmtes Licht dringt aus dem Wohnzimmer in den Flur und ich halte darauf zu.

Als ich das Zimmer betrete, sehe ich einen großen, braungebrannten, muskelbepackten Typen, der eine kleine Blonde fickt, die breitbeinig vor ihm auf dem Wohnzimmertisch sitzt. Alles, was sie trägt, sind durchsichtige Plateauschuhe mit spitzen Absätzen. Ihre kleinen Brüste wippen hektisch auf und ab, als der Riese sein enormes Teil immer wieder in ihr versenkt. Keiner von beiden hat mich bisher bemerkt.

Mein Blick wandert weiter zu der dritten Person, die sich hier befindet. Es ist ein kleiner, dicker Mann mit Halbglatze, der vom Sofa aus dem Schauspiel der beiden zusieht und dabei seinen eigenen Schwanz in der Hand hält.

»Carlos«, sage ich und schlendere auf ihn zu.

Die Blonde und das Muskelpaket springen erschrocken auseinander und drehen sich zu mir um. Auch Carlos springt hoch und packt eilig seinen Schwanz ein. Mit offener Hose glotzt er mich an.

»W-was? Wie kommst du hier rein?!«

»Ace schickt mich. Du hast etwas, das ich abholen soll«, erkläre ich und sehe ihn abwartend an. Er schluckt und leckt sich über die wulstigen Lippen. Dann lächelt er plötzlich.

»Ahh, ja. Du wirst also von Ace dafür bezahlt, ja? Schau her«, sagt er und greift in seine Gesäßtasche. Dort holt er ein Portemonnaie hervor und zieht einige violette Scheine aus dem Fach. Er wirft sie vor sich auf den Couchtisch und sieht mich auffordernd an. »Ich bezahle dir mehr.«

»Mich interessiert deine verdammte Kohle nicht«, sage ich, ohne das Geld zu beachten. Jetzt ist mir klar, was mit meinem Vorgänger passiert ist. Er hat sich von Carlos kaufen lassen und ist Ace in den Rücken gefallen. Keine gute Idee. Diesen Fehler werde ich ganz sicher nicht machen. »Pass auf, Carlos. Wir können das hier auf die nette oder auf die harte Tour machen. Ist mir scheißegal. Aber ich werde die Wohnung nicht mit leeren Händen verlassen.«

Als der Muskelberg und die Blonde verdächtig zucken, drehe ich meinen Kopf in ihre Richtung und gebe ihnen mit einem einzigen Blick zu verstehen, dass sie sich nicht rühren sollen. Beide sind schlau genug, meine stille Drohung zu verstehen.

Carlos ist wenig begeistert von meiner diplomatischen Art und sein Hals bekommt nervöse, rote Flecken.

»Wie viel willst du?«, fragt er hastig.

»Hörst du mir nicht zu?«, knurre ich genervt. »Gib mir einfach, wofür ich hier bin, und du hast kein Problem mit mir.«

Carlos schaut sich suchend um, als könnte er eine Lösung für seine Situation in diesem Raum finden. Mir reißt so langsam der Geduldsfaden.

Mit einem großen Schritt stehe ich direkt vor Carlos und lege meine Hand um seine Kehle. Ich hebe ihn an seinem Hals hoch, sodass er mit strampelnden Beinen keuchend nach meinem Arm greift. All sein Zerren ist umsonst. Ich werfe ihn nach hinten auf das Sofa und kann mein eigenes Gewicht nutzen, um ihn mit Gewalt nach unten zu drücken. Die roten Punkte an seinem Hals weiten sich aus, bis sein runder Kopf komplett glüht.

Ich hebe meine Faust und donnere sie ihm ins Gesicht. Es knackt. Als ich sie wieder hebe, läuft ihm Blut aus der Nase und über seine Zähne. Blondie und Muskelpaket nutzen die Situation, um aus dem Zimmer zu flüchten. Feigling. Obwohl er so kräftig ist, hat er nicht versucht einzugreifen. Vermutlich sind die ganzen Muskeln nur zur Show und er weiß sie nicht mal einzusetzen.

»So, mein Freund«, raune ich mit zusammengepressten Zähnen und sehe ihm in die weit aufgerissenen Augen. »Sag mir jetzt, wo ich es finde, oder muss ich weiterhin so nette Überredungskünste zeigen?«

Ich lockere meine Finger ein klein wenig von seiner Kehle, sodass er wieder etwas Luft bekommt. Gierig und rasselnd atmet er ein.

»I-in der Truhe dort«, bringt er rau hervor. Ich hebe meine Mundwinkel zu einem zynischen Lächeln, ehe ich ihn gänzlich loslasse. Dann gehe ich zu der Holztruhe, die neben einem Wohnzimmerschrank steht, und öffne sie. Hier drin befinden sich einige alte Videokassetten und auch ein schwarzer Aktenkoffer mit Zahlenschlössern. Diesen packe ich am Griff und hebe ihn heraus. Ich lege ihn auf den Wohnzimmertisch und sehe zu Carlos, der aufsteht und mich argwöhnisch betrachtet.

»Was ist der Code?«, frage ich.

Die Antwort kommt diesmal schnell und ohne zu zögern. »89326.«

Nachdem ich die Zahlenräder in die richtige Position gedreht habe, schnappen die Metallschnallen des Koffers auf und ich kann den Deckel hochheben. Im Inneren befindet sich ebenfalls eine alte VHS-Kassette. Ich kontrolliere am vergilbten Etikett, ob es sich um die richtige handelt, und schließe den Koffer anschließend zufrieden.

»Na also«, sage ich und nicke Carlos zu. »Das war's schon.« Bevor ich gehe, nehme ich mir die violetten Scheine vom Tisch und stopfe sie in meine Jackentasche. Mit dem entsetzten Blick des Mannes im Rücken verlasse ich die Wohnung wieder.

Ace ist nicht sehr glücklich, als ich ihn morgens um sechs aus dem Bett klingele. Aber ich habe keine Lust, mit dieser kriminellen Scheiße in den Händen umherzulaufen oder sie zu mir nachhause zu schleppen, wo sie noch womöglich meine Schwester findet.

»Dir ist schon klar, wie viel Uhr es ist?«, fragt Ace und fährt sich mit einer Hand durch sein dunkles Haar. Er steht nur in Shorts vor mir und schaut mich müde an.

»Zeit, meinen Auftrag abzuliefern«, antworte ich und gehe an ihm vorbei in seine Penthousewohnung. Ich lege den Aktenkoffer auf dem niedrigen Esstisch ab und öffne ihn mit dem Code von Carlos.

Als Ace zu mir kommt und die VHS-Kassette herausnimmt, lächelt er zufrieden. »Perfekt«, sagt er.

»Was ist auf dem Video?« Ich weiß, dass es mich nicht interessieren sollte, aber selbst ich bin mit einem natürlichen Maß an Neugier gesegnet.

»Kinderpornografie.« Er antwortet so schnell und emotionslos, dass ich keinen Zweifel an der Wahrheit seiner Worte habe.

»Du dealst mit Kinderpornos?«, frage ich überrascht. Ich weiß ja, dass Ace schon so manche zweifelhafte Sache besorgt hat. Dass er keine Skrupel hat. Dass bei ihm nur Geld zählt. Doch *das* ist sogar für ihn zu krass. Dachte ich zumindest bisher.

»Nicht direkt«, antwortet er und schließt den Aktenkoffer wieder. Er streicht mit beiden Händen über das schwarze Kunstleder.

»Was heißt nicht direkt? Komm schon, Ace, lass mich dir nicht alles aus der Nase ziehen.«

Er sieht mich überlegend an.

»Es sind Beweise, die vernichtet werden sollen. Es geht wohl um einen Polizisten, der echt miese Videos gedreht hat. Das hier ist eines davon. In Insiderkreisen muss es ein echtes Sammlerstück sein. Ich habe Carlos dafür einen Haufen Kohle bezahlt. Aber der Bastard hat es einfach nicht herausgerückt.«

»Ein Polizist?«, frage ich stirnkräuselnd und schnaube verächtlich.

»Tja. Dein Freund und Helfer.« Ace macht eine theatralische Geste mit der Hand. »Hier ist deine Bezahlung.« Er geht zu seiner Samurairüstung und öffnet zwei Schnallen an dem Brustpanzer. Als er diesen aufzieht, kommt im Inneren der Rüstung ein Tresor zum Vorschein. Interessantes Versteck. Mal nicht hinter einem Bild oder einem Bücherregal. Ace nimmt einen weißen Umschlag heraus und verschließt danach alles wieder. Er kommt auf mich zu und hält mir den Umschlag entgegen.

»Diesmal ohne Abzüge«, sagt er und zwinkert mir zu. Als ich die Bezahlung entgegennehme und flüchtig die Scheine durchzähle, nicke ich. Vorerst sind meine Geldsorgen beseitigt.

SIE

Die Wohnungen in Frankfurt sind echt verdammt teuer! Das stelle ich fest, als ich am Sonntagabend durch die Zeitung blättere und anschließend im Internet nach weiteren Inseraten suche. Wenn ich kein Geld von meinem Vater annehmen und nur die Einkünfte aus einem Aushilfsjob zur Verfügung habe, kann ich mir mit viel Glück ein winziges Zimmer in einer WG leisten, die so weit außerhalb liegt, dass ich mindestens 45 Minuten mit der Bahn in die Stadt brauche.

Mein Plan, unabhängig von meinem Vater zu sein, bröckelt nach und nach in sich zusammen. Bafög würde ich keins kriegen, dazu ist mein Vater zu reich. Also bin ich zwangsweise weiter auf seine finanzielle Unterstützung angewiesen. Oder ich ziehe für mein Studium nach Wiesbaden. Vielleicht sind dort die Preise günstiger?

Nur so zum Spaß sehe ich mir ein paar Wohnungen in der höheren Preiskategorie an und träume von meinem eigenen Reich. Ich würde überall Pflanzen hinstellen, sodass es richtig wohnlich ist. Außerdem hätte ich lange Fenster-Vorhänge, die bis auf den Boden reichen, und in jedem Raum liegt ein großer, weicher Teppich. Am liebsten hätte ich einen offenen Kamin. Dann würde ich mich abends vor das Feuer legen und dort Bücher lesen.

Ich seufze und stehe auf. Den Laptop klappe ich zusammen und lege ihn auf meinen Schreibtisch. Draußen ist es bereits dämmrig. Den ganzen Tag habe ich im Schlafanzug verbracht und versucht, meinen Kater von gestern zu bekämpfen. Gegen Nachmittag ging es mir zum Glück etwas besser.

Plötzlich höre ich, wie etwas gegen mein Fenster knallt. Es hat sich angehört wie ein kleines Steinchen oder eine Nuss. Verwirrt drehe ich den Kopf in die Richtung und kräusele die Stirn. Als das klackende Geräusch ein zweites Mal ertönt und ich sogar sehe, wie etwas Kleines, Graues gegen meine Fensterscheibe fliegt, kann es kein Zufall mehr sein.

Als ich zum Fenster gehe und nach draußen blicke, sehe ich eine dunkle Gestalt auf dem Bürgersteig stehen. Mein Herz setzt aus und sofort schießt kalte Angst durch meine Glieder. Die Gestalt holt aus und erneut ertönt das Klacken eines Steinchens, welches meine Scheibe trifft. Ich zucke zusammen und gehe einen Schritt zurück.

Welcher Gestörte wirft um die Uhrzeit bitte Sachen gegen mein Fenster? Sofort lasse ich die Jalousien herunter und ziehe meine Kuscheljacke enger um mich.

Heute ist einer der Tage, an denen Dimitri frei hat, und Ansgar ist vor einer halben Stunde mit meinem Vater weggefahren. Sonntagabends hat mein Vater seine Skat-Runde mit ein paar Freunden und sie rotieren mit dem Veranstaltungsort. Diese Woche ist es bei Georgio, dem ein italienisches Restaurant in der Stadt gehört.

Es gefiel meinem Vater nicht, mich alleine zu Hause zu lassen. Doch mit eingeschalteter Alarmanlage und verriegelten Fenstern ist es wohl der sicherste Ort für mich. Natürlich muss ausgerechnet jetzt, da ich für ein paar Stunden alleine bin, jemand draußen auftauchen und Psychoterror machen. Sicher wurde das Haus beobachtet und derjenige hat mitbekommen, dass ich inzwischen alleine bin. Das kleine, hilflose Mädchen.

Keine Sorge, Kiki, du bist hier in Sicherheit! Das ganze Haus ist eine Festung!

Obwohl ich mir versuche, das einzureden, gehe ich hinüber in Vaters Büro. Dort neben dem Schrank steht seine Tasche mit seinen Golfschlägern. Ich nehme mir den mit dem massivsten Kopf heraus und wiege ihn in meiner Hand. Ich glaube, es ist der »Driver«. Er ist viel leichter, als er aussieht, und ziemlich lang. Sogar eine Sportniete wie ich kann damit einen ordentlichen Schlag landen.

Bewaffnet mit dem Driver gehe ich die Treppe hinunter und kontrolliere, ob alle Türen abgeschlossen sind. Ich lasse zuerst die Rollos der Fenster zur Straßenseite hin herunter, bevor ich mich um die der Hinterseite kümmere. Das Klacken der Steine am Fenster hat aufgehört.

Doch entgegen meinen Erwartungen beruhigt mich das nicht. Ganz im Gegenteil. Solange derjenige geworfen hat, wusste ich, wo er ist – oder zumindest, dass er draußen ist. Aber die Stille hat etwas Trügerisches, etwas Unheimliches. Das Ticken der Uhr im Wohnzimmer macht mich wahnsinnig. Es kommt mir mit jedem Schlag lauter vor. Tick. Tack. Tick. Tack.

Als ich das elektrische Rollo an der Terrassentür herunterlassen will, lenkt mich eine Bewegung im Garten ab. Ich habe sie nur mit dem Augenwinkel wahrgenommen, doch sie war eindeutig da. Erschrocken sehe ich nach draußen. Dort ist jemand. Eine große, schwarz gekleidete Gestalt steht direkt vor der Fensterscheibe und sieht hinein. Vor lauter Schreck kreische ich laut los und weiche zurück. Dann meldet sich mein Verstand. Er sagt mir, dass ich das Gesicht der Person kenne. Obwohl mein Herz noch rast wie das eines Karnickels, beruhige ich mich plötzlich.

»Seth?«, frage ich und verenge meine Augen. Ja. Die Gestalt draußen trägt eine schwarze Lederjacke mit Stoffkapuze, eine zerschlissene Jeans, Lederboots und das markante Gesicht mit den dunklen Augen gehört eindeutig zu Seth.

Ich öffne die Terrassentür und sehe ihn entgeistert an.

»Was machst du denn hier?! Woher weißt du, wo ich wohne?!«

»Du hast nicht auf die Steine reagiert, die ich gegen dein Fenster geworfen habe«, erklärt er schulterzuckend und lächelt unschuldig.

Ich schüttele den Kopf und senke meine Augenbrauen. Meine zweite Frage hat er einfach übergangen. Na gut. So offen, wie ich auf Instagram und Facebook mit meinen persönlichen Daten umgehe, war es wohl ein Leichtes, meine Adresse rauszufinden. Wenn mein Vater das wüsste!

»Noch nie etwas von einer Klingel gehört? Das ist das Ding an der Haustür, wo man draufdrückt, dann macht es drinnen ding dong! Ich habe mich zu Tode erschrocken!« Ich bin wirklich wütend auf ihn. Er hat mir solch eine Angst eingejagt, nur weil er sich verhält wie ein Psychopath.

»Ich finde, du siehst noch ziemlich lebendig aus«, erwidert er. »Habe ich dich beim Golfüben gestört?« Sein Blick wandert zu dem Schläger in meiner Hand.

»Was? Äh… nein. Das ist meine Waffe. Die will ich dem Irren über die Rübe ziehen, der Steine gegen mein Fenster wirft.« Ich funkle ihn an und er reibt sich mit verzogenen Lippen über die Brust. Über die Stelle, die ich mit meinem Schuh verletzt habe.

»Das glaube ich dir sogar«, sagt er. »Kann ich reinkommen? Es ist schweinekalt.«

Ich zögere. Nach allem weiß ich rein gar nichts über ihn und ich bin allein zuhause. Meine Vernunft warnt mich vor ihm, aber etwas in meinem Inneren ist auch neugierig und sehnt sich nach dem Nervenkitzel.

Schweigend mache ich einen Schritt zur Seite und sehe ihn an. Er duckt sich unter dem Rollladen hindurch, den ich angefangen hatte herabzulassen. Ich schließe die Terrassentür und versuche mit einem Arm zu verstecken, dass ich keinen BH trage.

Generell ist der Zeitpunkt denkbar ungünstig. Ich trage einen Schlafanzug, meine Kuscheljacke und meine Hauspantoffeln. Meine Haare sind nur ein unordentlicher Knoten auf dem Kopf und geschminkt bin ich auch nicht. Es ist mir peinlich, in diesem Gammeloutfit vor ihm zu stehen, denn irgendwo in mir hat sich der Wunsch eingenistet, ihm zu gefallen.

»Also, warum bist du hier?«, will ich wissen. Wir bleiben im Wohnzimmer stehen. Er soll nicht mit seinen nassen, dreckigen

Stiefeln durch unser Haus rennen. Das muss ich alles wegmachen, bevor Vater nach Hause kommt. Er würde mir den Kopf abreißen, wenn er erfährt, dass ich einen Fremden durch die Terrassentür hereingelassen habe.

Seth vergräbt seine Hände in den Hosentaschen seiner Jeans und sieht sich um.

»Hier lebt die Prinzessin also«, sagt er. Sein Blick gleitet über die undekorierten Betonwände, den Betonboden und die karge Einrichtung. »Dachte eher, dass du in einem Haus voller Kitsch und Glitzer lebst, in dem es riecht wie auf einem Jahrmarkt. Aber hier ist doch alles ziemlich kühl.«

»Ja«, murmele ich und stelle den Driver ab, um die Arme zu verschränken. »Also?«

»Geh mit mir aus«, sagt er plötzlich und sieht mir dabei in die Augen.

»Was?« Mir wird abwechselnd heiß und kalt und meine Wangen kribbeln mit einem Mal.

Fragt er mich nach einem Date? Oder halluziniere ich inzwischen?

»Wie was? Ich will, dass du mit mir ausgehst. In ein Restaurant, mein Magen knurrt nämlich.« Seth schaut mich an, als verstünde ich eine einfache Matheaufgabe nicht. Kommt es ihm nicht in den Sinn, dass es merkwürdig ist, am Abend hier zu erscheinen, Steine an mein Fenster zu werfen, dann plötzlich vor der Terrassentür zu stehen und mich nach einem Date zu fragen? Nein. Er fragt nicht mal. Er befiehlt es mir.

»Ich weiß nicht. Ich bin nicht mal angezogen «, weiche ich aus.

»Scheint, als hätten wir zwei unterschiedliche Definitionen von ‚nicht angezogen'«, erwidert er und in seinen Augen blitzt ein schelmisches Funkeln. »Du hast fünf Minuten.«

»Was?«, frage ich erneut erschrocken und glotze ihn an. »Das brauche ich alleine, um auszuwählen, welche Schuhe ich anziehe!«

»Vier Minuten fünfzig Sekunden.«

Ohne noch länger darüber nachzudenken oder überhaupt zu wissen, warum ich auf ihn höre, drehe ich mich um und eile den Flur entlang und die Treppen hinauf.

ER

Als Viktoria den Raum verlässt, setze ich mich auf das Sofa und schlage mir mit der Faust gegen die Stirn. Möglicherweise kann ich so meine abgestorbenen Gehirnzellen wiederbeleben. Es ist noch nicht zu spät, einen Rückzieher zu machen. Ich könnte einfach verschwinden und sie wüsste nicht, wohin ich gegangen bin oder wo sie mich finden kann. Am besten, ich nehme noch irgendwas Wertvolles mit. Dann sieht es wenigstens aus wie ein Diebstahl. Lieber bin ich ein mieser Dieb als ein Schlappschwanz, der abgehauen ist. Ich sollte nicht hier sein. Aber ich muss.

Ich höre ihre Schritte, die eilig die Treppe herabkommen. Als Viktoria im Türrahmen erscheint, blicke ich auf. Sie trägt eine dunkelblaue Jeans und einen weißen, kuschelig aussehenden Pullover, der genauso nach Zuckerwatte aussieht wie ihre Haare, die in langen, rosa Wellen über ihre Schultern fallen. Sie ist ungeschminkt, so wie eben.

Obwohl sie dadurch viel jünger aussieht, gefällt es mir. Für mich gibt es keinen Grund, warum sie ihre ohnehin reine, zarte Haut anmalen muss. Ihr steht der natürliche Sonntags-Look, der in mir den Wunsch hervorlockt, mich einfach mit ihr aufs Sofa zu kuscheln und mit ihren Locken zu spielen.

»Tut mir leid, mehr habe ich in fünf Minuten nicht geschafft.« Sie interpretiert mein Starren offenbar falsch. Ihre türkisen Augen funkeln mich vorwurfsvoll und angriffslustig an.

»Keine Sorge. Du bist auch ohne Schminke bildschön«, sage ich. Sie schaut mich misstrauisch an, als vermute sie eine Lüge hinter meinen Worten. Als sie keine findet, werden ihre Wangen rot.

»Geh schon mal raus, ich muss noch deine Fußtapser wegwischen«, sagt sie eilig und macht eine scheuchende Geste Richtung Terrassentür. Ich unterdrücke ein Grinsen, stehe auf und gehe den Weg zurück, den ich hereingekommen bin. »Meine was?«, frage ich dabei.

»Fußtapser. Die Abdrücke deiner Stiefel!« Sie deutet mit ausgestrecktem Zeigefinger auf die nass-braunen Spuren, die ich hinterlasse. Fußtapser. Ich mache ja viel. Aber sicher keine Fußtapser. Das Wort ist so niedlich, dass ich Schnauben muss.

Viktoria schaut mich stirnrunzelnd an und versteht nicht, was mich amüsiert. Ich lasse sie darüber im Dunklen und sehe ihr zu, wie sie meine Abdrücke wegwischt. Dann zieht sie sich rosa Eskimostiefel an. Diese hässlichen, flachen Teile, die bei den jungen Frauen so beliebt sind. Sehen für mich aus wie Hausschuhe. Zu ihr passt es allerdings.

»Wir treffen uns vorne!«, ruft sie, ehe sie die Terrassentür schließt und die Rollos runterlässt. Ich warte, bis sich auch der letzte Lichtschlitz geschlossen hat, ehe ich um das Haus herum nach vorne gehe. Dabei achte ich darauf, nicht in den Winkel der Überwachungskamera zu geraten.

Viktoria öffnet die Haustür, verschließt sie hinter sich und läuft dann mit wehenden Haaren die Treppen herab auf mich zu. Ihre Augen sind hell, groß und leuchtend. Auf ihren vollen Lippen liegt ein strahlendes Lächeln. Als wäre ich der Postbote, der ihr neue Schuhe bringt, und nicht ein Mann, von dem sie eigentlich gar nichts wissen sollte, der aus einer anderen Welt kommt. Aus einer Welt, die nichts für sie bereithält als Unglück.

Flieh, Prinzessin, bevor du es nicht mehr kannst.

SIE

Seth möchte mit mir ausgehen. Ich weiß nicht, ob mich diese Tatsache misstrauisch oder glücklich macht. Vielleicht beides. Ich werde aus seinem Verhalten nicht schlau. Er warnt mich vor sich selbst und sagt mir, ich soll mich von ihm fernhalten. Am nächsten Abend steht er plötzlich vor meiner Tür und will mit mir ausgehen. Und ich dachte, Frauen hätten wechselhafte Launen. Ich verstehe ihn nicht.

Aber noch viel weniger verstehe ich mich selbst. Wieso freue ich mich so über seinen unerwarteten Besuch? Wieso bin ich so leichtsinnig und gehe mit einem Mann mit, der mich eindringlich vor sich gewarnt hat? Wieso verlasse ich erneut das Haus ohne die Begleitung eines Personenschützers?

Aber ich schaffe es einfach nicht, das aufgeregte Flattern in meiner Brust unter Kontrolle zu bringen. Insgeheim fühle ich mich so geschmeichelt über seine Aufmerksamkeit, dass sich meine Vernunft in die hintersten Ecken meines Verstandes zurückzieht.

»Wo willst du hin?«, frage ich, als ich bei ihm ankomme. Er hat seine Hände in seinen Hosentaschen vergraben und zuckt die Schultern.

»Hast du ein Auto?«, fragt er zurück.

»Ja.« Mein Vater hat mir zu meinem achtzehnten Geburtstag einen weißen Mercedes A-Klasse geschenkt. Der Wagen steht die meiste Zeit in der Garage. In Frankfurt bin ich mit der Straßen- und der U-Bahn wesentlich schneller, muss keine Parkplätze suchen und vor allem ist es besser für die Umwelt.

»Dann fahren wir damit. Ich sage dir, wo du hinmusst«, bestimmt Seth.

Ich öffne das Tor zur Tiefgarage mit der kleinen Fernbedienung an meinem Schlüsselbund und fahre den Wagen hinaus. Am Rand des Bürgersteigs halte ich an und Seth steigt ein.

»Schicker Wagen«, kommentiert er, als er sich setzt und sich an dem Griff über der Tür festhält.

»Ich hätte ihn längst verkauft und einen anderen geholt, wenn mein Vater sich nicht vehement dagegen wehren würde, eine Ladestation für E-Autos zu installieren.«

»Du willst einen Elektrowagen? Einen Smart oder was?« In seiner Stimme höre ich eindeutig die amüsierte Abfälligkeit, die mir verrät, was er von den modernen Stromern hält.

»Ja, will ich«, erwidere ich betont und selbstbewusst. »Und nein, keinen Smart. Ich hätte gerne das Model 3 von Tesla. Der Wagen würde mir richtig gut stehen. Hast du was dagegen?«

Seth sieht aus dem Fenster und hebt die Augenbrauen. Er antwortet nicht, stattdessen deutet er auf die Straße.

»Fahr Richtung Zentrum. Ich sage dir dann, wo du parken kannst.«

Ich habe meinen Führerschein kaum seit einem Jahr und bin nicht oft gefahren. Man kann mich also durchaus als unsicheren Autofahrer bezeichnen. Im Augenwinkel sehe ich, wie Seth schmunzelt. Er schluckt jedoch alle bösen Kommentare herunter und lässt mich fahren, wie ich es für richtig halte.

»Die nächste musst du rechts. Dann kommt eine Tiefgarage von einem Bürogebäude. Dort können wir rein. Ein Kumpel hat mir seine Parkkarte gegeben.«

Vorsichtig manövriere ich den Wagen in die Tiefgarage und recke meinen Hals lang, um über die Motorhaube hinweg die eng gewundene Abfahrt sehen zu können.

»Wir hätten auch ebensogut mit der S-Bahn fahren können«, merke ich an, als wir aussteigen.

Seth sagt nichts dazu, sondern geht bereits los. Er steuert auf eine Metalltür zu, die in das Treppenhaus führt. Ich schließe den Wagen ab und eile ihm nach.

»Wo gehen wir denn nun hin?«, will ich wissen.

»Siehst du dann.«

Als wir das Treppenhaus zwei Etagen weiter oben verlassen, befinden wir uns in einer schmalen Seitengasse. Ich bin froh, meine Uk-Boots zu tragen, da schmale Absätze hier zwischen dem groben Kopfsteinpflaster stecken geblieben wären. Wenige Meter weiter hält Seth mir die Tür zu einer Bar auf, in der laute Musik läuft.

Obwohl es Sonntag ist, ist sie gut besucht und viele Menschen in unterschiedlichsten Altersklassen sitzen an den Tischen, unterhalten sich und trinken Cocktails. Die ganze Location mutet wie ein Kellergewölbe an. Die Wände sind aus grobem Stein gehauen, die Tische aus rustikalem Holz. Seth sucht uns einen freien Platz für zwei Personen. Er befindet sich in einer kleinen Nische und bietet dadurch ein wenig Privatsphäre. Lächelnd lasse ich mich auf die gepolsterte Bank ihm gegenüber sinken. Seth lehnt sich nach hinten und legt seinen Arm auf die Lehne hinter sich.

»Was willst du trinken? Ich hole uns etwas an der Bar, sonst dauert es ewig.«

»Irgendwas Süßes mit Kokos ohne Alkohol. Ich muss ja noch fahren«, antworte ich und sehe ihm hinterher, als er aufsteht und zwischen den Menschenmassen verschwindet. Selbst hier hebt er sich von den anderen Leuten ab. Seine ganze Erscheinung mit der schwarzen Kleidung und den dunklen Schatten um die Augen will irgendwie nicht in die feiernde Gesellschaft passen. Er wirkt wie ein Schatten. Ein Schatten, der den ganzen Raum etwas dunkler macht, den er betritt.

Mein Herz klopft immer noch wild und ich puste die Luft aus. Fast vollkommen ungeschminkt und in der bequemen Kleidung, fühle ich mich unwohl. Hier sitzt die Zuhause-Gammel-Kiki und nicht die Ausgeh-Kiki. Erneut drängt sich mir die Frage auf, was er von mir will. Warum er mit mir ausgehen will. Darf ich es wagen zu glauben, dass er tatsächlich irgendein Interesse an mir hat? Selbst, obwohl ich mich selbst zur Vorsicht rufe, kann ich nicht verhindern, dass diese Hoffnung in mir keimt.

Als er zurückkommt, stellt er ein hohes Cocktailglas mit Strohhalm und Melone am Rand vor mir ab. Er selbst hat sich ein Bier geholt. Wir stoßen an. Der Cocktail schmeckt süß nach Ananas und Kokos. So, wie ich es gerne mag. Grenadine verteilt sich am Boden und gibt dem Getränk einen rosa Schimmer. Ich nehme ein paar große Schlucke.

»Ich dachte, ich soll mich von dir fernhalten. Warum also stehst du plötzlich vor meiner Tür und willst mit mir weggehen?«

Über Seths Augen huscht ein dunkler Schatten.

»Ich habe dir gesagt, du sollst dich von mir fernhalten, weil ich es nicht kann. Du hättest nicht mit mir hierher kommen sollen.« Seine Stimme ist ein tiefes Raunen. Die Worte jagen mir einen Schauer den Rücken herunter und mein Mund ist plötzlich staubtrocken und ich trinke erneut einen Großteil des Cocktails.

»Was bedeutet das?«

»Das bedeutet, ich habe versucht dir aus dem Weg zu gehen. Aber du hast das Talent, mir ständig in die Arme zu laufen. Ich habe dich vor mir gewarnt, aber du willst nicht auf mich hören. Du kannst immer noch aufstehen, zum Auto gehen und nach Hause fahren.« Seine große, sehnige Hand gleitet über den Tisch auf meine zu.

Als seine warmen Fingerspitzen meine Haut berühren, rauscht ein Sturm an Gefühlen durch meinen Körper. Die Berührung ist so sanft und zärtlich, dass sie in vollkommenem Kontrast zu seinen Worten steht. Angst und das Verlangen nach mehr ziehen mein Innerstes auseinander.

»Flieh«, flüstert er zu mir.

»Bleib«, widersprechen seine Finger, die sich behutsam um mein Handgelenk schließen.

»Warum sollte ich vor dir fliehen?« Ich greife fest um mein Cocktailglas und sehe ihm in seine dunklen Augen. Ist vielleicht alles nur ein Spiel für ihn? Er kann doch nicht ernst meinen, dass ich wegrennen soll. Irgendwo in mir regt sich eine leise Stimme, die fragt: »oder?«

»Weil ich nicht gut für dich bin.« Seine zärtliche Berührung wird fester. Er zieht meine Hand zu sich und lehnt sich zu mir vor.

»Was sollst du mir denn tun?« Ich versuche zu lächeln, doch ich merke, wie es mir regelrecht auf meinen prickelnden Lippen erfriert.

»Da fällt mir so einiges ein.« Seths Blick hält mich gefangen. Ebenso wie seine Hand. »Also ignorierst du meine Warnung und bleibst?«

Langsam wandern seine Augen hinab zu meinen Lippen. Das Flattern in meiner Brust wird unerträglich. Es ist, als wollte es aus mir herausbrechen. Alles in mir zieht mich zu ihm hin. Er ist wie ein schwarzes Loch. Egal wie sehr ich mich wehre, sogar mein Licht biegt sich ihm entgegen. Kann ihm nicht mehr entkommen. Stürzt sich in die unendliche Anziehungskraft seiner Dunkelheit.

»Ja«, hauche ich.

»Dann bist du verloren.«

Er zieht mich über den Tisch zu sich und plötzlich spüre ich seine warmen Lippen auf meinen. Sie sind rau und weich. Seine Bartstoppeln kratzen meine Haut, doch das macht mir nichts. Plötzlich bin ich umfangen von seiner Präsenz, seiner Hitze, seinem Verlangen. Sie hüllen mich ein wie ein Mantel. Ich schließe meine Augen, blende aus, dass sich hunderte Menschen um uns herum befinden. Seths freie Hand greift an meinen Hinterkopf. Seine Finger vergraben sich in meinen Haaren, während ich mich verzweifelt an meinem Cocktailglas festklammere.

Vorsichtig gleiten seine Lippen über meine. Sein warmer Atem vermischt sich mit meinem, als ich meinen Mund einen Spalt weit öffne. Die Glut in meinem Inneren wird zu einem lodernden Feuer entfacht, das sich bis in meine Fingerspitzen ausbreitet, bis ich lichterloh in Flammen stehe. Und doch ist es nicht genug. Ich dränge mich ihm entgegen. Sofort packt er fest in meinen Nacken und zieht mich dichter zu sich heran.

»Was ist mit der Trennung?«, frage ich, als ich mich kurz von ihm löse.

»War gelogen.«

Mit einem Mal wird sein Kuss härter und fordernder. Seine Zunge schiebt sich in meinen Mund und umspielt meine mit ungeduldiger Intensität. Ich keuche auf. Schwindel erfasst meinen Kopf. Ist das alles zu viel für mich? In diesem Moment löst er sich von mir. Auf meinen feuchten Lippen bleibt ein sehnsüchtiges Prickeln zurück. Langsam öffne ich meine Augen. Sein Gesicht ist wenige Zentimeter von meinem entfernt. Er schaut mich an, während vor mir die Sicht verschwimmt.

Ich löse meine Hand vom Cocktailglas und streiche mir über die Augen. Alles dreht sich.

»Was passiert hier?«, frage ich mit zittriger Stimme.

»Du hättest fliehen sollen, solange du es noch konntest.«

ER

Du findest die Schatten verführerisch? Sie sind gefährlich. Sie zerstören dich. Stück für Stück reißen sie deine Seele an sich, bis nichts mehr von ihr übrig ist. Ich muss es wissen, Prinzessin. Ich lebe in ihnen. Ich habe dich gewarnt. Doch du hast nicht auf mich gehört und nun sitzt du mir gegenüber und ich beobachte, wie dein Verstand dir entgleitet.

Als die Drogen, die ich Viktoria in ihren Cocktail gemischt habe, ihre Wirkung vollends entfaltet haben, flattern ihre Lider. Auf meinen Lippen bleibt nichts als ein Hauch von Kokos und ein Gefühl der Leere zurück. Sie wird mich hassen. Mit diesem Gedanken werde ich mich anfreunden müssen.

»Wie geht es dir?«, frage ich. Sie antwortet nicht, sitzt einfach dort. Die türkisen Augen glasig und leer. In diesem Moment ist sie nichts anderes als eine gefügig gemachte, menschliche Marionette.

Ich leere mein Bier mit einem großen Schluck und stehe auf. Als ich auf sie zugehe und einen Arm um sie lege, sackt sie kraftlos gegen meine Brust. Als wäre sie sturzbesoffen, torkelt sie mit mir mit. Ich führe sie zurück in das Parkhaus. Für die anderen Gäste des Pubs ist sie nichts anderes als ein weiteres Mädchen, das es mit dem Alkohol übertrieben hat.

Ohne aufgehalten zu werden, bringe ich sie in das Parkhaus und fahre mit ihr mit dem Aufzug hinunter. Ich krame in ihrer Tasche nach dem Autoschlüssel und packe sie auf den Rücksitz des Wagens, wo sie sich hinlegt. Umständlich schnalle ich sie an, dann setze ich mich hinter das Lenkrad. Meine Beine passen kaum in den Fußraum. Wie weit vorne sitzt das Mädchen eigentlich? Ich muss den Sitz zurückstellen und die Spiegel auf meine Größe anpassen, dann fahre ich los.

Die Fahrt dauert etwa zwanzig Minuten, bis ich das Auto vor einem heruntergekommenen Mehrfamilienhaus parke. Es ist ein verwahrloster Teil der Stadt, der jedoch weiter außerhalb liegt. Inzwischen ist es dunkel und die Straßen sind leer.

Als ich aussteige, stecke ich mir sofort eine Zigarette an, lehne mich an das Auto und inhaliere den Rauch, als wäre er meine Luft zum Atmen. Leider hat das Nikotin schon lange keinen Effekt mehr auf mich und ich rauche nur noch aus Gewohnheit. Ich halte den Filter der Zigarette zwischen meinen Fingern und schaue durch das Rückfenster in das Innere des Wagens.

Viktoria liegt schlafend oder bewusstlos – da bin ich mir nicht sicher– auf der Rückbank und ihr rosafarbenes Haar verteilt sich wie ein Schleier um ihr friedliches Gesicht und auf dem schwarzen Leder des Sitzes. Ich beobachte sie, bis ich meine Zigarette fertiggeraucht habe, dann öffne ich die Tür und ziehe sie aus dem Wagen heraus. Sie wimmert leise, wacht jedoch nicht auf. Ihre Beine knicken weg, sodass ich sie auffangen und tragen muss.

Was mache ich hier? Ich bin ein Monster.

Es gestaltet sich als sehr umständlich, mit ihr auf dem Arm die Tür aufzuschließen. Ich drücke ihren Körper mit einem Arm fest gegen mich. Sie ist warm und weich. Ihr Kopf liegt auf meiner Schulter und ihr Atem streift meinen Hals, sodass sich eine Gänsehaut auf meinem Rücken ausbreitet. Der Duft von Vanille und Blumen streichelt meine Nase. Verdammt. Sie riecht so gut.

Ich trage sie vier Stockwerke hinauf, öffne die Wohnungstür, die zur Dachgeschosswohnung führt, und bringe sie hinein. Meine schweren Schritte führen mich direkt in das Schlafzimmer. Hier lasse ich sie auf das Bett sinken. Schlaff fällt ihr Körper in die Kissen. Dann flattern plötzlich ihre Lider. Viktoria stöhnt leise, dann öffnen sich ihre Augen einen Spalt breit.

»Was... passiert?«, wispert sie schwach. Ich lehne mich über sie und gebe dem Kribbeln in meinen Fingerspitzen nach. Vorsichtig lasse ich sie über ihre Wange gleiten. Als meine Haut auf ihre trifft, zucke ich unwillkürlich, als hätte ich einen elektrischen Schlag bekommen, doch ich höre nicht auf. Sanft streichele ich hinab über ihren zierlichen Hals und über ihr Schlüsselbein.

»Verzeih mir.«

Sie ist wieder weggetreten, reagiert nicht auf meine Worte. Glück gehabt. Welches Weichei bittet schon sein Opfer um Verzeihung? Ich schnaube und schüttele über mich selbst den Kopf. Dennoch kann ich meinen Blick nicht von ihr lösen. Ungewollt schleicht sich der Gedanke in meinen Kopf, was ich jetzt alles mit ihr machen könnte. Sie würde sich gegen nichts wehren.

Ich reiße mich von ihr los und verschwinde aus dem Zimmer. Bevor sie aufwacht, muss ich noch einiges erledigen und vor allem ihren Wagen loswerden.

Mit geschlossenen Augen stehe ich am Abgrund und breite meine Arme aus. Doch bevor ich entscheiden kann, ob ich springe oder nicht, stößt du mich die Klippe hinab. Ich falle. Denn um zu fliegen, bedarf es Flügel.

Ein stechender Schmerz zuckt durch meine Schläfen. Stöhnend wälze ich mich in den Kissen. Mein ganzer Körper fühlt sich an wie gerädert. Als wäre jeder Muskel an meinen Knochen zerrissen wie ein sprödes Gummi. Mit viel Anstrengung schaffe ich es, meine verklebten Lider zu öffnen. Das Licht im Zimmer trifft auf meine Augen, als wären es Dolche.

Keuchend schaffe ich es, mich aufzusetzen. Meine Zunge ist trocken und klebt an meinem Gaumen.

»Verdammt.« Ich stöhne erneut und fasse mit einer Hand an meine Stirn. Mir ist übel und schwindelig. Habe ich gestern zu viel getrunken? Welcher Tag war gestern überhaupt? Welcher Tag ist heute? Angestrengt versuche ich, mich an die letzten Stunden zu erinnern, doch da ist nur vollkommene Leere. Das Letzte, was ich weiß, ist, dass ich alleine zu Hause bin und Vater zusammen mit Ansgar unterwegs ist.

Im festen Glauben, mich in meinem Bett zu befinden, sehe ich mich um, nachdem meine Augen endlich mit dem grellen Licht fertiggeworden sind. Keine Ahnung, wo ich bin, doch definitiv nicht in meinem Zimmer. Ich kräusele die Stirn. Habe ich wirklich so viel getrunken, dass ich einen totalen Blackout habe und jetzt in fremden Betten aufwache? Nur zur Sicherheit sehe ich an mir herab, ob ich nackt bin. Zum Glück trage ich einen Pullover und eine Jeans.

Über meinem Kopf läuft eine Dachschräge entlang. Die Decke ist mit weißem Holz vertäfelt. Der Lack blättert hier und da ab und die ursprüngliche Farbe blitzt an diesen Stellen hervor. Der Boden ist aus Laminat und die Wände sind weiß verputzt. Außer dem Bett befinden sich in diesem Zimmer ein Kleiderschrank und ein Schreibtisch. Ein schräges Dachfenster erfüllt den Raum mit Licht. Es ist spartanisch eingerichtet. Keine Bilder oder Pflanzen, kein Teppich. Nichteinmal für einen Lampenschirm hat es gereicht. Von der niedrigen Decke baumelt eine nackte Glühbirne. Wer auch immer hier lebt, er ist entweder erst kürzlich eingezogen, oder er legt absolut keinen Wert auf Gemütlichkeit.

Ich stehe auf und suche instinktiv nach meiner Handtasche, in der sich sicherlich mein Handy befindet. Doch ich kann sie nirgends entdecken. Nach kurzem Zögern gehe ich auf die Tür zu, die an der Wand dem Bett gegenüber aus dem Raum hinausführt. Ich fasse an die Klinke und drücke sie runter. Nichts passiert. Egal ob ich ziehe oder drücke, die Tür bleibt zu. Sie muss abgeschlossen sein.

»Hallo?«, rufe ich und klopfe an. »Hört mich jemand?«

Nichts. Ich bekomme keine Antwort. Also versuche ich es erneut. Diesmal energischer.

»Ich bin hier eingesperrt!!!« Angestrengt lausche ich, ob ich eine Antwort erhalte. Doch auch dieses Mal werde ich enttäuscht. Eine beängstigende Befürchtung macht sich in mir breit.

Was, wenn ich mit *Absicht* hier eingesperrt wurde? Mein Atem wird flacher, mein Herz schlägt schnell. Das Hämmern in meinem Kopf nimmt zu und die Schmerzen hinter meiner Stirn ebenfalls.

Was soll ich jetzt tun? Ein paar Momente laufe ich hektische Kreise im Zimmer, ehe ich auf das Dachfenster zusteuere. Ich fasse an die Stange, mit der man es öffnen kann. Auch sie bewegt sich nicht.

»Nein«, hauch ich verzweifelt und rüttele mit aller Gewalt an dem Fenster. »Nein!!!«

Mein Verstand weigert sich, die Wahrheit anzuerkennen. Doch es gibt nur eine schlüssige Antwort auf meine Situation:

Ich bin bewusstlos gemacht und eingesperrt worden. Denn aus welchem Grund sonst sollte die Tür von außen abgesperrt worden sein?

Bleib ruhig, Kiki. Ganz ruhig! Dir wird schon etwas einfallen, wie du hier wegkommst!

Ich bleibe mitten im Zimmer stehen und greife mir in das Haar. Dabei denke ich scharf nach, wer hinter all dem stecken könnte. Als Antwort fällt mir nur eines ein: die Konkurrenten meines Vaters. Sie werden ihn mit mir erpressen wollen, da bin ich mir sicher.

Aber irgendwie muss es einen Weg hier hinaus geben. Immerhin gibt es eine Tür und ein Fenster. Wenigstens eins davon muss ich doch aufbrechen können! Wenn ich doch nur meine Handtasche hätte. Dort wäre sicher etwas Nützliches drin. Mit meiner Nagelfeile könnte ich so einiges bewirken. Oder ich könnte versuchen, mit meinen Haarsteckern die Tür aufzuschließen. Im Moment habe ich jedoch nichts davon.

Ich gehe zum Schreibtisch. Dort ziehe ich eine Schublade nach der anderen auf. Ich finde einen Kugelschreiber, einen Bleistift, einen Radiergummi und einen Block mit Leimbindung. Als Nächstes sehe ich unter das Bett, doch dort befindet sich nur eine Aufbewahrungsbox mit Bettzeug. Der Kleiderschrank ist leer. Wer auch immer mich hier eingesperrt hat, er war gründlich und hat dafür gesorgt, dass ich nichts habe, was mir hier hinaushelfen kann.

Es bleibt mir nichts anderes übrig, als zu warten, bis jemand hierher kommt und mir erklärt, was los ist. Wie soll ich mich dann verhalten? Soll ich brav sein und alles tun, was man mir sagt? Die Menschen, die dazu fähig sind, mich zu entführen und einzusperren, sind mit Sicherheit auch dazu bereit, mir Schreckliches anzutun. Klüger wäre es also, einfach mitzuspielen und zu hoffen, dass mein Vater mich von hier retten wird.

Auf der anderen Seite brodelt in mir die Rebellin, die diesen Personen am liebsten in die Eier treten würde. Wie armselig muss man sein, ein neunzehnjähriges Mädchen zu entführen, um seine niederträchtigen Ziele zu erreichen? Ich halte das für genauso jämmerlich wie die Leute, die zu Gewalt greifen, wenn sie mit Worten nicht mehr weiterkommen.

Gott! Über was mache ich mir hier eigentlich Gedanken? Verzweifelt vergrabe ich mein Gesicht in meinen Händen und setze mich auf den Schreibtischstuhl. Irgendwie möchte ich nicht auf dem Bett sitzen, wenn jemand hereinkommt. Gelegenheit macht Diebe. Dann macht Gelegenheit vielleicht auch Vergewaltiger.

Ich hab keine Ahnung, wie viel Zeit vergangen ist, als ich plötzlich Schritte vor der Tür höre. Mein Mund wird trocken. Mein Herz setzt aus. Ich höre einen Schlüssel, der herumgedreht wird.

Ich klammere mich an dem schlichten Holzstuhl fest, auf dem ich sitze, und starre gebannt auf die Tür. Wer wird durch sie hereinkommen? Jetzt werde ich das Gesicht meines Entführers sehen. Die Tatsache, dass ich nur ein paar Schuhe gehört habe, beruhigt mich etwas. Ein einzelner Mann ist nicht so gefährlich wie die Dynamik einer Gruppe.

Was Menschen machen, wenn sie sich gegenseitig anstacheln, ist grauenvoll. Frauen werden von vielen Männern gleichzeitig vergewaltigt. Aber das Leben beginnt bereits blutig und mit Schreien und Schmerz. Die Geburt als Vorbereitung auf all das, was uns erwartet. Ein ungewöhnlich pessimistischer Gedanke für mich.

Die Tür wird aufgedrückt. Ein Schatten fällt durch sie hindurch. Dann betritt ein Mann den Raum. Er trägt einen grauen Anzug mit schwarzem Hemd und über seine Hände streift er Lederhandschuhe. Ich habe diesen Kerl schon einmal gesehen.

Sein Haar ist bis auf winzige Stoppeln abrasiert und sein Gesicht markant und eckig. Auffällig ist vor allem die Scharte in seinem Kinn. Es ist der Typ vom Bahnhof! Also habe ich es mir doch nicht einbildet. Mit ernster Miene fliegt sein Blick durch den Raum, bis er an mir hängen bleibt. Ich stehe von dem Stuhl auf, damit er nicht auf mich herabsieht.

»Wer sind Sie und was wollen Sie von mir?«, nehme ich mir das Recht heraus, die ersten Worte zu sprechen. Ich recke mein Kinn vor und nehme meinen ganzen Mut zusammen, um ihn fest anzusehen. Dabei drängt alles in mir danach, mich bis in die hinterste Ecke des Raumes vor ihm zu verkriechen. Jede Faser von ihm strahlt Gefahr aus. Er will keine Fingerabdrücke hinterlassen – warum sonst sollte er die Handschuhe tragen? Mein Herz hämmert wie wild und der Schweiß bricht mir aus den Poren, doch ich schaffe es, meine selbstbewusste Maske aufrechtzuerhalten.

Der Glatzkopf hebt die Augenbrauen. Dabei hat er kaum welche. Die blasse Haut über seinen Augen zieht sich jedoch herauf und seine hohe Stirn legt sich in Falten. Er antwortet nicht, sondern schließt die Tür hinter sich ab und lässt den Schlüssel in seine Hosentasche wandern. Ich beobachte ihn genau und versuche mir bereits einen Plan zu überlegen, wie ich an den Schlüssel kommen kann.

Doch dann dreht er sich zu mir und kommt auf mich zu. Ich schlucke und weiche unwillkürlich einen Schritt nach hinten. Mit den Beinen stoße ich gegen den Stuhl hinter mir und falle darauf zurück. Als er vor mir zum Stehen kommt, muss ich den Kopf nahezu in den Nacken legen, um ihn anzusehen. Ich fühle mich in die Enge getrieben wie ein Tier.

»Du redest nur, wenn ich es dir erlaube«, knurrt der Mann und seine stahlgrauen Augen fixieren mich.

Sonst was?, fragt die Rebellin in mir, doch ich presse meine Lippen fest aufeinander, um ihr Einhalt zu gebieten, denn ich habe wenig Lust herauszufinden, was die Konsequenzen für Ungehorsam sind.

»Wir werden jetzt ein nettes Videotelefonat führen, das deinem Vater deutlich macht, dass er besser unsere Forderungen erfüllt.« Der Glatzkopf greift in seine Anzugtasche und zieht ein paar Kabelbinder heraus.

Ich weite meine Augen, als mir sofort klar wird, was er damit vorhat. Doch noch bevor ich vom Stuhl aufspringen kann, hält er mich an meinem Handgelenk fest.

»Lass mich los!«, schreie ich wild und versuche mich von ihm loszureißen. Wie eine Wahnsinnige zerre ich, trete und schlage, doch all mein Bemühen ist zwecklos. Ich bin wie ein Fisch am Haken. Mit der Hand, in der er die Kabelbinder hält, holt er aus und plötzlich donnert sie gegen meine Wange.

Mein Kopf wird durch den Schlag zur Seite gedreht und ein dröhnender Schmerz erfüllt meinen Schädel. Schwärze breitet sich vor meinen Augen aus. Würde er mich nicht festhalten, wäre ich von der Wucht des Schlages auf den Boden geschleudert worden. Ich stehe vollkommen unter Schock und er nutzt meinen Moment der Wehrlosigkeit, um meine Handgelenke auf meinen Rücken zu drehen. Dort schnürt er sie mit den Kabelbindern so fest zusammen, dass das Plastik in meine Haut schneidet. Er stößt mich nach hinten auf den Stuhl, bückt sich herunter und bindet meine Knöchel an den Holzbeinen fest.

Nur langsam kommt mein Verstand zu mir zurück. Ich spüre, wie er mir grob in die Haare greift und meinen Kopf nach hinten zieht. Sein Gesicht befindet sich dicht neben meinem.

»Du tust, was ich sage, wenn du eine Chance haben willst, das hier zu überleben«, haucht sein Atem an mein Ohr.

»Tot bringe ich euch nichts«, presse ich zwischen meinen Zähnen hervor.

Der Mann lacht freudlos auf. »Es ist mir scheißegal, ob ich von deinem lebenden oder deinem toten Körper einen Finger nach dem anderen abschneide, um sie deinem Vater zukommen zu lassen.« Erneut holt er aus und schlägt mir mit seiner behandschuhten Hand ins Gesicht. Ich stöhne vor Schmerz auf und meine Augen füllen sich unwillkürlich mit Tränen. »Ich habe gesagt, du redest nur, wenn ich es sage.«

Haarsträhnen fallen vor mein Gesicht, als ich mit gesenktem Kopf und schwer atmend regungslos sitzen bleibe. Mein Kiefer, meine Lippen und meine Wangenknochen schmerzen und pochen.

Einige Momente bleibt er vor mir stehen und wartet auf weitere Proteste. Als ich still bleibe, zieht er ein Handy hervor und wischt auf dem Bildschirm herum. Als plötzlich das Blitzlicht angeht, ist mir klar, dass er die Videoaufnahme gestartet hat. Die Lampe blendet mich und in dem hellen Zimmer ist es vollkommen unnötig.

»Wir haben deine Tochter«, beginnt der Glatzkopf mit knurrender Stimme, »wenn du sie lebend wiedersehen willst, erfüll unsere Forderung. Du weißt, was wir wollen.« Er filmt meinen Körper, dann fasst er mit einer Hand an mein Kinn und drückt es hinauf, sodass er mein Gesicht von Nahem aufnehmen kann. Keine Ahnung, ob ich blute, aber ich bin mir ziemlich sicher, dass man die Schläge in meinem Gesicht erkennen kann, denn ich spüre, wie mein Auge zuschwillt und auch meine Lippe immer dicker wird.

»Großer Gott! Viktoria!« Als ich die Stimme meines Vaters aus dem Telefon höre, rauscht ein Gefühl der Reue und der Sehnsucht durch meinen Körper und verengt meine Brust. »Was haben sie dir angetan?!«

»Papa«, wimmere ich leise.

»Sag deinem Daddy, dass er kooperieren sollte, wenn er dich nicht in Einzelteilen zugeschickt bekommen möchte«, befiehlt der Glatzkopf mir. Ich hebe meinen Blick in die dunkle Linse der Kamera, die ich direkt neben dem blendenden Licht vermute.

»Viktoria!« Vaters Stimme ist flehend »Lasst sie da raus!«

Mein Vater hatte von Anfang an recht. Seine Paranoia war keine Paranoia, sondern berechtigte Sorge. Ich *war* in Gefahr. Ich *bin* es jetzt mehr denn je. Aber ich will nicht, dass er alles aufgibt, wofür er jahrelang gearbeitet hat. Ich will nicht, dass diese Typen es schaffen, ihn zu erpressen. Ich will nicht, dass sie Erfolg haben, dass sie bekommen, was sie wollen. Alles in mir widerstrebt dem Gedanken, diese bodenlose Ungerechtigkeit zuzulassen. Es muss einen anderen Ausweg geben. Einen Weg, der nicht darin endet, dass mein Vater nachgibt und Millionen von Menschen weiter leiden, dass Millionen von Menschen belogen und hintergangen werden, dass Millionen von Menschen sterben. Weil irgendein Pharmakonzern nicht will, dass ein Mittel auf den Markt kommt, das den Demenzkranken wirklich hilft.

Ich schaue in die Kamera und zwinkere genau so, wie ich es schon in unendlich vielen Instagram-Videos gemacht habe. Ich lächele, wie ich immer lächele.

»Ein König zieht sein Schwert«, sage ich mit fester Stimme in die Linse.

Der Glatzkopf knirscht mit den Zähnen, dann greift er plötzlich in meine Haare und zerrt meinen Kopf zurück. Ich schreie auf und versuche instinktiv meine Arme hochzureißen. Da diese jedoch gefesselt sind, schneiden sich die Kabelbinder nur noch tiefer in mein Fleisch.

»Du wirst schon noch wimmern, kleine Göre!«, zischt mir der Mann entgegen und ich sehe aus dem Augenwinkel, wie er das Videotelefonat mit meinem Vater beendet. Er steckt sein Handy weg und hebt die Hand. Während er meinen Kopf festhält, schlägt er mir mit dem Handrücken immer wieder in das Gesicht. Ich hebe meine Schultern an, versuche, mich wegzudrehen, aber ich bin ihm hilflos ausgeliefert. Meine Wangen brennen, meine Lippen und meine Stirn pochen und hämmern. »Aufhören«, wimmere ich zwischen den Schlägen.

Er hört nicht auf.

Mein ganzes Gesicht schmerzt. Metallischer Geschmack benetzt meine Zunge und meine Zähne. Stöhnend schaffe ich es, ein Auge zu öffnen. Ich muss das Bewusstsein verloren haben und ich bin dankbar dafür. Auch meine Handgelenke brennen wie Feuer. Ich bin noch immer an den Stuhl gebunden.

Es war verrückt, vor dem Mann mit der Glatze die Starke zu spielen. Vermutlich hat es mir nichts gebracht als Schläge. Dennoch breitet sich ein Gefühl der Genugtuung und des Stolzes in mir aus, dass ich es durchgezogen habe. Das Problem daran ist, dass mein Vater jetzt sicher krank vor Sorge ist. Hoffentlich wird er nichts Unüberlegtes oder Waghalsiges unternehmen, um mich hieraus zu befreien.

Ich habe keine Ahnung, wie lange ich mich schon hier in diesem Raum befinde, doch es müssen bereits einige Stunden sein. Als ob meine Situation nicht grauenhaft genug wäre, drückt nun auch meine Blase. Die Natur ruft eben, egal in welcher Situation man sich befindet.

Plötzlich bebt meine Brust und ein Schluchzen entflieht meiner Kehle. Mein Sichtfeld verschwimmt und ich beginne zu weinen. Dabei fühle ich mich nicht mal traurig, doch ich kann es auch nicht aufhalten. Es passiert einfach, ohne dass ich es will. Mit meinen Schultern versuche ich, schnell die Tränen fortzuwischen.

Plötzlich höre ich erneut Schritte vor der Tür. Sofort versiegt mein Schluchzen und ich bin ganz still. Ein Gefühl der Panik breitet sich in meiner Brust aus und der unwiderstehliche Wunsch, die Flucht zu ergreifen, erfüllt meinen Verstand, obwohl ich weiß, dass es keinen Ausweg gibt. Ich bin gefesselt, an Händen und Füßen, und ich habe nichts, was mich aus dieser Lage befreien könnte.

Die Tür wird aufgeschlossen und erneut betritt ein Mann den Raum.

Ich presse meine Lippen fest aufeinander, um mich daran zu hindern, ihn anzuflehen mir nichts anzutun. Egal, wie sehr ich betteln würde, diese Männer würden alles tun, um ihr Ziel zu erreichen. Solange ich nicht mache, was sie mir sagen, bringt mir auch alles Flehen nichts.

Mein Blick bleibt an zwei abgetragenen Stiefeln hängen und wandert eine graue Jeans hinauf. Ich erkenne eine schwarze Lederjacke mit eingenähter Stoffkapuze. Als ich in das Gesicht des Mannes sehe, stockt mir der Atem.

»Seth«, flüstere ich tonlos. Meine Lippen öffnen sich vor Erstaunen.

»Shit. Was haben sie dir angetan?« Er stellt das Tablett, das er in den Händen hält, ab und kommt auf mich zu. In diesem Moment kehren mit einem Mal alle meine Erinnerungen zurück.

Er war bei mir zu Hause und wollte mit mir ausgehen. Wir sind in eine Bar gegangen und schon wenige Momente nachdem ich meinen Cocktail getrunken habe, verschwimmt alles. Doch Bilder blitzen vor meinem inneren Auge auf. Seth hat mich in mein Auto gelegt und wir sind gefahren. Er hat mich in diesen Raum hier gebracht und mir alles abgenommen, was ich bei mir hatte.

Wegen ihm bin ich hier.

Er hat mich entführt.

»Fass mich nicht an!«, schreie ich, als er bei mir ankommt. Ich winde mich auf dem Stuhl und in meinen Fesseln. Seth kniet sich vor mich und fasst mich an meinen Schultern.

»Wer war hier?«, fragt er rau. »Wer hat dich so zugerichtet?« Seine Stimme zittert vor Zorn.

»Was? Bist du neidisch? Wolltest du der Erste sein, der mich misshandelt?«, fahre ich ihn an und frage mich im selben

Moment, woher ich erneut diesen Mut nehme. Habe ich denn gar nichts gelernt?

»Viktoria.« Seth mahlt mit dem Kiefer und sieht mir fest in die Augen. »Wer. War. Das?«

Ich traue mich nicht, noch einmal so frech zu antworten, und wende meinen Kopf von ihm weg.

»Keine Ahnung. Ein Typ mit Glatze. Der vom Bahnhof. Du kennst ihn doch bestimmt. Er trug einen grauen Anzug und Lederhandschuhe. Er wollte, dass ich meinen Vater anflehe, auf die Forderungen einzugehen.«

»Verdammt«, knurrt Seth und steht auf. Er greift nach hinten unter seine Lederjacke und zieht ein langes Kampfmesser hervor. Ich zucke zurück und starre entsetzt auf die Waffe.

»Bitte… nicht«, flehe ich nun doch. Meine Gedanken überschlagen sich, allen voran die Frage, ob er mich jetzt umbringen will.

»Ich werde dich losschneiden. Halt still«, sagt er jedoch und löst zuerst die Kabelbinder an meinen Fußgelenken. Die Klinge des Messers legt sich kalt gegen meine brennende Haut. Als meine Beine befreit sind, stehe ich auf. Er dreht mich an meinen Schultern herum und schneidet auch meine Hände frei. Ich warte keine Sekunde länger und eile von ihm weg in die entfernteste Ecke des Raumes. Von dort starre ich ihn verschreckt wie ein Reh an.

»Du brauchst keine Angst vor mir zu haben. Ich bin auf deiner Seite«, erklärt Seth und steckt sein Messer wieder weg. Als würde er mir seine guten Absichten damit beweisen können, breitet er seine Arme unschuldig aus.

Was für ein Bullshit. Wenn er auf meiner Seite wäre, hätte er mich niemals hierher entführt. Dieses Märchen braucht er mir nicht aufzubinden!

Mein Blick huscht an ihm vorbei zu der offen stehenden Tür. Sein Blick folgt meinem. Ich zögere nicht. Wer weiß, wann ich jemals wieder diese Chance haben werde. Ich sprinte los. Jetzt oder nie. Mit einem schnellen Schritt ist Seth bei der Tür und tritt sie mit dem Fuß zu und bleibt vor ihr stehen. Ich halte an und beiße die Zähne aufeinander.

»Tut mir leid, Süße, aber das kann ich nicht zulassen.«

»Ich dachte, du wärst auf meiner Seite?!« .

»Das bin ich auch. Aber so einfach ist es leider nicht. Ich kann dich nicht gehen lassen. Nicht jetzt. Nicht so. Aber ich verspreche dir, dass ich einen Weg finde, dich hier herauszuholen.« Er sieht mich aus seinen dunklen Augen ernst an, während er weiter den Weg in die Freiheit versperrt.

»Du hast mich entführt! Wegen dir bin ich überhaupt erst in dieser Situation!«

»Ich weiß. Es war notwendig«, behauptet er und zuckt mit den Schultern.

»Notwendig? Nichts ist notwendig! Bitte lass mich doch einfach gehen!« Sicher verfolgt er irgendeinen Plan, irgendein Ziel, will mich in Sicherheit wiegen, mein Vertrauen gewinnen und mich hintergehen. Auf dieselbe Weise, wie er mich auch entführen konnte.

»Viktoria. Es ist nicht so, wie du denkst. Es ist kompliziert.« Sein Gesicht ist wie eine Maske, die ein flehendes Gesicht aufgesetzt hat. Seth ist ein guter Schauspieler, aber ich glaube ihm kein Wort. Wir stehen uns gegenüber und er hält seine Hände angehoben, als wäre ich ein verängstigtes Tier, das er so beruhigen kann. Genau so fühle ich mich auch.

»Lass mich dein Gesicht ansehen.« Seine Stimme ist sanft und versöhnlich. Nach einigen Momenten, in denen ich ihn nur misstrauisch anstarre, gebe ich nach und gehe ein paar Schritte von der Tür zurück. Er schien mir wirklich nichts antun zu wollen, daher setze ich mich vorsichtig auf das Bett.

Seth schließt die Tür ab, dann stellt er sich vor mich. Seine warmen Finger legen sich an mein Kinn und drücken es vorsichtig herauf. Ich sehe ihn nicht an, als sein Blick mein misshandeltes Gesicht mustert.

»Dieses Arschloch«, zischt er leise.

»Zwischenzeitlich habe ich zum Glück das Bewusstsein verloren.«

Seth hebt seine Augenbrauen und sieht mich an. »Dann hast du mit Sicherheit eine Gehirnerschütterung. Ist dir schlecht und hast du Kopfschmerzen?«

»Ja.«

Seine Fingerspitzen streichen vorsichtig über die lädierte Haut in meinem Gesicht. Die Berührung ist sanft und zärtlich. »Zum Glück hast du keine großen Platzwunden, die genäht werden müssten. Vermutlich einige Prellungen und heftige Blutergüsse. Nichts, was in ein paar Tagen oder Wochen nicht wieder weg wäre.«

»Achso«, sage ich und schnaube ironisch. »Dann ist ja alles halb so wild.«

»So war es nicht gemeint.«

»Was willst du von mir, Seth? Denkst du wirklich, dass ich dir jetzt einfach so vertrauen und verzeihen könnte? Weil du hier hereinkommst und sagst, dass das hier notwendig ist?« Ich hebe meine Handgelenke, die blutige Schnitte der Kabelbinder aufweisen, und präsentiere sie ihm. »Und dann willst du mir weismachen, dass du mich hier herausholst, aber im nächsten Moment schlägst du die Tür vor meiner Nase zu?«

»Tja«, sagt Seth, »wenn du es so sagst, klingt das tatsächlich nicht sehr vertrauenserweckend.«

Ich sehe ihn nickend an.

Etwas an ihm ändert sich plötzlich. Er richtet sich auf und sieht von oben auf mich herab. Seine Zärtlichkeit verschwindet.

»Leider hast du keine andere Wahl, Viktoria. Ich bin nicht hier hereingekommen und habe dich verprügelt. Ich habe dir Essen und Trinken gebracht.« Er deutet mit seiner Hand auf das Tablett, welches auf dem Boden steht. Darauf befindet sich ein Teller mit zwei Brotscheiben, etwas Käse sowie ein Becher mit

Wasser. »Ich bin dein einziger Freund hier drin und dein einziger Weg hinaus.«

»Freunde…«, flüstere ich und stehe auf. Ich werfe ihm einen vernichtenden Blick zu. »… sind wir lange nicht.«

»Gut.« Seth hebt resigniert die Schultern. »Dann kann ich ja auch beim nächsten Mal reinkommen und dich vergewaltigen. So springt wenigstens auch etwas Spaß für mich heraus.«

»Was?«, frage ich entsetzt und starre ihn an. Ich schlinge die Arme um meinen Körper und weiche ein paar Schritte zurück.

Er antwortet mir nicht mehr, sondern tut so, als wäre das Thema damit abgehakt. Seth hebt das Tablett vom Boden auf und stellt es auf den Schreibtisch. »Brauchst du sonst etwas?«

»Ich muss auf Toilette«, murmele ich.

»Dann komm mit.«

Zögerlich komme ich auf ihn zu und sowie ich in seiner Reichweite bin, fasst er grob um meinen Oberarm. Er zieht mich mit sich mit aus dem Raum hinaus. Angrenzend befinden sich ein Flur und drei Türen. Eine davon sieht größer und stabiler aus, daher glaube ich, dass es sich dabei um die Wohnungstür handelt.

»Das ist das Bad. Ich warte hier«, erklärt Seth, als er eine der beiden anderen Türen für mich öffnet. Schnell entschwinde ich in den weiß und grau gefliesten Raum. Auch hier gibt es eine Dachschräge, unter der ein niedriges Regal steht. Rechts ist eine moderne Toilette und links das Waschbecken. Außerdem gibt es eine schlichte Dusche mit Vorhang. Während ich auf die Toilette gehe, begutachte ich das Fenster über mir. Die kleinen Knöpfe, die benötigt werden, um es zu öffnen, sind wie im Schlafzimmer entfernt worden.

Nachdem ich fertig bin, trete ich vor das Waschbecken und wasche mir die Hände. Dabei sehe ich in den Spiegel, der darüber hängt. Schockiert betrachte ich mein Gesicht. Meine Lippen sind an mehreren Stellen aufgeplatzt und Blut ist über mein Kinn verteilt. Rot-blaue Flecken befinden sich an meinen

Wangenknochen, meiner Stirn und meinen Augen, deren Lider auf das Doppelte ihrer normalen Größe angeschwollen sind. Ich sehe einfach grauenhaft aus. Schnell drehe ich das Wasser auf ganz kalt und spritze mir etwas ins Gesicht. Ich versuche, meine geschwollenen Augen zu kühlen und das eingetrocknete Blut abzuwaschen. Dann spüle ich meinen Mund aus, um den metallischen Geschmack loszuwerden. Das Wasser, welches ich in das Waschbecken spucke, ist rosa.

»Wie lang dauert das noch?«, ruft Seth von draußen.

»Ich will mich wenigstens etwas waschen!«, antworte ich und in diesem Moment kommt mir eine Idee. Ich lasse den Wasserhahn aufgedreht, doch anstatt mich zu waschen, wie ich es vorhatte, ziehe ich die Türen des Spiegelschranks über dem Waschbecken auf und durchsuche ihn nach nützlichen Gegenständen. Ich finde einen Kamm, Gesichtscreme und Zahnpasta. Nichts, was mir bei einem Fluchtversuch behilflich sein könnte. Leise fluchend drehe ich mich um und durchsuche auch das Regal und die Dusche. Hier gibt es Handtücher, Toilettenpapier und Shampoo, sonst nichts.

Letztendlich stecke ich doch den Kamm in meinen Hosenbund unter mein Shirt. Besser als nichts. Noch ein letztes Mal sehe ich in den Spiegel. Ich sehe der misshandelten Frau in ihre blaugrünen Augen und nicke ihr zu.

Dann schalte ich das Wasser ab und verlasse das Bad. Seth steht draußen mit verschränkten Armen und schaut mich aus schmalen Augen an.

»Fertig?«, fragt er und greift bereits nach meinem Arm. Obwohl es nur wenige Schritte sind, zerrt er mich mit sich mit und stößt mich zurück in das Zimmer. »Verhalte dich einfach ruhig. In den Geschossen unter uns stehen die Wohnungen leer. Du brauchst also gar nicht erst versuchen Krach zu machen oder zu schreien. Tu uns beiden den Gefallen und tu einfach, was von dir verlangt wird. Jetzt ruh dich etwas aus.«

Mit diesen Worten schließt er die Tür und ich höre, wie der Schlüssel von draußen im Schloss umgedreht wird. Ein schmerzhafter Kloß zieht mir die Kehle zu, als ich dieses Geräusch höre.

Langsam gehe ich auf das Tablett zu, welches auf dem Schreibtisch steht, und setze mich auf den Holzstuhl. Es gibt keine Butter für das Brot und Besteck habe ich auch keines bekommen.

Vor kurzer Zeit noch habe ich mich in meinem eigenen Zuhause eingesperrt gefühlt. In einem Betonklotz, überwacht von Kameras, einer Alarmanlage und zwei Personenschützern, die rund um die Uhr bei mir und meinem Vater sind. Jetzt wird mir bewusst, was es wirklich bedeutet, seiner Freiheit beraubt zu sein, eingesperrt zu sein.

Mein goldener Käfig ist zu einem aus altem verrosteten Eisen geworden. Ich habe versucht zu fliegen und bin abgestürzt, direkt in die Arme meines Häschers. Direkt in die Arme von Seth.

ER

Ich bin nicht gemacht, um zu beschützen. Ich bin gemacht, um zu zerstören. Das habe ich vor langer Zeit eingesehen. An meinen Händen klebt mehr Blut, als ich in der Lage bin wegzuwaschen. Wer bin ich zu behaupten, dass ich ihr Freund wäre, dass ich irgendetwas Gutes für sie bedeuten könnte? Denn obwohl ich im Moment das geringste Übel bin, kann ich für sie nichts anderes bringen als Leid.

Nachdem ich Viktoria wieder eingesperrt habe, schließe ich meine Augen und lehne meinen Hinterkopf seufzend gegen die verschlossene Tür. Sie sah wirklich übel zugerichtet aus. Ihrer Beschreibung nach zu urteilen war es Samuel, der ihr das angetan hat. Ich weiß, dass es mich nicht interessieren sollte, ich weiß, dass ich nichts dagegen ausrichten darf, dennoch kribbelt es in meinen Fingerspitzen, ihm dafür die Nase bis ins Gehirn zu schlagen.

Ich pumpe meine Fäuste, um dem Zorn in mir wenigstens ein winziges Ventil zu geben, und stoße die Luft aus meiner Lunge. Im Moment bin ich machtlos, das muss ich mir eingestehen. Nach einigen weiteren Herzschlägen stoße ich mich von der Tür weg und gehe in die Küche, die sich gegenüber vom Bad befindet.

Die Dachgeschosswohnung ist nicht für einen großen Kerl wie mich gemacht. Inzwischen habe ich mir schon zigmal den Kopf gerammt und während ich die Kaffeemaschine befülle, muss ich mich verbiegen, um unter die Dachschräge zu passen. Ich habe diesen Ort jedoch nicht ausgesucht, um ihn zu Viktorias Gefängnis zu machen.

Mit Kaffee und einem trockenen Brot mit Käse lümmele ich mich auf den Küchenstuhl, lege die Füße samt Stiefel auf den Tisch und streame eine Serie auf meinem Handy. Ab und an lausche ich, ob ich etwas aus dem Schlafzimmer höre, doch es herrscht absolute Stille. Ich muss zugeben, dass es mich erstaunt, dass ich sie nicht die ganze Zeit betteln und schreien höre. Sie hat sich gut im Griff. Viktoria ist stärker, als ich dachte. Vielleicht steckt irgendwo in der verwöhnten Prinzessin doch eine kriegerische Walküre.

Es ist bereits Abend, als ich erneut nach ihr sehe. Ich habe Rührei gebraten, das sie sich aufs Brot machen kann. Das ist besser als der trockene Käse. Außerdem bringe ich ihr einen Becher Milch und einen Becher Wasser. Viktoria steht neben dem Bett, als ich das Zimmer betrete, die Arme vor der Brust verschränkt und schaut mich hasserfüllt an. Die Laken sind zerwühlt, daher wird sie bis eben dort gelegen haben.

»Wie lange soll ich hier bleiben, ohne auf Toilette gehen zu können, wann ich will?«, fragt sie forsch und beobachtet mich ganz genau, wie ich das Tablett auf dem Schreibtisch abstelle.

»Solange, bis dein Vater den Forderungen zustimmt. Oder, wenn er das nicht tut, bis du in kleine Einzelteile zerstückelt wurdest.«

»Das kann doch nicht dein Ernst sein! Ich möchte duschen, ich brauche frische Kleidung, ich will mir die Zähne putzen. Das ist doch ekelhaft!«

Ich sehe sie fassungslos an und schüttele meinen Kopf. »Du bist eingesperrt und wirst mit Tod und Folter bedroht, aber dein Problem ist, dass du dir die Zähne putzen willst?«

»Nur weil ihr mich hier einsperrt wie ein Tier, muss ich mich nicht wie eines verhalten oder fühlen. Es kann dir doch egal sein, ob ich stinkend oder einparfümiert gefoltert werde, oder? Hast du nicht vor ein paar Stunden noch behauptet, du wärst mein Freund? Du kannst mich nicht hier rauslassen – okay. Aber dann könntest du mir meine Gefangenschaft so angenehm wie möglich machen. Oder ist es zu viel verlangt, eine Zahnbürste, ein paar Klamotten und eine Dusche zu bekommen?« Ihre grünblauen Augen funkeln mich feindselig an und irgendwo in mir regt sich ein schwacher Funke. Der Funke eines schlechten Gewissens. Dabei wusste ich nicht mal, dass ich so etwas besitze.

»Iss«, knurre ich, dann drehe ich mich um und verlasse den Raum. Ich schließe sie hinter mir ein und höre sie durch die Tür fluchen.

»Was soll das, Seth? Wer zum Teufel bist du? Was ist dein Problem?«

Ich antworte ihr nicht. Stattdessen klemme ich mir eine Zigarette zwischen die Lippen und zünde sie noch in der Wohnung an, bevor ich diese verlasse.

SIE

Ich verstehe es nicht. Ich verstehe ihn nicht. Wie kann er behaupten, auf meiner Seite zu stehen, wenn er dann so zu mir ist und über meinen Tod und Folter redet, als wären es bereits unausweichliche Tatsachen?

Mit Tränen in den Augen setze ich mich an den Schreibtisch und esse wütend das Brot, das er mir gebracht hat. Das Rührei riecht gut, schmeckt gut und mein Magen knurrt laut vor Hunger. Appetit habe ich keinen, aber ich esse, weil ich bei Kräften bleiben will. Ich würge das Brot komplett herunter, dann gehe ich zum Bett und ziehe den Kamm hervor, den ich unter dem Kopfkissen versteckt habe.

Überlegend drehe ich ihn in meinen Fingern und denke darüber nach, wie er mir nützlich sein könnte. Kann ich mit ihm die Tür öffnen? Das Fenster öffnen? Wenn ich die Zacken abbreche, könnte ich ihn benutzen, um die Tür zu öffnen. Vorsichtig knicke ich die kleinen Plastikstäbe ab und schiebe sie unter die Matratze des Bettes, um sie zu verstecken. Am Ende sieht der zurückgebliebene Plastikstab aus wie eine stumpfe Säge. An meinem Unterarm teste ich, ob ich damit Schaden verursachen kann, doch mehr als ein paar helle Kratzer bleiben nicht zurück. Die Reste des Kamms sind immer noch zu dick, um in das Schlüsselloch der Tür zu passen. Egal, wie sehr ich herumstochere, es passt nicht hinein.

Wenn ich es schaffe, das Plastik schräg durchzubrechen, könnte ich eine dünnere Spitze erhalten. Die Zacken, die ich abgebrochen habe, sind leider zu kurz, um die hinteren Zylinder des Schlosses zu erreichen. Viele Versuche habe ich nicht. Mit hämmerndem Herzen halte ich den zerbrochenen Kamm vor mein Gesicht und betrachte das Plastik genau. Dann klemme ich es in den Spalt zwischen Bettgestell und Matratze und beginne es vorsichtig zu biegen.

»Komm schon«, murmele ich, während ich ziehe und bereits ein leises Knirschen zu hören ist. Dann gibt der Kunststoff nach und mit einem lauten *Knack* bricht das Ende des Kamms ab. Ich betrachte das Ergebnis und bin enttäuscht. Es ist zwar nicht in einer geraden Linie entzweigebrochen, sondern etwas schräg, aber die dadurch entstehende Spitze reicht nicht aus, um bis ans Ende des Schlosses zu reichen.

»Scheiße«, fluche ich leise. Meine Schultern fallen frustriert hinab und plötzlich fühle ich mich wieder danach, einfach loszuheulen. Ehe ich mich meiner Verzweiflung hingeben kann, höre ich plötzlich einen Schlüssel an der Wohnungstür. Alarmiert stecke ich meinen spitzen, kaputten Kamm an meinem Rücken in meinen Hosenbund und kehre die Splitter des Plastiks mit meiner Hand unter das Bett. Gerade rechtzeitig schaffe ich es, aufzustehen, als meine Tür aufgeht.

»Ich muss auf die To–«Meine Stimme erstirbt, als ich erkenne, wer das Zimmer betritt und die Tür mit düsterem Blick hinter sich schließt. Es ist der Glatzkopf, der mich so übel zugerichtet hat. Augenblicklich ergreift Panik von mir Besitz und ich weiche einige Schritte zurück.

»Hallo, Viktoria«, raunt der Mann und zieht sich mit teuflischem Lächeln seine Handschuhe zurecht. »Es sieht aus, als hättest du dich bereits ein wenig von unserer letzten Unterhaltung erholt. Ich hoffe, du hast daraus gelernt. Du redest nur, wenn ich es erlaube, und du tust, was ich dir sage. Hast du das verstanden?«

Zögerlich nicke ich und beobachte genau, wie er den Schlüssel der Tür in seine Jackentasche wandern lässt.

»Braves Mädchen.« Der Mann kommt mit langsamen Schritten auf mich zu und deutet mit einer Hand auf den Holzstuhl. »Setz dich hier hin.«

Obwohl alles in mir danach schreit, es nicht zu tun, höre ich auf ihn und setze mich. Meine Knie und meine Hände zittern vor Angst und Anspannung. Meine Kehle ist trocken und mein Blut rauscht schmerzhaft schnell durch meine Adern. Ich bin mir selbst und meiner Panik vollkommen ausgeliefert, so groß ist die Angst, dass er mir noch einmal solche schrecklichen Dinge oder noch Schlimmeres antun könnte.

»Dein Vater hat sich noch nicht mit uns in Verbindung gesetzt und ich denke, es ist an der Zeit, dass wir der ganzen Sache etwas mehr Nachdruck verleihen.«

Der Glatzkopf stellt sich mit breiten Beinen vor mich und fasst an seine Jackettasche. Als ich sehe, dass er eine Zange aus ihr hervorzieht, schnappe ich nach Luft.

»Gott, bitte«, flehe ich. Ich weiß nicht, wohin mit meiner Angst, mit dem Wunsch zu fliehen, und will aufspringen. »Bitte tun Sie mir nichts!«

»Bleib verdammt noch mal sitzen!«

Wie ein dressierter Hund erstarre ich in meinen Bewegungen und sehe ihn zitternd an.

»Gib mir deine Hand«, befiehlt er.

Die Frage, warum, brennt mir auf der Zunge, doch ich weiß, dass ich nichts sagen darf, ohne dass er mich erneut ohnmächtig prügelt. Aber in meinem Innersten weiß ich, warum er meine Hand haben möchte, bloß ist die Vorstellung zu surreal, als dass mein Bewusstsein sie zulassen würde. Als ich nicht reagiere, greift er grob nach meinem Handgelenk und zieht es mit Gewalt zu sich.

Wie in einem Schraubstock hält er es fest und nähert sich mit der Zange meinen Fingern. Jetzt kann auch mein Verstand das Offensichtliche nicht mehr leugnen, so fern der Realität es auch sein mag.

»Nein!«, kreische ich los. Lieber soll er mich bewusstlos schlagen, als dass ich mitbekomme, wie er mir meinen Finger abschneidet. Meine Angst weicht hoffnungsloser Verzweiflung, die die Ketten meiner Paralyse mit einem Mal sprengt. Ich höre auf zu denken und beginne nur noch zu handeln.

Alles geschieht wie von allein. Als wäre ich gar nicht wirklich hier und nur eine unbeteiligte Zuschauerin in diesem fürchterlichen Horrorfilm. Während ich mit aller Kraft an meiner Hand ziehe, fasse ich mit der anderen nach hinten und ziehe den Kamm aus meinem Hosenbund hervor. Mit aller Kraft steche ich mit der Spitze auf den Glatzkopf ein und ziele dabei auf sein Auge. Ich spüre, wie das Plastik auf seinen Knochen trifft, als ich mein Ziel verfehle und nur seine Augenbraue erwische. Schreiend ziehe ich es weiter und zerschlitze sein Lid und seine Wange.

Der Mann heult erschrocken auf. Er hat genauso wenig mit solch einer Gegenwehr gerechnet wie ich selbst. Das Blut schießt aus seiner Wunde und läuft in sein Auge, während er sich mit der Hand ins Gesicht fasst.

Ohne zu zögern nutze ich den Moment seiner Ablenkung und greife in seine Jackettasche. Ich bekomme den Schlüssel zu fassen und renne zu der Tür.

»Du kleine Schlampe!«, brüllt er mir nach und will mir hinterher. Doch ich habe das Schloss bereits geöffnet und renne durch die Tür. Ich schließe sie hinter mir und stecke den Schlüssel erneut in das Schloss. In dem Moment, als sein massiger Körper gegen die Tür knallt, drehe ich ihn um und sperre ihn in mein eigenes Gefängnis ein. Er ruft mir etwas nach, doch ich höre längst nicht mehr hin.

Wie von Sinnen stürze ich durch die Haustür in das Treppenhaus und renne hinab. Ich trage keine Schuhe und rutsche mit meinen Socken auf dem glatten Steinboden herum. Dennoch schaffe ich es, so schnell wie noch nie zu rennen, und halte mich auf den Beinen. Das Adrenalin in meinem Körper verschafft mir ungeahnte Fähigkeiten. Die Niete in Sport schafft es, für kurze Zeit zu einer Leichtathletin zu werden.

ER

Ich trage die Einkäufe in meinen Händen auf den Eingang zu. Es sind ein paar gefaltete und aufeinandergestapelte Klamotten und Kosmetik-Kram, der gefährlich auf dem Stoff herumrollt. Für das bisschen Zeug brauche ich keine Tüte, habe ich mir gedacht. Jetzt bereue ich es, denn es ist doch mehr, als ich geplant hatte. Wer konnte denn ahnen, dass Weiber wirklich so viel Zeug brauchen?

Im Drogeriemarkt habe ich eine junge Frau angesprochen, die etwa in Viktorias Alter sein musste und sie gebeten, mir zu helfen. Ich habe behauptet, meine Freundin läge im Krankenhaus und habe mich damit beauftragt, alles zu besorgen, was sie bräuchte. Das Mädchen half mir eifrig Deo, Mascara, Creme, Slipeinlagen und allen möglichen anderes Zeug zusammenzusuchen.

Lediglich den Rasierer habe ich nicht gekauft, denn ich würde Viktoria nicht solch eine Waffe erlauben. Immerhin hatte sie es sogar geschafft, mit ihrem verdammten Absatz meine Brust aufzuschlitzen. Bei dem Gedanken schleicht sich unwillkürlich ein Grinsen auf meine Lippen, das ich sofort wieder unterdrücke.

Ich erreiche die Haustür und balanciere die Sachen auf einem Arm, um aufzuschließen. Als ich in das Treppenhaus eintrete, sehe ich nur noch, wie ein Schatten auf mich zukommt. Plötzlich trifft mich etwas gegen meine Brust und ich taumele zurück. Die Kleidung und die Kosmetik fallen mir aus den Händen und verteilen sich auf dem Boden. Dann sehe ich, was den Zusammenstoß verursacht hat – oder eher wer.

Viktoria sieht mich erschrocken an. In ihrem bleichen Gesicht sind rote Spritzer. Blut.

Bevor ich verstehe, was hier vor sich geht, und mein Verstand mir sagt, dass es falsch ist, dass sie frei herumläuft, rennt sie schon wieder los. Sie stürmt von mir fort durch den Ausgang auf der Rückseite in den Hinterhof.

»Fuck«, zische ich und setze ihr nach. Wie zur Hölle hat sie es geschafft zu entkommen und woher kommt das Blut in ihrem Gesicht? Ich betrete den Hof und sehe mich um. Nebelschwaden ziehen aus den vertrockneten Blumenbeeten herauf, die sich ringsum an den Gebäudesockeln befinden. Die Dunkelheit macht es nicht gerade einfach, etwas zu erkennen, doch schließlich entdecke ich Viktoria auf der anderen Seite des Hofes. Sie ist auf eine Mülltonne gestiegen und klettert an der Fassade hinauf. Dabei nutzt sie die Fensterbank des Fensters im Erdgeschoss, um sich hochzuziehen, und versucht, über die hohe Steinmauer zu entkommen.

»Hilfe!«, schreit sie dabei laut. »Ich wurde entführt!!«

Sie hat es gerade geschafft, mit dem Knie auf die Mauer zu gelangen, als ich ihr Fußgelenk zu fassen bekomme. Als sie meinen Griff bemerkt, kreischt sie los. Laut und ohrenbetäubend wie eine Feuerwehrsirene.

»Scheiße, halt die Klappe!« Ich ziehe sie mit einem Ruck von der Mauer herunter und presse ihr meine Hand auf den Mund. Viktoria strampelt und bäumt sich auf wie ein tollwütiger Fuchs und beißt mich in meine Hand. Den Schmerz ignorierend schraube ich meine Arme um ihren zierlichen Körper. Ich bin mit Sicherheit doppelt so schwer wie sie und dieses Gewicht sind größtenteils Muskeln. Sie hat keine Chance gegen mich, ist vollkommen unterlegen, egal, wie sehr sie sich wehrt. Irgendwann erstirbt ihr Zappeln und sie sackt wimmernd und schluchzend gegen mich.

Über uns geht ein Fenster auf. Als ich das höre, ziehe ich sie mit mir hinter ein Gebüsch und halte ihr weiterhin den Mund zu. Mit der anderen Hand greife ich an die Lasche an meinem Gürtel und löse mein Messer. Als ich ihr die kalte Klinge gegen die empfindliche Haut an ihrem Hals drücke, erstarrt sie regelrecht.

»Ich schneide dir die Kehle auf, bevor du einen Mucks machen kannst«, zische ich gegen ihr Ohr. Ihr Atem geht stoßweise, formt kleine Wölkchen in der kalten Luft, sonst regt sie sich nicht.

»Hallo? Ist da jemand?«, ruft die Person im Fenster. »Hat jemand gerufen?«

Nach einiger Zeit der Stille wird das Fenster wieder geschlossen und ich atme erleichtert auf. Zur Sicherheit belasse ich die Klinge an Viktorias Kehle und gehe mit ihr auf das Haus zu. Ich lasse die Klamotten im Flur vorerst liegen und treibe sie vor mir her die Treppe hinauf. Oben angekommen schließe ich die Tür zur Wohnung auf und stoße sie hinein. In diesem Moment ziehe ich das Messer von ihr zurück und stecke es weg.

»Was hast du dir dabei gedacht?«, fahre ich sie an. Viktoria steht zitternd vor mir und atmet so schnell, dass ich befürchte, sie wird gleich hyperventilieren. »Wie konntest du fliehen, verdammt?!«

Plötzlich höre ich heftiges Klopfen an der Schlafzimmertür.

»Seth! Mach die Tür auf!«, ruft Samuel dahinter. Ich hebe meine Augenbrauen an und sehe zu Viktoria.

»Erklär das.«

»Er wollte mir einen Finger abschneiden!« Sie umschlingt ihren Körper mit ihren Armen und Tränen rinnen über ihre Wangen, verwischen das Blut auf ihnen zu roten Linien. »Lass mich gehen, Seth! Lass mich frei! Bitte! Ich flehe dich an!«

Ich senke meine Augenbrauen und gehe langsam auf sie zu. Sie weicht zurück, bis sie mit dem Rücken gegen die Wand stößt, und sieht mich voller Schrecken an. Ihr Gesicht ist an manchen Stellen grün und blau geschlagen, blutig und geschwollen. Und das nur, weil ich verdammt nochmal meinen Job, auf sie aufzupassen, verkackt habe.

»Ich habe dir bereits gesagt, dass ich das nicht kann. Ich kann dich nicht freilassen.«

»Seth!!«, brüllt Samuel, »was dauert das so lange?! Mach die verfickte Tür auf!«

Ich ignoriere ihn. Meine Aufmerksamkeit liegt voll und ganz auf der Frau vor mir. Auf der Frau, die ich in meinen Abgrund gezogen habe und die drauf und dran ist, auf dem Boden zu zerschellen.

»Ich werde nicht zulassen, dass er dir etwas antut. Nie. Wieder«, flüstere ich, als ich dicht vor ihr zum Stehen komme. Sie sieht zu mir herauf und ein dunkler Schatten zieht über ihre klaren Augen.

»Du hast mir gerade eben ein Messer an die Kehle gehalten, du Scheißkerl«, zischt sie.

»Ich wäre erledigt gewesen, wenn man uns entdeckt hätte. Zugegeben, es war nicht die charmanteste Aktion, aber du hast mir keine andere Wahl gelassen.« Als sie zwischen meinem Körper und der Wand gefangen ist, stütze ich meine Hände neben ihrem Kopf ab und keile sie so noch mehr ein. Ich lehne mich zu ihr hinunter, sodass ich ihren zitternden Atem an meinem Hals spüren kann, und es wäre gelogen zu sagen, dass es mir nicht gefällt. Die Macht, die ich über sie habe, ihre Hilflosigkeit machen mich an und es lockt mich, ihre Situation kaltblütig auszunutzen. Sie mir einfach zu nehmen. Mit ihr zu machen, was ich möchte. Weil ich es kann. Weil ich es will.

»Wenn du überleben willst, tust du, was ich dir sage. Du fliehst nicht, du verhältst dich ruhig und im Gegenzug werde ich dich beschützen.« Meine Worte sind nur ein Flüstern, denn sie sind nicht für Samuels Ohren bestimmt.

Viktoria bebt am ganzen Körper. »So wie du mich bisher beschützt hast?«

Ich weiß, dass sie mir nicht glauben wird, egal, was ich ihr sage. Bisher habe ich einfach noch nicht viel getan, um ihr Vertrauen verdient zu haben. Das ist mir klar.

SIE

Er drückt sich von mir weg und ich bin froh, wieder Abstand von ihm zu haben. Seine Präsenz, seine Nähe ist übermächtig und beängstigend. Ich glaube ihm kein Wort. Wenn er mich wirklich beschützen wollte, hätte er niemals zugelassen, dass mir das alles angetan wird. Seth streicht sich durch die braunen Haare und hält sich einen Moment lang im Nacken fest, dann greift er plötzlich nach meinem Handgelenk und zieht mich grob zu sich heran.

»Bleib dicht bei mir«, raunt er leise, ehe er den Schlüssel umdreht, der noch in der Schlafzimmertür steckt.

Der Glatzkopf reißt diese regelrecht auf. Seine Augenbraue, das Lid und die Wange klaffen auf und noch immer strömt Blut aus der Wunde hervor. Es läuft sein Gesicht und seinen Hals herab und versickert in seinem Hemdkragen.

Ein merkwürdiges Gefühl durchflutet meine Brust. Ein Gefühl, welches sogar an meinen Mundwinkeln zupft. Genugtuung? Ja. Es geschieht ihm recht für all das, was er mir angetan hat oder mir antun wollte. Es ist ein gutes Gefühl, nicht kampflos unterzugehen, und es gibt mir neue Kraft.

»Fuck, Seth!«, knurrt der Glatzkopf. »Was hat das solange gedauert?« Als der Blick seines gesunden Auges auf mich trifft, will er sofort nach mir greifen, doch Seth schiebt mich hinter seinen Rücken und stellt sich vor mich. »Nicht so eilig, Samuel.«

»Scheiße, was soll das? Gib mir die verfluchte Schlampe. Ich werde ihr jeden einzelnen Finger dafür abschneiden!« Er will an Seth vorbeigehen, doch dieser stellt sich ihm erneut in den Weg. Der Kopf des Glatzkopfs, dessen Name wohl Samuel ist, wird hochrot vor Zorn.

»Vielleicht sollte ich dir jeden Finger einzeln dafür abschneiden, dass du so unfähig bist und dieses Mädchen dir entkommen konnte? Wie konnte das passieren, Samuel? Erklär mir, wie du so versagen konntest.« Seths Stimme ist rau und bedrohlich. Wie das Knurren eines Wolfes kurz vor dem Angriff. »Was wäre gewesen, wenn sie mir nicht zufällig in die Arme gerannt wäre? Wie hättest du das dem Boss erklären wollen?«

Samuel ist sprachlos. Er hat offensichtlich nicht damit gerechnet, von seinem eigenen Komplizen zurechtgewiesen zu werden. »Was?«, zischt er, als habe er sich verhört.

Seth geht einen Schritt auf ihn zu und packt ihn plötzlich am Kragen. Er zieht den Mann dicht zu sich heran, sodass sich ihre Nasen beinahe berühren. »Ab sofort werde ich das hier übernehmen. Du kannst dem Boss sagen, dass ich diese Sache hier von jetzt an alleine in die Hand nehme. Versager wie du kann ich nicht gebrauchen.« Mit diesen Worten stößt er Samuel grob von sich.

Dieser stolpert ein paar Schritte und dreht sich dann zu uns um. Sein ganzer Körper spannt sich wie zum Angriff an, seine Kiefer pressen sich fest aufeinander. Doch als Seth mit einem schleifenden Geräusch sein Messer zieht und sich zu seiner vollen Größe aufbaut, rotzt er bloß blutige Spucke vor uns auf den Boden, dreht sich um und verlässt die Wohnung. Die Tür fliegt laut krachend hinter ihm zu.

»Das wirst du bereuen, Seth«, hören wir ihn von draußen rufen, dann entfernen sich seine Schritte.

Erleichtert sinke ich in mich zusammen und fahre mir mit beiden Händen durch mein Haar.

»Fuck«, hauche ich tonlos und schließe meine Augen. Samuel ist verschwunden. Seth hat ihn regelrecht mit einem Arschtritt hinausbefördert.

»Er wird dir nichts mehr antun. Jetzt sind wir allein«, sagt er leise und sieht mit seinen schwarzen Augen auf mich herab. Ich kann nicht in ihnen erkennen, ob das eine Gute oder eine beunruhigende Nachricht ist.

»Kannst du das denn? Ihn einfach… kündigen?«

Er zuckt die Schultern und steckt sein Messer mit einer geübten Bewegung weg. »Werden wir sehen, ob ich das kann.«

Seth dreht sich von mir weg. »Warte hier. Ich bin gleich zurück.« Mit diesen Worten verlässt auch er plötzlich die Wohnung und ich bin allein. Allein im Flur mit der unverschlossenen Haustür. Was denkt er sich dabei? Ist das ein Test? All meine Nerven sind aufgebraucht, ich habe keine mehr übrig, um mir darum Gedanken zu machen. Zögerlich schleppe ich mich zum Treppenhaus und blicke dieses hinunter.

Seth kommt bereits zurück, die Arme voll mit Zeugs. »Komm«, sagt er und geht an mir vorbei zum Badezimmer.

Ich sehe zur Wohnungstür und schlucke trocken. Für einen zweiten Fluchtversuch bin ich im Moment zu ermüdet, Seth hätte mich schneller eingeholt, als ich bis drei zählen kann. Aber wann wird sich jemals wieder so eine Möglichkeit ergeben? Vielleicht nie. Vielleicht ist es meine letzte. Es geht um mein Leben, ich habe keine Zeit, erschöpft zu sein. Seth hat mich zwar vor diesem Samuel gerettet, dennoch sperrt er mich hier ein. Er will meinen Vater erpressen und mich als Druckmittel benutzen. Ich kann ihm jetzt nicht blind vertrauen! Kurzentschlossen eile ich auf die Haustür zu, greife nach der Klinke und drücke sie hinab.

Die Tür ist gerade einen Spalt breit geöffnet, als ich Schritte hinter mir höre. Plötzlich greift ein muskulöser Arm an mir vorbei und die Tür fällt mit einem lauten Knall zurück ins Schloss. Ich spüre Seth hinter mir und die Hitze, die er ausstrahlt, ich höre sein genervtes Schnauben. Er klemmt mich zwischen sich und dem versperrten Weg in die Freiheit ein.

»Du gibst wohl nie auf«, brummt er so dicht an meinem Ohr, dass mir ein Schauer den Nacken herabrieselt. »Ich habe dir gesagt, dass ich dich nicht gehen lassen kann.«

Verzweifelt starre ich vor mich. Abermals habe ich es nicht geschafft und ich bin nicht weit gekommen.

»Natürlich kannst du es, du hast den Schlüssel.« Ich lehne meine Stirn nach vorne gegen die Tür und schließe die Augen. »Was hast du vor, Seth? Wieso kannst du mich nicht einfach gehen und meinen Vater in Ruhe lassen? Er hat viel Zeit und Arbeit in sein Unternehmen, die Forschungen und die Medikamente gesteckt. Mit dem neuen Wirkstoff kann unzähligen Menschen großes Leid erspart werden! Warum willst du das zerstören?«

»Ich bin kein Heiliger, Prinzessin. Mir sind die Menschen egal. Ich mache das, was ich machen muss. Auch wenn du es nicht verstehst, aber du musst es wohl oder übel noch eine Weile mit mir aushalten.«

Ich spüre, wie seine großen Hände meine Schultern fassen und mich herumdrehen, sodass wir uns Angesicht zu Angesicht dicht gegenüberstehen. Er sieht mir in die Augen und hält mich mit seinem Blick gefangen. So, wie seine Hände es mit meinem Körper tun.

In meiner Brust kriecht ein schweres Gefühl empor, welches sich wie Blei auf meine Lunge und mein Herz legt und mir das Atmen erschwert.

Vor ein paar Tagen im Club war ich dem Mann vor mir zum ersten Mal begegnet. Trotz seiner unfreundlichen, düsteren Art bin ich sofort von ihm fasziniert gewesen. Er verkörperte genau das, was mich seit jeher anzog. Gefahr. Abenteuer. Verbotenes. Die Freiheit, zu tun und zu lassen, was ich will. Ohne die Einschränkung jener Grenzen, die Moral, Ethik, Gesellschaft und Gewissen mir auferlegen. Das Ungewisse, das Zwielicht, es lockt mich an wie der süße Duft von Blumen die Insekten. Ich habe das Gefühl, dass seit jenem Tag mein Schicksal mit dem von Seth verwoben wurde. Unsere Wege kreuzten sich immer wieder und ich weiß bis heute nicht, ob das alles nur Zufälle waren. Die Anziehungskraft, die mich auf unerklärliche Weise zu ihm drängt, ist nie schwächer geworden. Auch nicht, als ich schon glaubte, er würde mein Interesse nicht erwidern.

Doch dass ausgerechnet dieser Mann, der dieses Flattern in meinem Magen auslöst, mich entführt, einsperrt und für seine niederträchtigen Zwecke missbraucht, schmerzt mich mehr, als es sollte. Es verletzt mich. Ich muss verrückt sein, dass ich mich nach allem dennoch nach ihm sehne. Verzweifelt versuche ich mir einzureden, dass es sicher nur so ist, weil er so gut aussieht. Pubertät eben. Hormone eben. Doch egal aus welchem Grund, das enge Gefühl in meiner Brust geht nicht weg. Ich kann meine Enttäuschung einfach nicht herunterschlucken.

Seth bedenkt mein langes Schweigen mit einem unsicheren Blick. Seine Augen mustern mein Gesicht und plötzlich flackert Wärme in ihnen auf. Hat er Mitleid mit mir?

»Jetzt komm.« Er lässt meine Schultern los. Seine Hand schließt sich um meine und er zieht mich von der Tür weg zum Badezimmer. Ich folge ihm ohne Gegenwehr. Resignation hat von mir Besitz ergriffen wie ein Dämon der Trägheit. Im Bad liegen die Sachen, die er eben mitgebracht hat, auf dem heruntergeklappten Toilettendeckel. Seth lässt meine Hand los und deutet schweigend darauf.

Unsicher blicke ich ihn an, ehe ich zögerlich nachsehe, was er mitgebracht hat. Ich finde eine Zahnbürste, Gesichtscreme, Shampoo, Schminke, Deo und andere Kosmetikartikel auf ein paar Kleidungsstücken. Diese entpuppen sich als ein Jogginganzug, ein T-Shirt, Unterhosen und Socken.

Seth verschränkt die Arme und zieht seine Mundwinkel herunter, als würde er mir damit sagen wollen: »bilde dir bloß nichts drauf ein.« Doch genau das tue ich. Ich bilde mir etwas ein. Nämlich, dass doch irgendwo in ihm ein schlechtes Gewissen steckt darüber, dass er mich hier einsperrt. Dass er etwas wiedergutmachen will. Dass ich ihm nicht vollkommen egal bin. Das hier ist mein Gefängnis und kein Sternehotel und ich bin nicht davon ausgegangen, dass ich tatsächlich eine der

Forderungen erfüllt bekomme, die ich vor ein paar Stunden an ihn gestellt hatte.

»Danke«, sage ich aufrichtig und lächele ihn an.

Seth geht nicht darauf ein, sondern dreht sich zur Tür. »Du kannst duschen gehen. Ich warte vor der Tür. Sag mir Bescheid, wenn du fertig bist.« Mit diesen Worten verschwindet er aus dem Raum und schließt mich ein.

Nachdem ich heiß geduscht, mir die Zähne geputzt und die schrecklichen Blessuren in meinem Gesicht mit Make-up abgedeckt habe, fühle ich mich endlich wieder wie ein Mensch und nicht mehr wie ein verwahrlostes Tier. Vor allem bin ich froh, Samuels Blut aus meinem Gesicht zu waschen.

Jetzt, da das Adrenalin meine Venen verlassen hat, bleibt mein Körper als kalte, zitternde Hülle zurück. Ich kann es nicht abstellen und nicht kontrollieren. Sicher habe ich einen Schock. Selbst die einfachsten, selbstverständlichsten Dinge kann ich nicht mehr und ich brauche drei Anläufe an den Kordeln der Jogginghose, bis ich mich erinnere, wie man eine Schleife bindet. »Ich bin fertig.«

Seth öffnet die Tür sofort. Er muss wirklich direkt dahinter gewartet haben. Sein Blick gleitet an mir entlang und bleibt schließlich in meinem Gesicht hängen.

»Lass alles im Bad. Es wird nichts mit in das Zimmer genommen.« Er kontrolliert, ob alle Gegenstände in den Badezimmerschränken sind, dann fasst er an mein Handgelenk und zieht mich mit sich mit. Er schiebt mich in das Schlafzimmer, wo er auch in jede Ecke, Schublade und sogar unter die Bettdecke schaut. Dann geht er hinaus und sieht mich einen Moment lang durch die geöffnete Tür an. »Schlaf etwas. Dir wird nichts mehr geschehen.«

Als ob ich ihm so einfach vertrauen könnte. Doch ich wünsche mir, dass er nicht lügt, dass ich keine Angst mehr um mein Leben haben muss. Seth schließt die Tür und ich komme mir mit einem Mal furchtbar allein vor. Ich stehe im stockfinsteren Zimmer und taste nach dem Lichtschalter. Als die nackte Glühbirne den Raum erhellt, sehe ich plötzlich die Spuren meines Kampfes mit Samuel. Auf dem Boden befinden sich überall rote Flecken und der blutige Überrest des Kamms ist unter das Bett geschlittert, wo ihn Seth nicht gefunden hat.

Bei der Erinnerung fährt erneut ein Beben durch meinen Körper. Noch immer fühlt es sich an, als wäre ich gar nicht in dieser Situation gewesen, sondern hätte sie lediglich beobachtet. Denn ich, die liebe, kleine Kiki, wäre doch niemals dazu in der Lage, einen anderen Menschen zu verletzen. Mit der Absicht, ihm das Auge auszustechen, auf jemanden einzuhacken, bewaffnet mit nichts als einem zerbrochenen Plastikkamm.

Mit den Resten aus meinem Wasserbecher und einer Serviette vom Tablett versuche ich, die Flecken vom Boden wegzuwischen. Manche Stellen sind bereits eingetrocknet und lassen sich nur durch Kratzen entfernen. Am liebsten würde ich mir erneut die Hände waschen, doch ich möchte nicht nach Seth rufen. Stattdessen lege ich mich, wie er mir geraten hat, ins Bett und schalte das Licht aus.

Doch sowie die Dunkelheit mich umfängt und meine Augen meiner Fantasie ausgeliefert sind, blitzen Bilder vor ihnen auf. Der Kampf mit Samuel schleicht sich unaufhaltsam in meinen Kopf zurück. Ich sehe genau vor mir, wie das Plastik durch seine Haut schneidet, spüre noch, wie es auf seinen Knochen stößt und daran entlangschabt, fühle die Tropfen, die mir ins Gesicht spritzen. Aber auch Bilder, wie er meine Hand festhält und mit der Zange nach meinem Finger zielt.

Obwohl ich in der Realität entkommen bin, spinnt mein Unterbewusstsein diesen Gedanken weiter wie einen Albtraum. Was, wenn ich mich nicht hätte wehren können? Wie fühlt es sich an, wenn der eigene Finger abgetrennt wird? Ich wünschte, ich könnte all die Gedanken einfach abschalten wie einen Fernseher, aber das kann ich nicht.

Sie verfolgen mich, egal, wie sehr ich mich im Bett herumwälze, egal, wie sehr ich versuche, mich abzulenken. So erschöpft ich auch bin, an Schlaf ist nicht zu denken. Mein Herz rast so schnell, als würde ich laufen, und auch mein Atem will sich nicht beruhigen. Das alles ist mir zu viel. Ich kann nicht mehr.

ER

Nachdem ich Viktoria in dem Schlafzimmer eingeschlossen habe, lasse ich mich erneut auf den Küchenstuhl fallen und lehne meinen Kopf mit geschlossenen Augen zurück. Was für ein Stress. Wieso ist dieses Weibsbild so anstrengend? Sie hat an einem Tag zweimal versucht zu entkommen und wäre mir beinahe entwischt. Obendrein hat sie es geschafft, Samuel zu verletzen, und ich weiß bis jetzt noch nicht, wie sie das gemacht hat. Abgesehen davon, dass ich ihr Zimmer und das Bad bis in die hinterste Ecke kontrolliert und alle gefährlichen Gegenstände entfernt habe, ist Samuel auch niemand, den man mal eben überwältigt. Vor allem nicht so ein Persönchen wie Viktoria.

Ich muss zugeben, dass ich mich nicht nur über meine eigene Nachlässigkeit ärgere, sondern auch irgendwie so etwas wie Anerkennung empfinde. Einmal mehr hat sie bewiesen, dass der Schein oftmals nur trügt und man nicht in die Köpfe der Menschen sehen kann. Denn wenn ich alleine von ihrem rosaroten, zuckersüßen Erscheinungsbild ausgehen würde, hätte ich ihr solch einen Biss niemals zugetraut.

Ich weiß, dass ich überstürzt gehandelt habe. Ich hätte Samuel niemals so dreist rausschmeißen dürfen. Diese Frechheit könnte mir noch teuer zu stehen kommen. Doch solange Samuel hier ist, wäre Viktoria niemals in Sicherheit. Wer weiß, was er ihr alles nach und nach abschneiden würde, nur um ihren Vater zu erpressen. Tja. Jetzt halte ich meinen eigenen Kopf in die Schlinge. Er wird mit seinem Boss darüber reden und der wird nicht erfreut sein. Aber möglicherweise kann ich diese Situation auch zu meinem Vorteil drehen.

Keine Ahnung, wie lange ich schon hier sitze und meine Gedanken kreisen lasse, als ich plötzlich ein leises Geräusch höre. Im ersten Moment glaube ich, es sei ein Tier draußen, das merkwürdige Laute macht, aber dann wird mir klar, dass es ein menschliches Wimmern ist.

Scheiß drauf, Seth, du hast schon hunderte Leute heulen hören. Es sollte dir nichts ausmachen.

Sollte. Allein dieses Wort überführt mich als Lügner. Mag ja sein, dass es mir sonst scheißegal ist, aber Viktoria weinen zu hören, stört mich. Es weckt den merkwürdigen Wunsch in mir, sie zu trösten. Verdammt, wann bin ich zu so einem Weichei geworden? Wieso ist sie mir nicht einfach egal, so wie alles andere auch? Ich weiß nicht mal, was an ihr anders ist.

Vor meinem Auge blitzt das Bild von ihrem Gesicht auf, das stets ein süßes Lächeln auf den Lippen trägt. Ein Lächeln, das anderen Freude bringt und die dunkle Welt ein klein wenig heller macht. Ich glaube, das ist der Grund. Ihre positive Art und ihr Lächeln sind wie ein Klecks Farbe in meinem schwarzweißen Leben. Etwas, das ich behüten und nicht verlieren möchte. Etwas, das ich beschützen und nicht zerstören will.

Plötzlich stehe ich vor der Schlafzimmertür und klopfe an. Keine Ahnung, wie ich hierhergekommen bin. Das müssen meine Beine wohl von selbst gewesen sein. Moment ... warum klopfe ich überhaupt? Immerhin habe ich den Schlüssel und sie ist meine Gefangene.

Das leise Schluchzen aus dem Zimmer verklingt augenblicklich. Viktoria ist still und lauscht vermutlich.

»Kann ich hereinkommen?«, frage ich und ärgere mich über den überforderten Ton in meiner Stimme.

»Habe ich denn eine Wahl?« Sie klingt verzweifelt.

»Ja.« Ich lehne meine Stirn gegen die Tür und schaue zu Boden.

»Dann nein!«

»Falsche Wahl.«

Viktoria sitzt auf dem Bett, als ich das Zimmer betrete, die Decke bis zu ihrem Kinn heraufgezogen, die Haare zerwühlt und der Blick entrüstet. Ihre Augen sind gerötet vom Weinen. »Ich dachte, ich hätte eine Wahl!«

Ich zucke die Schultern und schließe die Tür hinter mir ab.

»Manchmal muss man Menschen eben zu ihrem Glück zwingen.« Mit diesen Worten gehe ich auf sie zu und setze mich zu ihr auf die Matratze, während sie verschreckt nach hinten zurückweicht.

»Willst du mich vergewaltigen?«

»Nein!« Ich kräusele die Brauen und sehe sie verwirrt an. Wie kommt sie auf die Idee? »Ich meine, ja. Aber ich tue es nicht.«

Mein kläglicher Versuch, einen Witz zu machen, der genaugenommen keiner ist, zerschellt an ihrer unbeweglichen, eisernen Miene.

»Warum bist du hier?«, fragt sie mich scharf. Erneut muss ich feststellen, dass ihre Feindseligkeit mir nicht gefällt. Sie sticht in meiner Brust und ich weiß nicht, wieso.

»Weil du weinst. Und ich will nicht, dass du weinst.«

»Willst du mir das jetzt auch nehmen, so wie meine Freiheit?«

»Ich will es dir nicht verbieten«, antworte ich unbeirrt trotz ihres abweisenden Tonfalls. »Aber wenn ich die Macht dazu haben, dann ja, will ich dir deine Tränen nehmen.«

Die Mauer, die sie um sich herum aufgebaut hat, bekommt kleine Risse. Ihre Stirn legt sich in Falten, ihre Schultern sacken herab.

»Wie meinst du das?«, fragt sie leise. »Wieso ist es dir nicht egal?«

Ich kann ihr diese Frage nicht beantworten, denn ich weiß es selbst nicht. Ich weiß nur, dass es so ist.

»Wenn ich das wüsste«, murmele ich, ziehe meine Jacke aus und lege mich auf den Rücken in das Bett. Sie beäugt meinen Arm misstrauisch, den ich für sie ausbreite, damit sie sich hereinlegen kann. Viktoria bleibt sitzen.

»Leg dich zu mir.«

»Du willst mich vergewaltigen.«

»Aber ich tus nicht. Jetzt leg dich, sonst überlege ich es mir anders und tue es doch!«

Eilig legt sie sich zu mir in den Arm, ihren Kopf auf meinen Oberarm gebettet, die Beine angewinkelt wie ein Embryo. Schüchtern hält sie Abstand und achtet darauf, meinen Körper so wenig wie möglich zu berühren.

Ich schalte das Licht mit der anderen Hand aus, dann schlinge ich meinen Arm um ihre Schulter und ziehe sie dichter zu mir heran, sodass ihr Kopf gegen meine Brust rutscht und ich die Wärme ihrer Haut deutlich spüren kann. Sie duftet angenehm, aber ein wenig anders als sonst. Vermutlich, weil sie ihre gewohnten Kosmetikprodukte nicht benutzen konnte. Aber es macht nichts, sie riecht noch immer nach ihr. Nach Viktoria. Nach Kiki. Süß und betörend. Ich drehe meinen Kopf zu ihr und vergrabe meine Nase in ihren Haaren, die mich in meinem Gesicht kitzeln. Was mache ich hier? Was bin ich für ein Idiot, dass ich mich so wenig unter Kontrolle habe?

Ein paar Momente nachdem ich sie in meine Umarmung gezwungen habe, spüre ich, wie die Verkrampfung nach und nach von ihrem Körper abfällt. Sie beginnt sich zu entspannen. Dann jedoch greift sie zaghaft in den Stoff über meiner Brust und ich spüre, wie kleine Tropfen auf mein Shirt fallen. Ein brennender Kloß bildet sich in meiner Kehle, als mir bewusst wird, dass ich schuld an ihren Tränen bin.

»Wie hast du es gemacht?«, frage ich leise und streichele mit meiner Hand über ihren Oberarm.

»Was?« Sie schnieft leise.

»Samuel verletzt und überwältigt.«

»Mit dem Kamm aus dem Bad. Ich habe ihn mitgenommen und durchgebrochen, sodass er ziemlich spitz war. Als er mir den Finger abschneiden wollte, wusste ich mir nicht anders zu helfen, als auf ihn einzustechen. Gott, ich hoffe, es geht ihm gut! Was habe ich nur getan?!« Mit einem Mal wird sie von einem Schluchzen geschüttelt, sodass ich sie noch fester halte.

»Er ist ein schlechter Mensch, Viktoria. Er hat es verdient. Du hast dich nur gewehrt und brauchst dir nichts vorwerfen. Es wird ihm eine schicke Narbe über dem Auge verpassen. Die Frauen stehen drauf, er sollte dir dankbar sein.« Auch wenn sie mein Schmunzeln nicht sieht, wird sie es sicher in meiner Stimme hören. »Du hast ihn mit einem abgebrochenen Kamm überwältigt? Eine Frau ganz nach meinem Geschmack.«

»Findest du das etwa gut?«, fragt sie in einer Mischung aus Verblüffung und Vorwurf.

Ich zucke meine Schultern. »Du nicht?«

»Ich bin schon ein bisschen stolz«, murmelt sie und nun höre ich auch ihr Lächeln. Sie schnieft und wischt ihre Tränen mit ihrem Ärmel fort. Endlich entspannt sie sich fast vollständig in meinen Armen.

Ich kann mich nicht erinnern, wann ich zuletzt eine Frau so nah an mich herangelassen habe. Normal dürfen die Damen nicht länger bleiben als ein paar Minuten auf meinem Schwanz. Normal sind sie für mich nichts anderes als eine schnelle Befriedigung von Trieben und Lust. Ich kuschele nicht. Ich ficke, rauche eine und dann gehe ich. Um genau zu sein, gab es bisher sogar erst eine einzige Frau, die ich im Arm gehalten habe, und das war meine Schwester.

Wenn ich so darüber nachdenke, klingt es gar nicht mehr so hart und männlich, wie ich geglaubt habe. Es klingt eher irgendwie traurig und ist ein eindeutiger Beweis dafür, wie kaputt und verkorkst ich bin. Nicht nur, dass ich zum ersten Mal in meinem Leben eine Frau festhalte, sondern auch, dass es meine Geisel ist.

»Wo ist der Kamm jetzt?«, frage ich nach einiger Zeit.

»Weiß nicht«, murmelt sie.

Ich bin mir sicher, dass das eine Lüge ist aber ich belasse es dabei. Stattdessen nehme ich mir vor, ihre improvisierte Waffe morgen selbst zu suchen.

Als ich am nächsten Morgen aufwache, ist das Bett neben mir leer und ich frage mich für einen Moment, ob ich mir alles nur eingebildet habe, ob Seth vielleicht gar nicht hier war. Doch als ich mein Gesicht in das Kopfkissen drücke, rieche ich noch seinen Duft daran. Ich setze mich auf und sehe mich verschlafen um. Von draußen scheint das trübe, kühle Licht des anbrechenden Tages durch das Dachfenster herein. Ich fröstele, als ich den Nebel und die Tropfen auf der Glasscheibe sehe.

Ich habe keine Ahnung, wie lange ich geschlafen habe, doch ich fühle mich ausgeruht und erholt. Ich bin gekräftigt. Nicht nur körperlich, sondern auch geistig. Der Tag gestern ist einfach zu viel gewesen und ich war am Ende nahezu zusammengebrochen. Rückblickend frage ich mich, wieso es mir so viel ausgemacht hat, Samuel verletzt zu haben. Seth hat recht. Er hatte es verdient. Immerhin wollte er mir einen Finger abschneiden und hat mich ohnmächtig geprügelt. Wenn ich jetzt so drüber nachdenke, finde ich sogar, dass er noch viel Schlimmeres verdient hätte.

Nein! So darf ich nicht denken! Ich bin kein rachsüchtiger Mensch und ich sollte niemandem etwas Böses wünschen!

Aber egal, wie sehr ich mir das einrede, ich werde das Gefühl nicht los, das Richtige getan zu haben. Ich versuche, ein guter

Mensch zu sein, doch am Ende des Tages bin auch ich keine Heilige.

Nach einiger Zeit stehe ich auf, gehe langsam auf die Tür zu und lege meine Hand auf die Klinke. Dann drücke ich sie herab und rüttele an ihr. Nichts. Es ist abgeschlossen. Ich bin immer noch eingesperrt, immer noch eine Gefangene. Meine Enttäuschung ist nicht halb so groß, wie ich erwartet habe, und gleicht eher Resignation.

»Seth?«, rufe ich und klopfe an. »Ich muss auf Klo!«

Ich bekomme keine Antwort, also rufe ich erneut etwas lauter. Als auch dieser Versuch ohne Ergebnis bleibt, gebe ich auf. Er muss die Wohnung verlassen haben. Hoffentlich kommt er bald zurück, denn meine Blase drückt unangenehm, ich habe Durst und Hunger.

Eine Weile lang tigere ich mit verschränkten Armen durch das Zimmer, dann setze ich mich an den Schreibtisch. Was mein Vater wohl gerade macht? Ich stelle mir sein Gesicht vor, wie es wohl jetzt aussehen mag. Ausgemergelt und mit dunklen Schatten unter den übernächtigten Augen. Mit Dimitri und Ansgar wird er besprechen, wie er vorgehen soll. Wie er mich retten kann – hoffentlich ohne die Forderung meiner Entführer zu erfüllen. Natürlich könnte ich mir wünschen, er solle einfach alles tun, was sie verlangen, und ich käme wieder frei. Aber das ist nicht die Art, wie ein König denkt und fühlt. Wir sind stolz und sturköpfig.

Obgleich ich Angst habe und mir wünschte, nicht in dieser Situation zu sein, will ich auch nicht, dass der Preis für meine Freiheit die Niederlage meines Vaters ist. Umso mehr bete ich dafür, dass er eine Lösung findet, mich hier rauszuholen, ohne die Forderung zu erfüllen.

Leonie wird mir inzwischen sicher unzählige Nachrichten geschrieben haben und krank sein vor Sorge. Ich wünschte, ich hätte mein Handy und könnte ihr etwas Beruhigendes antworten.

Um mich von meinen Sorgen abzulenken, ziehe ich den Block aus dem Schreibtisch und beginne zu zeichnen. Ich male eine Rose, weil es das Einzige ist, was ich wirklich gut malen kann. Vor ein paar Jahren habe ich eine als Weihnachtsgeschenk für meine Großmutter gemalt und solange geübt, bis es perfekt war. Wir haben sie nicht oft besucht, da mein Vater durch seine Arbeit sehr wenig Zeit hatte. Doch in den Ferien war ich manchmal für ein paar Tage dort.

Sie besitzt eine kleine, alte Villa aus dunklem Fachwerk und mit grünen Fensterläden. Als junges Mädchen liebte ich den Rosengarten, um den sie sich mit großer Hingabe und Liebe zum Detail kümmerte. Ich erinnere mich an die voluminösen Blüten in unterschiedlichsten Farben, die ihren schweren, süßen Duft im ganzen Garten verströmten. Am meisten mochte ich die blassrosa Rosen. Sie waren nicht so überzogen wie die klassischen roten Rosen und muteten zart und unschuldig an.

Ich nutze die Erinnerungen an meine Großmutter und ihren Garten, während ich zeichne, um der Realität für ein paar Momente zu entkommen und zu vergessen, in welcher Lage ich mich eigentlich befinde.

Dann höre ich Geräusche im Flur und stehe auf. Halb hoffnungsvoll, dass es sich um Seth handelt, und halb befürchtend, dass es Samuel ist, der zurückkehrt, um sich an mir zu rächen.

Zur Sicherheit hole ich schnell das noch blutige Stück Kamm unter dem Bett hervor und verharre leise am selben Fleck.

Der Schlüssel der Schlafzimmertür wird umgedreht und diese aufgedrückt. Ich mache mich bereit.

Ein Kopf schiebt sich durch den Türspalt und Seth sieht mich mit angehobener Braue an. »Kaum aufgewacht und du willst schon wieder Augen ausstechen, was?«

»Ich muss auf Toilette«, sage ich bloß und lasse seine Bemerkung unkommentiert.

Er öffnet die Tür gänzlich und ich husche an ihm vorbei zum Badezimmer, ohne ihn anzusehen. Es ist mir peinlich, dass ich gestern geweint habe und dass er mich festgehalten hat. Fluchtartig schließe ich die Badezimmertür hinter mir.

Ich gehe auf die Toilette und betreibe meine Morgenhygiene. Die Schwellungen in meinem Gesicht sind etwas besser geworden, bloß meine Lippe ist noch dick und sieht ein bisschen aus wie gebotoxt. Dafür verfärben sich die Rötungen so langsam grün und braun. Es wird noch ein paar Tage dauern, bis die Spuren vollkommen verschwunden sind. Zuletzt wasche ich den Kamm sauber.

Als ich wieder aus dem Bad komme, höre ich etwas in der Küche blubbern. Kurz darauf setzt ein lautes, elektronisches Geräusch ein. Da Seth nicht wie ein Wachhund vor der Tür steht, gehe ich leise zur Wohnungstür, nur um festzustellen, dass sie abgeschlossen ist. Wäre ja auch zu einfach gewesen.

Stattdessen zieht es mich nun zu der Geräuschquelle. Es tut gut, sich außerhalb des Schlafzimmers bewegen zu können, und wenn es nur das Bad und der Flur ist. In der Küche ist der Tisch mit frischen Brötchen, Käse, Marmelade und Nougatcreme gedeckt. In der Luft liegt der aromatische Duft von Kaffee. Da zwei Teller auf dem Tisch stehen und außer uns niemand hier ist, gehe ich davon aus, dass ich hier frühstücken darf.

Seth steht am Herd und rührt etwas in einer Schüssel mit einem Handmixer. Es ist zu laut, um mich zu hören, doch er bemerkt mich aus dem Augenwinkel, schaltet das Gerät ab und dreht sich zu mir. Es sieht witzig aus, wie er kaum gerade stehen kann unter der Dachschräge. Als sein Blick meinen trifft, senke ich schnell meine Lider.

»Du machst Frühstück?«, frage ich. »Ist das meine Henkersmahlzeit?«

»Ich bin nicht der beste Koch, also erwarte nicht zu viel. Aber umbringen wird es dich wahrscheinlich nicht« Er deutet einladend auf den Stuhl unter der Schräge. »Setz dich da hin und überlass den anderen Platz den großen Menschen.«

Schweigend gehorche ich und setze mich hin. Im Gegensatz zu ihm kann ich hier sitzen, ohne mir den Kopf zu stoßen.

Seth nimmt meine Tasse. »Kaffee?«

Ich schaue überlegend zur Milch und nicke dann. Wenn ich den Kaffee genug strecke, werde ich ihn wohl trinken können. »Aber nur ein bisschen, ich brauche noch viel Platz für Milch.«

Seth nimmt daraufhin das Tetrapack vom Tisch und werkelt herum. Da er mir die Sicht mit seinem breiten Kreuz versperrt, kann ich nicht erkennen, was er macht. Doch dann stellt er meine Tasse vor mir ab und ich blicke auf einen süß duftenden Milchkaffee mit einer Krone aus frisch geschlagener Sahne und Schokostreuseln. Verblüfft blicke ich auf das Getränk, welches vollkommen nach meinem Geschmack ist. »Wow! Woher weißt du, was ich mag?«

»Das ist nicht schwer zu erraten, Prinzessin«, sagt er mit einem schiefen Lächeln.

Während wir frühstücken, schweigen wir beide. Ich weiß, dass ein Gespräch mit ihm mir womöglich den Appetit verderben könnte. Deswegen will ich es genießen, solange ich es kann. Erst, als ich fast satt bin, frage ich:

»Ist mein Vater bereits auf die Forderungen eingegangen?«

Er hält beim Essen inne und sieht mich an. Sein Blick tastet unsicher mein Gesicht ab. »Nein«, antwortet er dann. »Tut mir leid.«

»Was tut dir leid?«

»Dass dein Vater nicht direkt alles erfüllt, was von ihm verlangt wird, und dich weiterhin dieser Gefahr aussetzt.«

»Das muss dir nicht leidtun. Es ist das, was ich will. Das, was ich ihm gesagt habe. Er soll nicht aufgeben und euch widerlichen Erpressern in den Arsch kriechen«, spucke ich regelrecht aus.

Seth betrachtet mich mit angehobenen Augenbrauen. Er hat seine Lederjacke ausgezogen und trägt nur ein schwarzes T-Shirt, welches einen Blick auf seine tätowierten Arme freigibt.

»Was heißt, du willst das?«

»Das heißt, dass ich ihm gesagt habe, dass ich es aushalte und er kämpfen soll, als Samuel versucht hat, ihn zu erpressen«, sage ich ein wenig giftig.

»Was?« Seth kann offenbar nicht fassen, was ich sage. »Bist du wahnsinnig? Solltest du dir nicht wünschen, dass dein Vater dich hier rausholt, egal was es kostet?«

»Und Leuten wie euch geben, was ihr wollt?«, frage ich spöttisch. »Niemals.«

Ein Schatten huscht über sein Gesicht. »Du weißt nicht, was gut für dich ist und was nicht«, raunt er düster. »Wie kannst du dich nur ständig wider besseres Wissen in Gefahr begeben?«

Ich zucke meine Schultern und weiß auch nicht, was es ihn interessiert oder angeht.

Wir schweigen uns erneut an, doch diesmal ist die Luft zwischen uns geladen. Ich bin wütend, weil er mich entführt hat und meinen Vater erpresst, und er ist wütend, weil ich mich in Gefahr bringe. Wie paradox. Schließlich entscheide ich mich dazu, das Thema zu wechseln, um die Wogen zu glätten.

»Ist Seth dein wirklicher Name?«

»Nein. Seth ist der ägyptische Gott des Chaos und der Gewalt.«

»Viktoria ist die römische Göttin des Sieges«, antworte ich. »Wie heißt du wirklich?«

»Das, meine liebe Göttin, wird vorerst mein Geheimnis bleiben.« Mit diesen Worten und einem schmalen Lächeln richtet er sich auf. »Ich habe noch ein paar Dinge zu erledigen. Wenn du noch mal ins Bad musst, beeil dich. Danach gehst du wieder ins Schlafzimmer.«

»Kann ich nicht …?«

»Nein«, unterbricht er mich schroff, doch dann wird sein harter Blick etwas wärmer. »Nicht, wenn ich nicht hier bin. Tut mir leid, aber du bist einmal geflohen und ein anderes Mal beinahe. Ich muss vorsichtiger sein.«

ER

Nachdem ich Viktoria wieder in das Schlafzimmer eingesperrt habe, verlasse ich die Wohnung und stecke mir draußen sofort eine Zigarette an. Das Wetter ist mies und es nieselt, sodass ich mir meine Kapuze über den Kopf ziehe. Nachdem ich die Kippe runtergeraucht habe, schnipse ich sie auf den Boden, sodass sie in einer Pfütze erlischt. Dann mache ich mich zu Fuß auf den Weg zu Ace.

Viktorias Wagen habe ich weggefahren, nachdem ich sie hergebracht hatte. Es wäre viel zu auffällig, ihr Auto direkt vor der Tür zu parken, hinter der sie eingesperrt ist. Also habe ich ihn ganz klassisch in der Nähe vom Bahnhofsviertel abgestellt. Dort gibt es genügend Kriminelle, die für ihr Verschwinden und die Erpressung in Frage kommen könnten. So schnell wird man sie in der Dachgeschoss-Wohnung nicht finden.

Ich hoffe, dass Viktoria so langsam versteht, dass ich nicht ihr Feind bin. Dass ich von Anfang an nicht wollte, dass ihr Leid geschieht, auch wenn ich nichts anderes als das für sie bedeute. Es war mein Fehler, dass Samuel ihr das alles angetan hat, denn ich hätte sie niemals mit ihm allein lassen dürfen.

Nach einem Fußweg von etwa zwanzig Minuten komme ich an und nehme den Aufzug nach oben. Ace hat mich bereits erwartet. Er steht in seiner Wohnungstür und lehnt mit einem Unterarm an deren Rahmen. Seine eisblauen Iriden taxieren mich kritisch, während sich seine Augen leicht zusammenkneifen.

»Wenn das mal nicht der gute Seth ist.«

»Morgen«, begrüße ich ihn brummend. Als ich keine Anstalten mache, mein Tempo zu bremsen, geht er mir aus dem Weg und lässt mich eintreten.

Ace schließt die Tür und schlendert gemächlich durch das große Penthouse, als wäre er der Kaiser und dies sein Reich. Er holt zwei Bierflaschen aus dem Kühlschrank und stellt eine vor mir ab, während wir es uns auf seiner schwarzen Ledercouch gemütlich machen.

»Samuel hat sich wohl ausgeheult, dass du ihn rausgeworfen hast und die süße Viktoria für dich alleine möchtest.«

Ich rolle meine Augen und öffne die Flasche mit meinem Feuerzeug. »Du weißt, dass ich den Auftrag habe, sie zu beschützen. Hätte ich zulassen sollen, dass er ihr einen verdammten Finger abschneidet und ihrem Vater zuschickt?«

»Es ist doch nur ein Finger und nicht ihr Kopf. Das hätte sie schon überlebt. Du erweckst Misstrauen, Seth. Das können wir uns nicht leisten.« Ace lehnt sich vor und hält mir den Rumpf seiner Flasche entgegen. Wir stoßen an.

»Was soll ich deiner Meinung nach tun?« Ace hat gut reden, während er hoch oben über Frankfurt auf seinem Thron sitzt, den Arsch voll Geld und der Liebling vom Boss, bin ich dagegen damit beschäftigt, mir Zweiteren aufzureißen, um mir mein Leben zu finanzieren und den Schuldenberg abzuzahlen, den mir mein Vater beim Boss hinterlassen hat. Da kann ich es mir nicht leisten, dass der Tochter des Mannes, der mich bezahlt, ein Finger fehlt. Abgesehen davon, dass ich allein bei dem Gedanken rasend werde, dass ihr jemand etwas anhaben könnte.

»Verhalte dich unauffällig«, zischt Ace mit schmalen Augen. Dann lehnt er sich zurück und legt beide Arme über die Lehne seiner Couch. »Wie ist sie so, diese Viktoria? Ich habe sie auf Instagram gestalkt. Ist ja ein echt süßes, kleines Ding.«

»Sie ist nicht so unschuldig, wie sie aussieht. Lass dich von ihren Zuckerwattehaaren und den Kulleraugen nicht täuschen. Sie hat Samuel mit einem Kamm fast das Auge ausgestochen und ist zweimal beinahe entkommen. Mit ihrem verschissenen Stöckelschuh hat sie mir die Brust aufgeschlitzt. Zuerst dachte ich, sie sei ein typisches Prinzesschen, das gleich heult, wenn ihr der Fingernagel abbricht. Das hat sich als Vorurteil herausgestellt. Die Frau ist eine tickende Zeitbombe und man weiß nie, was sie als Nächstes ausheckt.« Ich trinke einen großen Schluck vom Bier. Einen solchen Wasserfall habe ich selten gesprochen und nun muss ich meine Stimmbänder erst mal befeuchten.

Ace betrachtet mich schweigend. Dann weiten sich seine Mundwinkel langsam zu einem wölfischen Grinsen. »Du magst sie.«

»Was?«, frage ich übellaunig, aber er lässt sich von mir nicht aufhalten. Längst hat er sich seine Meinung gebildet. Und die Meinung von Ace ist unumstößlich wie ein physikalisches Gesetz.

»Der düstere Seth hat Gefallen an der kleinen Kiki gefunden!«

»Wieso klingt es bei dir gleich so, als wäre ich ein Schuljunge und du würdest mich mobben?«, frage ich seufzend.

Ace rückt zu mir herum und legt mir freundschaftlich einen Arm um die Schulter. »Weil es so ist, Seth. Weil es so ist.« Er macht eine theatralische Pause, bevor er weiterspricht. »Sieh zu, dass dir deine rosarote Brille nicht die Sicht nimmt, klar? Ich habe keine Lust, dass der ganze Plan im Arsch ist, nur weil du sie toll findest. Haben wir uns verstanden?«

Ich hasse es, dass er so mit mir sprechen kann. Ich hasse es, dass ich nichts anderes tun kann, als zu nicken. Am liebsten würde ich ihm dafür mein Messer zwischen die Augen rammen.

»Ja, schon klar«, knurre ich. »Lass mich einfach machen. Es wird am Ende schon kommen wie geplant.«

Plötzlich bewegt sich etwas am dunklen Regal ein paar Meter von uns. Ich springe vom Sofa auf und ziehe sofort mein Messer. Bereit zu kämpfen, bereit zu töten.

»Grimm«, stelle ich fest, als ich den Mann erkenne, der sich nur wenige Schritte von uns entfernt befindet. »Scheiße, Mann! Du sollst nicht immer einfach irgendwo auftauchen!«

Wütend stecke ich mein Messer weg. Grimms Lippen verziehen sich zu einem Lächeln, sodass auch der Totenkopf, den er komplett über sein Gesicht tätowiert hat, grinst. Obwohl er aussieht wie aus einem Horrorfilm entsprungen, kann er so unauffällig sein, dass sogar ich ihn übersehe, wenn er bewegungslos irgendwo rumsteht. Grimm zieht an dem oberen Ende seiner schwarzen Kapuze wie ein Mann, der zum Gruß an seinen Hut packt. Er sagt nichts, sondern vergräbt anschließend die Hände in den Taschen seines Hoodies und bleibt stehen, wo er ist.

Ich stoße die Luft aus und lasse mich wieder neben Ace sinken, der die ganze Zeit grinsend auf dem Sofa sitzengeblieben ist.

»Ace, wieso meldet sich der Boss nicht bei mir? Ich habe seit Tagen keine Nachricht mehr bekommen.«

»Ab jetzt wird alles über mich abgewickelt«, antwortet er schulterzuckend.

Er lässt mich den ganzen Tag alleine, sodass ich genug Zeit habe, auf allerhand Gedanken zu kommen. Keiner davon verhilft mir jedoch in die Freiheit. So langsam verstehe ich, was es bedeutet, im Gefängnis zu sein, und wieso die Freiheit des Menschen ein Grundrecht ist. Es macht mich wahnsinnig, nicht hingehen zu können, wo ich will und wann ich will. Dass ich nicht essen kann, wenn ich Hunger habe. Vor allem, dass ich nicht auf die Toilette kann, ist erniedrigend.

Aber am allerschlimmsten ist die schreckliche Langeweile. Ohne Uhr, ohne Handy oder Laptop, ohne Fernsehen nur mit einem Block und einem Stift. Schon nach kurzer Zeit fällt mir die Decke auf den Kopf und ich verspüre den unbändigen

Wunsch, aus diesem Raum rauszukommen. Noch mehr als sonst. Noch panischer.

Dazu kommt die Angst, dass Samuel jeden Moment zurückkommen und sich an mir rächen könnte. Und Seth wäre nicht hier, um mich zu beschützen. Wenigstens habe ich noch meinen Kamm, den ich heute Morgen im Bad saubergemacht habe. Es wundert mich, dass er ihn mir nicht abgenommen hat. Er scheint mir zumindest soweit zu vertrauen, dass er nicht davon ausgeht, dass ich ihn damit angreife. Sollte ich das denn? Will ich es?

Ich lausche in mich hinein, doch wenn ich an Seth denke, spüre ich zwar Wut und Enttäuschung, aber nicht den Wunsch, ihn zu verletzen. Stattdessen ist da noch etwas anderes. Ein leichtes, angenehmes Brennen in meiner Brust, ein sanftes Flattern in meinem Magen. Trotz der Dinge, die er mir angetan hat, reagiert mein Körper so auf ihn. Trotz der Entführung will sich ein Lächeln auf meine Lippen schleichen, wenn ich an ihn denke. Ich wünschte, ich könnte seinen Worten glauben und ihm vertrauen. Vertrauen, dass mir nichts passiert und ich bald wieder freikomme.

Kann ich das? Sollte ich es? Dafür, dass ich seine Gefangene bin, behandelt er mich ungewöhnlich gut. Welche Geisel kann schon von sich behaupten, einen Milchkaffee mit Sahnehäubchen bekommen zu haben?

Als ich mich ein wenig beruhigt habe, setze ich mich auf das Bett und blicke auf die Stelle, wo ich gestern in den Armen von Seth gelegen habe. Ich bin in seiner Umarmung eingeschlafen. Mein Körper hat offenbar bereits etwas verstanden, was mein Bewusstsein noch nicht verstanden hat: Ich vertraue ihm längst.

Draußen ist es dämmrig, als ich Geräusche an der Haustür höre. Wie heute Morgen bewaffne ich mich mit meinem kaputten Kamm und mache mich bereit, falls es sich um Samuel handelt. Als ich jedoch aus dem Flur Seths Stimme höre, beruhige ich mich.

»Bin wieder da!«, ruft er und schließt umgehend die Schlafzimmer-Tür auf. »Tut mir leid, dass es länger gedauert hat.«

Als ich in den Flur trete, zieht er sich gerade seine Jacke aus. Neben ihm stehen eine schwarze Sporttasche und eine weiße Plastiktüte.

Ich bleibe in der Tür stehen, verschränke meine Arme und sehe ihn grimmig an. Jetzt, da er zurück ist, bin ich doch etwas sauer auf ihn. Er hat mich stundenlang eingesperrt und alleine gelassen.

Seth dreht sich zu mir und mustert mich. »Warum bist du wütend?«

»Fragst du das ernsthaft?« Fassungslos sehe ich ihn an.

»Hey, dafür habe ich etwas zu essen mitgebracht.« Er hebt die Plastiktüte an und versucht sich an einem versöhnlichen Lächeln.

Obwohl ich mir vorgenommen habe, noch länger sauer auf ihn zu sein, kann ich meine Neugier nicht unterdrücken und gehe zögerlich auf ihn zu. »Was hast du denn geholt?«

»Zwei Burger mit extra Bacon«, antwortet er und wirft mir einen Seitenblick zu. Noch immer ist einer seiner Mundwinkel angehoben.

Mir fällt alles aus dem Gesicht und ich starre ihn schockiert an. »Ich esse kein Fleisch!«

»War nur ein Scherz. Ich weiß, dass du kein Fleisch isst. So, wie ich fast alles über dich weiß«, sagt er und sieht mit einem gewinnenden Lächeln auf mich herab. »Es sind vegane Wraps vom Immergrün. Die magst du doch, oder? Und ein grüner Smoothie.«

Das schlechte Gewissen packt mich unerwartet. Seth gibt sich wirklich Mühe, so grotesk das auch klingen mag. Wäre ich nicht seine Geisel, würde ich fast glauben, dass er versucht, mir zu gefallen.

»Klingt gut.«

Zuerst gehe ich auf die Toilette, dann betrete ich die Küche. Seth hat bereits zwei Teller auf den Tisch gestellt und die Wraps darauf gelegt. Er selbst hat zwei Stück, ich einen.

»Wo bist du so lange gewesen?«, frage ich, nachdem ich mich ihm gegenüber unter die Dachschräge gesetzt habe. Ich habe keine großen Hoffnungen, eine vernünftige Antwort zu bekommen, und genau so ist es auch.

»Habe ein paar Sachen erledigt.«

Ich bohre nicht weiter nach, da ich nicht davon ausgehe, noch eine sinnvolle Information zu bekommen. »Gibt es Neues von meinem Vater?«

»Er versucht, Verhandlungen aufzunehmen. Angeboten hat er, zehn Millionen Euro zu zahlen, um dich freizukaufen, anstatt die Veröffentlichung des Medikaments zurückzuziehen«, erklärt Seth, der seine Wraps nahezu inhaliert und den ersten bereits verspeist hat, während ich meinen gerade mal ausgepackt habe. Ich nicke verstehend und bin froh, dass mein Vater endlich reagiert hat.

»Was sagst du zu seinem Vorschlag?«

Seth stößt die Luft aus und sieht mich einen Moment nachdenklich an, ehe er antwortet. »Naja. Meine Anweisung ist, dir ein paar Körperteile abzuschneiden und sie ihm zuzuschicken, damit er versteht, dass es mit ein bisschen Geld nicht getan ist. Die zehn Millionen Euro sind lachhaft gegen die Milliarden, die verloren gehen, wenn er das Medikament wirklich veröffentlicht. Das ist ihm ebenso bewusst. Er versucht nur Zeit zu schinden.«

»Und wirst du mir etwas anhaben?«, frage ich nervös. Ich lasse meinen Wrap sinken. Meine Muskeln spannen sich an, bereit aufzuspringen, wegzurennen oder zu kämpfen.

»Nein.« Seth lächelt mich an. Seine Wange ist ausgebeult von dem großen Bissen, den er genommen hat.

Ich entspanne mich etwas und sinke zurück in den Stuhl. »Okay. Aber wirst du keinen Ärger bekommen von den Leuten, für die du arbeitest?«

»Doch. Vermutlich schon.«

»Und ist dir das egal?«

»Lass das mal meine Sache sein, Prinzessin. Mach dir einfach keine Gedanken.«

Ich soll mir keine Gedanken machen? Sehr witzig! Ich schnaube ironisch und schüttele den Kopf. »Ich werde nicht schlau aus dir, Seth«, sage ich und blicke ihn an.

Seine dunklen Augen richten sich auf mich. Er schweigt, sieht mich an und wartet, dass ich meine Aussage weiter ausführe.

»Ich begegne dir immer wieder und weiß nicht mal, ob es Absicht oder Zufälle sind. Du verhältst dich abweisend zu mir und im nächsten Moment … weiß ich nicht …ist es, als würdest du dich an mich ranmachen. Aber gleichzeitig warnst du mich vor dir und sagst mir, dass ich mich von dir fernhalten soll. Dann entführst du mich, behauptest aber, auf meiner Seite zu sein, schmeißt deinen eigenen Komplizen raus und kümmerst dich um mich. Was willst du wirklich, Seth? Wer bist du?« Meine Stimme wird immer eindringlicher und verzweifelter. »Bitte. Ich will es verstehen. Die Situation ist der Horror. Ich bin gefangen wie eine Verbrecherin und ich weiß gar nichts. Weder was du willst noch was du vorhast. Du schuldest es mir. Du bist der Einzige, mit dem ich reden kann. Ich will wenigstens wissen, wer der Mann ist, der mir gegenübersitzt!«

Seth seufzt und stützt seine Stirn auf seinen verschränkten Fingern ab. Dann sieht er mich wieder an. »Kiki, ich…«

»Sag mir nicht, dass du es nicht kannst! Du kannst es, du willst es bloß nicht!«, unterbreche ich ihn aufgebracht und fixiere ihn mit meinem Blick. Er flieht immer, wenn es darum geht, etwas über sich preiszugeben. Antwortet nicht, übergeht meine Fragen oder wimmelt mich ab. Diesmal will ich ihn nicht damit davonkommen lassen.

»Du willst wissen, wer ich bin?«, wiederholt er und sieht mich an. Seine Kiefer pressen sich aufeinander, sodass seine Wangenknochen hervortreten. »Ich bin einer der Typen, von denen

Mädchen wie du sich besser fernhalten sollten. Ich bin nicht nett und erst recht kein guter Mensch. Mein Leben ist ein verkorkster Haufen Scheiße. Andernfalls säße ich nicht hier und würde dich entführen und einsperren, oder? Ich verfolge dich schon lange und keine unserer Begegnungen waren ein Zufall. Geplant waren sie allerdings auch nicht. Ich hatte nie vor, überhaupt von dir bemerkt zu werden. Doch inzwischen weiß ich so viel über dich. Wo du wohnst, was du isst, was du trinkst, wer deine Freunde sind und dass du singst, während du dich föhnst. Ich war da, als du ohne Dimitri in die S-Bahn gestiegen bist. Ich war da, als du in der Stadt gestolpert bist, nachdem du dir einen Smoothie geholt hast. Ich war immer in deiner Nähe und manchmal hast du dich umgedreht, weil du dich beobachtet gefühlt hast, aber bemerkt hast du mich nie.«

»Aber wieso? Wieso hast du mich verfolgt? Wolltest du mich von Anfang an entführen?«, frage ich verzweifelt. Der Gedanke, dass das Gefühl, verfolgt zu werden, keine Einbildung war, jagt mir einen Schauer über den Rücken. Wie oft hat er mich beobachtet? Wo ist er überall in meiner Nähe gewesen, ohne dass ich etwas davon mitbekommen habe? »Oder bist du ein Stalker?« Seth hebt einen Mundwinkel an. »Ich gebe zu, dass ich dich gerne beobachtet habe. Es war nicht von Anfang an mein Plan, dich zu entführen. Das hat sich erst mit der Zeit ergeben. Ich habe dich verfolgt, weil es mein Job ist.«

»Wer hat dich dazu beauftragt? Die Erpresser?«

»Nein.« Sein Blick bekommt etwas Ironisches »Dein Vater.«

Ich weite meine Augen.

»Warum sollte mein Vater so etwas beauftragen?«

»Weil du gerne einfach alleine rausgegangen bist und er sich Sorgen um seine Tochter gemacht hat. Also hat er mich engagiert, damit ich auf dich aufpasse und genau das hier nicht passiert.« Seth deutet um uns herum.

»Aber… wenn du auf mich aufpassen sollst… wieso hast du mich dann entführt?!« Ich verstehe es einfach nicht. Das alles klingt so paradox und verwirrend, dass es doch niemals die Wahrheit sein kann!

»Das ist ein anderer Auftrag von meinem … Boss. Es war geplant, beides miteinander zu vereinen. Dir sollte hier nichts geschehen. Dass ich dich mit Samuel alleine gelassen habe, war mein Fehler. Mein Versagen. Deswegen bist du nun verletzt.«

»Denkst du ernsthaft, mein Vater würde dich noch bezahlen, wenn du zulässt, dass ich entführt werde?«, frage ich irritiert.

»Nein. Aber am Ende werde ich ihm ein großes Präsent machen und er wird mir dankbar sein«, erklärt Seth überzeugt.

Zweifelnd schüttele ich den Kopf und verstehe nach wie vor nicht, was er bezwecken möchte, welchen Plan er verfolgt. Ich esse schweigend meinen Wrap und trinke den Smoothie.

»Kann ich duschen gehen?«, frage ich meinen Entführer, als ich fertig bin, und räume mein Geschirr in die Spüle.

»Klar.«

Ich verlasse die Küche und spüre dabei seinen brennenden Blick in meinem Rücken.

Das heiße Wasser meinen Körper herunterlaufen zu lassen, tut gut. Es entspannt meine schmerzenden Muskeln und fühlt sich irgendwie an, als würde es meine Gedanken reinwaschen. Obwohl Seth mit mir über die Situation gesprochen hat, habe ich das Gefühl, dass ich dennoch nichts weiß und nichts von allem verstehe. Auf welcher Seite steht er wirklich?

Es scheint, als hätte er zwei Aufträge. Der eine ist, mich zu beschützen. Der andere, mich zu entführen und meinen Vater zu erpressen. Es muss ihm doch klar sein, dass beides in vollkommenem Konflikt zueinandersteht und er sich für eines entscheiden muss!

Oder habe ich etwas übersehen und alles verhält sich eigentlich ganz anders? Ich hebe meinen Kopf in den warmen Wasserstrahl und lasse die Tropfen mein lädiertes Gesicht herunterrinnen. Wo bin ich hier hineingeraten? Wenn Seth doch nur mit mir sprechen würde!

Ich schalte das Wasser ab und steige aus der Dusche. Das Handtuch ist rau, nicht so wie die wollig weichen, die Ramona aus unserem Trockner holt. Aber ich mag das kratzige Gefühl auf meiner Haut und reibe mich damit ab, dann trockne ich meine Haare. Mich hier zu duschen, mir hier die Zähne zu putzen und dieselben normalen Dinge zu tun wie zu Hause, fühlt sich merkwürdig und unrealistisch an. Immerhin bin ich hier nichts anderes als eine Gefangene. Eine Geisel.

Als ich mir die Jogginghose und das T-Shirt angezogen habe und soweit bettfertig bin, komme ich wieder aus dem Bad. Im Flur ist es dunkel und auch in der Küche brennt kein Licht. Irritiert gehe ich in meine Zelle – das Schlafzimmer.

Seth liegt in bequemer Kleidung auf dem Bett, die Arme hinter dem Kopf verschränkt, sodass sein Shirt nach oben gerutscht ist und einen Teil seines flachen Bauchs preisgibt. Zwanghaft versuche ich, nicht auf seine Muskeln zu starren, sondern sehe ihn irritiert an.

»Was machst du hier?«

»Liegen.«

»Das sehe ich. Aber wieso?« Mein Blick wandert weiter zu seiner Sporttasche, die er neben dem Bett abgestellt hat. Sie ist aufgeschlagen und seine Jeans ist unordentlich darauf geworfen worden. Wenn ich es nicht besser wüsste, würde ich glauben, dass er es sich hier gemütlich gemacht hat.

»Ich werde jetzt hier bleiben. Keine Ahnung, wann Samuel zurückkommt oder jemand anderes hier aufschlägt, der dir ein Körperteil abschneiden will«, erklärt Seth und sieht mich an. »Also musst du dein Bett jetzt mit mir teilen.«

»Was?!« Hitze schießt mir in meine Glieder und ich weiß nicht, ob aus Angst oder aus Scham. »Das geht nicht.«

»Gestern ging es doch auch.« Er hebt eine Augenbraue und sieht mich verwirrt an.

»Das war etwas anderes«, murmele ich und umschlinge meinen Körper mit meinem Arm. Ich kann ihn nicht mehr ansehen und schaue betreten auf den Boden.

»Du hast zwei Optionen. Entweder du bist ein braves Mädchen und kommst freiwillig her oder ich werde dich gewaltsam an das Bett ketten.« Seine dunklen Augen funkeln mich herausfordernd an. Zögernd bleibe ich stehen, wo ich bin. Dann reißt offenbar sein Geduldsfaden, doch sowie er auch nur zuckt, laufe ich schnell zu ihm und setze mich auf das Bett.

Zufrieden lässt er sich zurück in die Kissen sinken. Zur Strafe bedenke ich ihn mit wütenden Blicken, ehe ich meine Beine unter die Bettdecke schiebe und mich hinlege.

»Du behältst aber deine Hände bei dir«, drohe ich ihm, während ich ihm den Rücken zudrehe und eine Hand unter mein Kopfkissen schiebe. Ich rutsche soweit an den Rand, wie es mir möglich ist, um genug Abstand zwischen mich und ihn zu bringen. Nach wie vor ist er mein Entführer und ich weiß nicht, was er vorhat.

Nur weil er verboten gut aussieht und ich total auf ihn stehe, heißt das ja nicht, dass ich mich ihm jetzt an den Hals werfen muss. Der Gedanke, dass er nur wenige Zentimeter entfernt von mir liegt, lässt mein Herz dennoch rasen. Gestern war ich vollkommen erledigt und bin, ohne darüber nachzudenken, in seinen Armen eingeschlafen. Jetzt bin ich hellwach und alle meine Sinne sind zum Bersten gespannt.

»Willst du wirklich, dass ich meine Hände bei mir lasse?«, raunt Seth hinter mir und ich spüre, wie er sich zu mir dreht.

Mein darauffolgendes »Ja« klingt nur halb so fest und überzeugt, wie es sollte.

ER

Ihr leises »Ja« ist eine Lüge. Sie will nicht, dass ich mich von ihr fernhalte, aber sie weiß, dass sie es wollen sollte, denn ich bin ihr Entführer. Ich habe sie verfolgt, belogen, hintergangen. In eine Falle gelockt und eingesperrt. Ihr logischer Verstand sagt ihr, dass sie mich nicht attraktiv finden darf, aber ihr Körper spricht eine ganze andere Sprache. Die Gänsehaut, die ihre Arme überzieht, ihre schnelle Atmung, das verräterische Zittern in ihrer Stimme. Ihr ganzer Körper schreit danach, von mir berührt zu werden, mir nah zu sein.

Meine Fingerspitzen kribbeln, wollen ihrem stummen Ruf folgen und ihre zarte Haut berühren. Ich gebe dem Drang nach, hebe meine Hand und streichele zärtlich über ihren Oberarm. Sofort stellen sich die kleinen Härchen auf ihrer Haut noch weiter auf.

Im Club hat sie mich zum ersten Mal gesehen. Zu diesem Zeitpunkt folgte ich ihr bereits seit einiger Zeit. Ich weiß noch genau, wie sie auf der anderen Seite der Glasscheibe stand und mich aus ihren türkisen Augen ansah. Es war so viel Faszination und Neugierde in ihrem Blick. Doch da war noch mehr. Etwas hatte mich zu ihr hingezogen wie eine unsichtbare Kraft. Am liebsten hätte ich die verfluchte Scheibe kaputtgeschlagen und sie einfach zu mir gezogen. Gut, dass ich mich so im Griff habe und sie verscheuchen konnte, bevor *was auch immer* mit mir durchgehen konnte.

Seit diesem Tag ist alles anders. Seitdem geistert sie in meinem Kopf herum wie ein rosaner, glitzernder, süßer Dämon, der von mir Besitz ergriffen hat und mich in Zuckerwatte hüllt, bis mein ganzer Verstand verklebt ist.

Ich fahre mit meinen Fingerspitzen ihren Arm hinab, bis sie ihn von mir wegzieht, als wolle sie mir sagen *»fass mich nicht an!«*. Jetzt liegt ihr Körper jedoch ungeschützt vor mir und ich kann meine Hand auf ihre Taille legen. Erneut zuckt sie zusammen und versucht, etwas von mir wegzurücken. Ich greife nach ihrer Hüfte und ziehe sie daran näher zu mir, sodass sich ihr kleiner, runder Hintern perfekt an meinen Schritt schmiegt.

Mein Schwanz dankt es mir sofort, indem er gierig von innen gegen meine Stoffhose drückt. Ich sollte ihr einfach die Kleider vom Leib reißen, sie komplett umschlingen, sodass sie sich nicht mehr bewegen kann, und mich von hinten zwischen ihre Schenkel versenken. Das Kribbeln in meinen Lenden nimmt zu und meine Eier fühlen sich zunehmend schwerer an. Viktoria muss meine Erregung deutlich an ihrem Hinterteil spüren und beginnt nervös herumzuzappeln. Sie will vor mir fliehen, doch ich halte sie eisern fest.

»Bleib liegen«, raune ich von hinten an ihr Ohr. Instinktiv hält sie inne und wird starr und bewegungslos. Auch wenn sie eine Furie sein kann, tief im Inneren weiß sie, dass sie keine Chance hat. Körperlich ist sie mir absolut unterlegen und ich könnte mit ihr machen, was ich will. Scheiße, und *was* ich alles mit ihr tun will.

»Was wird das, Seth?«, fragt sie mit bebender Stimme.

»Nichts.«

»Das fühlt sich aber nicht nach *nichts* an!«

Ich antworte nicht, stattdessen schiebe ich meine andere Hand unter ihr durch. Als sie das bemerkt, will sie endgültig aufspringen, aber ich halte sie erneut zurück. Ehe sie sich's versieht, habe ich meine Arme um sie geschlungen und sie geht in ihnen unter wie eine kleine Puppe. Es gefällt mir, dass sie so zierlich und zerbrechlich ist. An Viktoria sind keine üppigen Rundungen. Sie ist wie eine Knospe auf dem Weg zur vollen Blüte. Ein Mädchen auf dem Weg, eine Frau zu werden.

»Lass mich los!«, wimmert sie und versucht sich vergeblich von mir zu befreien.

»Nein«, antworte ich nur und drücke sie an mich, sodass ihr Rücken gegen meine Brust gepresst wird und mein Schwanz in meiner Hose zwischen ihren Schenkeln reibt, wenn sie herumzappelt. Plötzlich wird sie ganz still und hört auf, sich zu wehren. Sie sinkt verloren in sich zusammen und ihr Atem wird flach.

»Wirst du mich jetzt vergewaltigen?«, fragt sie erstickt.

»Es wäre mir lieber, wenn du es auch wollen würdest«, antworte ich unschuldig.

»Aber ich will nicht«, haucht sie leise. Auch diesmal klingt ihr »Nein« für mich nach einem »Ja«. Ich weiß, dass sie lügt. Sie will mich ebenso, wie ich sie will, bloß ist sie zu schüchtern oder zu stolz es zuzugeben.

»Du wirst es wollen«, verspreche ich ihr und drücke meine pralle Härte noch fester gegen sie. Als sie das spürt, beginnt ihr Widerstand von Neuem und sie windet sich in meinen Armen hin und her. Ich habe nichts dagegen, denn so reibt ihr Schritt nur noch mehr gegen meinen und stimuliert uns beide. Wenn sie weiterhin Nein sagt und nicht bald zugibt, dass sie mich will, wird es de jure wirklich eine Vergewaltigung sein. Es ist mir egal. Ich habe in meinem Leben Schlimmeres getan, als eine Frau gegen ihren Willen zu befriedigen.

Ich greife mit einer Hand nach ihrer Brust und umfasse sie. Ihre Brustwarze ist hart wie eine Perle und straft ihre Worte nur noch mehr Lügen. Mit Zeigefinger und Daumen zwirbele ich sie sanft, was Viktoria ein erschrockenes Keuchen entlockt. Dann lasse ich meine flache Hand weiter hinuntergleiten, streiche über die straffe Haut an ihrem Bauch und schiebe meine Finger in ihren Hosenbund.

»Nein, bitte«, ruft sie und presst ihre Oberschenkel fest zusammen, um mich abzuhalten. Dennoch gleite ich mit zwei Fingern über ihren Slip und spüre, dass der dünne Stoff feucht ist.

»Ich wusste es«, murmele ich gegen ihr Ohr und schiebe ihre Unterhose beiseite, um mit meinen Fingerspitzen ihre warme Öffnung zu umspielen. Viktoria zappelt und versucht weiterhin ihre Beine so aufeinanderzudrücken, dass ich nicht an sie herankomme.

»Hör auf, Seth!«, ruft sie. Ihre Stimme überschlägt sich fast. Beinahe habe ich das Gefühl, dass sie es ernst meint.

»Lass dich fallen, Kiki«, raune ich zurück. »Es ist okay, dass du es willst.«

»Ich kann aber nicht!!« Sie atmet so aufgeregt, dass ich befürchte, sie wird gleich hyperventilieren.

»Warum denn nicht?« Ich bin genervt. Warum sind Frauen so kompliziert? Mein Schwanz ist hart, ihre Pussy feucht. Wo ist das verdammte Problem?

»Weil ich noch Jungfrau bin!«, platzt es aus ihr heraus.

Augenblicklich ziehen sich meine Eier schmerzhaft zusammen, als hätten sie einen Tritt abbekommen. Ich halte inne, dann lasse ich sie langsam los. »Was?«

Viktoria wiederholt es nicht, stattdessen setzt sie sich auf und rückt von mir weg, während sie die Decke über ihre Brust zieht, als wäre sie nackt. Mit zusammengepressten Lippen und glänzenden Augen sieht sie mich an.

Mit einem Mal fühle ich mich schuldig. Als hätte ein Richter den Hammer geschwungen. Mitten in mein Gesicht.

»Fuck«, flüstere ich und starre sie an. Mein Schwanz pocht zwischen meinen Beinen und fühlt sich von meiner Hose nach wie vor eingesperrt. Ich muss ihn ignorieren.

Ich bin zwar ein Arschloch, aber so ein großes, eine Jungfrau zu vergewaltigen, nun auch wieder nicht. Wütend stehe ich vom Bett auf und gehe geradewegs auf die Tür zu. Als ich durch diese hindurchgehe, schlage ich mit der flachen Hand gewaltvoll gegen den Türrahmen. »Fuck!«

Ich flüchte ins Bad. Meine Latte ist hart wie Granit und meine Eier platzen, wenn ich den Druck nicht abbaue, der sich heiß und kribbelnd in ihnen angestaut hat. Mit einer Hand reiße ich das Handtuch neben dem Waschbecken ab, dann lehne ich mich mit dem Unterarm gegen den kalten Fliesenspiegel. Mit der freien Hand greife ich in meine Hose und befreie meine Erektion. Grob und schnell reibe ich meinen pulsierenden Schwanz.

Irgendwo in mir kreisen Selbstvorwürfe, wie ich Viktoria nur beinahe vergewaltigen konnte. Doch in diesem Moment dringt nichts davon zu meinem Bewusstsein vor. Das Einzige, was ich vor Augen sehe, ist ihr Gesicht und ihr Körper und die Vorstellung, mich tief in ihr zu vergraben.

SIE

Ich bleibe auf dem Bett sitzen, als Seth wütend aus dem Raum geht und im Bad verschwindet.

»Verdammt.«

Es ist mir peinlich, dass ich noch Jungfrau bin. Dabei weiß ich nicht mal, warum! Es ist doch keine Schande, immerhin bin ich gerade mal neunzehn und habe einen Vater, der jeden meiner Schritte kontrolliert. Niemals hätte ich einen Jungen mitbringen können, geschweige denn einen alleine besuchen gehen. Leonie ist mir auch nie eine große Hilfe gewesen. Manchmal kam es mir vor, als wäre sie noch ein größerer Anstandswauwau als mein Vater, denn sie weigerte sich vehement, als Alibi zu dienen.

Auf dem Gymnasium war ich drei Monate mit Benjamin zusammen. Wir haben heimlich miteinander rumgemacht, aber darüber hinaus sind wir nie gegangen. Viele meiner Klassenkameradinnen hatten damals bereits ihr erstes Mal gehabt und der Umstand, dass ich immer noch Jungfrau war, machte es nach und nach zu etwas Besonderem.

Irgendwann glaubte ich, dass ich zu alt bin, um es jetzt noch betrunken mit irgendeinem Kerl in irgendeinem fremden Zimmer auf irgendeiner Feier zu treiben. Ich begann mir romantische Fantasien auszudenken. Von einem festen Freund, inniger Liebe und einem wunderschönen, besonderen ersten Mal. Mit dem einen Mann, der für immer bei mir bleiben würde. Mir ist bewusst, dass es eine äußerst unrealistische und idealisierte Vorstellung ist, die mir möglicherweise auch als Ausrede für meine Jungfräulichkeit dient.

Und was habe ich in Wahrheit getan? Ich bin nachts durch Frankfurt gelaufen und habe den zwielichtigen Typen hinterhergesehen, die mir eben jenes Abenteuer zu versprechen schienen, welches ich nie erleben durfte. Ist das der Grund, warum mich das Verbotene so lockt? Der Wunsch, die Ketten zu sprengen und das zu tun, was niemand von der lieben, süßen Kiki denken würde?

Seth ist genau der Mann, der all das verkörpert. Er ist heiß, geheimnisvoll, gefährlich. Und er will mich. Deutlicher hätte er es mir nicht zeigen können. Bei der Erinnerung daran, wie sich seine Erektion gegen mich presst, gegen diese eine, unberührte Stelle, kribbelt es aufregend zwischen meinen Beinen. Unruhig rutsche ich auf dem Po hin und her und versuche, mich abzulenken.

Muss ich Angst vor ihm haben? Er hat aufgehört. Er hat mich nicht vergewaltigt. Das ist gut, oder? Oder habe ich jetzt die berühmte rosarote Brille auf?

Nach einiger Zeit geht Seth aus dem Bad in die Küche. Zwei Minuten später betritt er das Schlafzimmer. Er riecht nach Rauch. Er hat seine Kiefer fest aufeinandergepresst, ein dunkler Schatten liegt über seinen Augen und seine Haare sehen noch zerwühlter aus als sonst. Sein schwarzes T-Shirt liegt eng an seinem Körper an und betont seine breiten Schultern und die kräftigen Oberarme. Es passt perfekt zu den Tattoos, die sich in Mustern und Bildern über seine Haut ziehen. Sogar die lockere

Stoffhose, die ihm lässig und zu tief auf den Hüften sitzt, steht ihm. Alles an ihm wirkt auf mich anziehend. Verboten. Und anziehend.

Ich frage mich, wie sein wirklicher Name sein mag. Auf jeden Fall wird er keinen deutschen Namen haben. Ich glaube, er ist ein Mischling. Seine Haut ist zu gebräunt und seine Wimpern zu dicht und dunkel, um ein typischer »Lukas« oder »Christian« zu sein. Wo kommt er her? Viele der Drogendealer aus Frankfurt sind Marokkaner, Afghanen oder Araber. Vielleicht ist Seth also in Wirklichkeit eher ein »Tarek« oder ein »Jamal«? Ich habe keine Ahnung und kann es absolut nicht einschätzen. Sein Deutsch ist tadellos, also muss er zumindest schon lange hier leben.

Während ich mir über Seth den Kopf zerbreche, kommt er auf mich zu, zieht eine der beiden Bettdecken und ein Kopfkissen hinunter und legt sich auf den Boden neben das Bett. Als ich neugierig über den Matratzenrand zu ihm blicke, hat er mir den Rücken zugedreht und die Decke bis zu seiner Schulter hinaufgezogen. Für einen Moment befürchte ich, dass er jetzt sauer auf mich ist, doch ich habe das Gefühl, dass sich sein Zorn in diesem Fall nicht gegen mich richtet.

»Du musst nicht auf dem Boden schlafen«, sage ich leise und rücke zur Seite, um ihm Platz zu machen.

»Doch«, knurrt er bloß. »Jetzt mach das Licht aus.«

Seufzend gehorche ich und lege den Schalter um.

Am nächsten Morgen bin ich vor Seth wach. Er entpuppt sich als echter Morgenmuffel. Knurrend dreht er sich herum und meint, wenn ich nicht mehr schlafen will, könnte er ja jetzt ins Bett. Während er dort weiterschläft, suche ich leise im Bad, im Flur und in der Küche nach dem Schlüssel, um die Haustür aufzuschließen. Leider lässt sich nichts finden und ich traue mich nicht, in seiner Tasche direkt neben dem Bett zu wühlen. Wenn er aufwacht und mich erwischt, wird er mich wieder einsperren, und das will ich vermeiden.

Irgendwann gebe ich auf, gehe in die Küche, koche Kaffee und bereite das Frühstück vor. Einige Zeit später kriecht auch Seth aus dem Schlafzimmer und setzt sich schweigend und schlecht gelaunt an den Küchentisch.

»Guten Morgen!«, flöte ich fröhlich und stelle ihm eine Tasse schwarzen Kaffee hin. Nur weil er mieses Karma versprüht, muss ich mich ja nicht davon anstecken lassen. Meine Situation ist beschissen genug, dann muss ich mich nicht auch noch zu jeder Gelegenheit selbst herunterziehen. »Gut geschlafen?«

»Geht so. Hör zu, Viktoria, ich…«

Ich hebe meine Hand und er verstummt. Dabei ist er selbst verblüfft darüber, dass er auf meine Geste hört.

»Schon gut, Seth. Lass uns einfach nicht mehr darüber reden. Wir tun so, als wäre nichts passiert. Das macht es für uns beide am einfachsten.«

Da er nichts sagt, gehe ich davon aus, dass er es genauso sieht. Den Tag über ist er sehr zurückgezogen und wir sprechen nicht viel miteinander. Eine ganze Weile macht er Sport, zieht sich am Türrahmen hinauf oder absolviert Übungen am Boden, bei denen mir Bauch und Beine schon alleine bei der Vorstellung wehtun. Da ich nichts anderes machen kann, sehe ich ihm dabei zu.

Später packt er seinen Laptop aus, legt sich aufs Bett und streamt eine Serie auf Netflix, die mir viel zu brutal ist. Da ich aber auch hier wenig andere Möglichkeiten habe, lege ich mich neben ihn und schiele mit auf den Bildschirm. Als mein Arm versehentlich seinen berührt, zieht er ihn vor mir zurück.

Unwillkürlich schießt ein stechender Schmerz durch meine Brust. Ich wünschte, er würde mir Aufmerksamkeit schenken, mich beachten, mit mir sprechen oder mich einfach nur mal ansehen. Aber es kommt mir vor, als wäre er wieder genauso abweisend wie zu Anfang, als ich geglaubt hatte, dass er mich nicht leiden kann.

Am Abend zieht er sich seine Lederjacke an, schlägt sich seine Kapuze über und sagt, er habe noch ein paar Dinge zu erledigen. Dann schließt er mich ein und verlässt die Wohnung. Mit einem Kloß im Hals bleibe ich zurück und frage mich, welche Sicherung bei mir durchgebrannt ist, dass ich mir Zuwendung von meinem Entführer wünsche. Dass es mir derart wehtut, wie er mich jetzt behandelt.

Es ist mitten in der Nacht, als ich von einem merkwürdigen Gefühl geweckt werde. Ein Gefühl, welches ich nur allzu gut kenne. Das Gefühl, beobachtet zu werden. Ich schlage meine Augen auf und setze mich hin. Alarmiert sehe ich mich um und kontrolliere den Boden neben dem Bett. Seth ist nicht da.

Das dunkle Zimmer ist erfüllt von einer unbekannten Präsenz. Sie nimmt den Raum bis in die hinterste Ecke ein und jagt mir einen Schauer meinen Rücken hinab. Kälte breitet sich in meiner Brust aus und meine Handflächen sind plötzlich schweißnass. Jemand ist in dem Zimmer, das kann ich spüren. Mit weit geöffneten Augen, taste ich langsam und leise nach dem Lichtschalter, während mein Herz mir bis zum Hals hämmert. Im schwachen Licht der Sterne, das durch das Dachfenster in den Raum fällt, kann ich nichts als dunkle Silhouetten erkennen. Der Schrank, der Schreibtisch und die Tür zeichnen sich als schwarze Schemen ab.

Doch da ist noch etwas. Ich erkenne die Umrisse eines Menschen, der nur wenige Meter entfernt von dem Bett steht. Meine Finger erreichen den Lichtschalter und ich lege ihn um. Die Glühbirne unter der Decke erhellt plötzlich das Zimmer und ich springe aus dem Bett auf, den abgebrochenen Kamm, den ich stets unterm Kopfkissen habe, in den Händen.

»Wer bist du?!«, rufe ich und stehe breitbeinig auf dem Bett, bedrohe die Gestalt mit dem Plastik wie mit einem Dolch. »Hände hoch!«

Der Schatten wird durch das Licht zu einer Person. Zu einem Mann mit schwarzem Hoodie, dessen Kapuze ihm tief in das Gesicht gezogen ist. Er ist nicht sehr groß und die Beine, die unter dem Kapuzenpullover herausschauen, sind schmal. Doch obwohl er seine Hände in den weiten Taschen seines Pullovers vergraben hat, geht eine erschreckende Gefahr von ihm aus. Im ersten Moment glaube ich, ich halluziniere, denn anstatt in ein menschliches Gesicht schaue ich in die schwarzen Augenhöhlen eines Skelettschädels.

Dann schlägt der Fremde die Lider auf und ich erkenne jadegrüne Iriden, die mich aufmerksam mustern. Mir wird bewusst, dass es sich hierbei nicht um ein Skelett handelt, sondern um ein geschminktes oder tätowiertes Gesicht eines lebendigen Menschen.

»Verdammt, wer bist du?!«, frage ich erneut und fuchtele bedrohlich mit dem Kamm.

»Grimm«, antwortet der Mann. Seine Stimme ist weich, fast melodisch, doch gleichzeitig sehr tief und männlich. Ich empfinde sie sofort als angenehm.

»I-ich bin Kiki. Was tust du hier?«, stottere ich und schaue mich um. Vermutlich ist er ein von Samuel angesetzter Killer, der hier ist, um mich aufzuschlitzen. Und natürlich ist Seth nicht hier, um seinen angeblichen Job zu machen und mich zu beschützen.

»Ich wollte dich ansehen«, antwortet der Fremde.

»Was? Wieso? Und wie bist du hier hereingekommen?!«

»Durch die Tür.« Die Zähne des Schädels verziehen sich zu einem Grinsen. Grimm zieht eine Reihe kleiner, silberner Stangen aus seiner Tasche und hält sie demonstrativ in die Luft.

Ich kneife meine Augen ein wenig zusammen.

»Was soll das sein?«

»Das sind Dietriche. Damit … macht man Türen auf.« Er lächelt weiterhin, als er sein Werkzeug wieder wegsteckt. Plötzlich kommt er auf mich zu. Mit einem großen, schnellen Schritt tritt er an mich heran und bleibt direkt vor dem Bett stehen.

Ich umklammere den Kamm mit beiden Händen und reiße meine Augen auf. Niemals hätte ich rechtzeitig reagieren können, so schnell ist seine Bewegung gewesen. Seine großen, grünen Augen blicken zu mir herauf, die scharfe Spitze des Kamms ist nur noch wenige Millimeter von seiner Nasenwurzel entfernt.

Ich zittere vor Schreck.

»Ein hübsches Spielzeug hast du da, kleine Lady. Damit könntest du jemanden verletzen«, sagt er, hebt eine Hand an und legt sie um meine beiden. Er zieht den Kamm näher zu sich, sodass die Spitze in seine Haut sticht. Rot quillt aus seiner Haut hervor.

Was zur Hölle?! Will er sich selbst verletzen?!

Mit aller Gewalt ziehe ich dagegen und versuche den Kamm von ihm wegzureißen. In diesem Moment lässt er los und ich falle rückwärts auf das Bett. Nur knapp lande ich so, dass ich nicht auf der anderen Seite herunterfalle. Fassungslos starre ich Grimm an.

»Du willst doch nicht Seth damit etwas anhaben, oder?«, fragt er und bleibt vor dem Bett stehen. Er neigt seinen Kopf schief.

»N-nein! Wieso?« Ich bin vollkommen verwirrt, habe keine Ahnung, was der Typ von mir will.

»Nur so. Ich wollte mal herkommen und schauen, welche Schönheit dem guten Seth den Kopf so verdreht hat.« Sein Antlitz neigt sich in die andere Richtung und er mustert mich aufmerksam. Seine Gesten und Bewegungen wirken auf mich wie die eines Tieres. Ich kann ihn nicht einschätzen, nicht lesen, nicht deuten.

»Den Kopf verdreht?«, hake ich vorsichtig nach. »Was meinst du damit? Und woher kennst du Seth?«

»So viele Fragen auf einmal.« Grimm vergräbt seine Hände in den Taschen seines Hoodies, dann setzt er sich auf den Holzstuhl vor dem Schreibtisch. Das lässt mich etwas entspannen, denn jemand, der hier ist, um mir etwas anzutun, wird sich wohl kaum gemütlich hinsetzen.

»Seth und ich sind Freunde. Er ist ein guter Mann. Erledigt seine Aufgaben so, wie sie ihm aufgetragen werden. Ohne Zögern. Ohne Fragen. Genau wie ich. Aber diesmal macht er nicht, was er machen soll, und ich wollte den Grund dafür sehen.«

»Und jetzt?« Ich umklammere immer noch den Kamm, lasse ihn aber langsam sinken. »Willst du den Grund jetzt beseitigen, damit Seth seine Aufgaben erledigt?«

»Nein. Ich fasse das Mädchen von Seth nicht an. Keine Sorge.«

Das Mädchen von Seth?

»Wieso siehst du aus wie ein Skelett?« Ich setze mich auf das Bett in den Schneidersitz. Eben habe ich seine Präsenz noch als gefährlich empfunden, jetzt hat sie plötzlich etwas Beruhigendes. Ich kann nicht erklären, wieso, nur dass er eine ansteckende Ruhe ausstrahlt.

Grimm hebt eine Hand und streicht sich mit einem Finger über seine Wange. Erst jetzt bemerke ich, dass auch seine Hände komplett wie ein Skelett bemalt sind. Inzwischen bin ich mir sicher, dass es sich um Tattoos handeln muss.

»Der Tod ist mein Begleiter«, antwortet Grimm leise.

Ich kräusele meine Stirn und sehe ihn verwirrt an. »Wie meinst du das?«

Er antwortet nicht, sondern lächelt mich bloß an, sodass seine schwarz tätowierten Lippen seine weißen Zähne entblößen.

»Du und Seth, ihr arbeitet also für denselben?« Ich will die Situation ausnutzen, mehr über meinen Entführer in Erfahrung zu bringen. Wenn er selbst nichts erzählt, lässt sich ja vielleicht etwas über diesen freundlichen Gesellen herausfinden, der behauptet sein Freund zu sein.

Grimm nickt.

»Und was arbeitet ihr?«

»Hast du das noch nicht herausgefunden?«, fragt er mich verblüfft. »Was denkst du denn?«

»Auf jeden Fall irgendwas Illegales im Untergrund. Seid ihr Schläger? Dealer? Mafiosi?«

Grimm lacht auf. Auch jetzt klingt seine Stimme äußerst angenehm und ansteckend, sodass ich mitlache, ohne wirklich zu wissen, wieso. Es war doch gar nichts Witziges daran.

»Du wirst es früh genug herausfinden. Aber wenn es soweit ist, kleine Lady, dann sollst du eine Sache wissen.« Er erhebt sich von dem Stuhl und schaut mich aus seinen grünen Augen an. »Seth ist dazu gezwungen, diese Dinge zu tun. Im Gegensatz zu mir hat er nie eine andere Wahl gehabt.«

Auch ich stehe vom Bett auf und trete furchtlos an ihn heran. »Welche Dinge?« Ich muss es wissen. Ich muss wissen, wer oder was hinter Seth wirklich steckt!

Grimm lächelt erneut, dann zwinkert er mir zu. »Gute Nacht, kleine Lady«, sagt er nur, ehe er an mir vorbeigeht und das Schlafzimmer durch die Tür verlässt.

»Warte! Du kannst doch jetzt nicht einfach gehen!«, rufe ich ihm nach und folge ihm in den Flur. Er öffnet die Haustür und tritt hinaus. Dann dreht er sich noch einmal zu mir um und sieht mich durch den geöffneten Türspalt an.

»Geh zurück ins Bett. Seth wird bald nach Hause kommen.« Mit diesen Worten zieht er die Tür zu und ich höre, wie er sich von außen am Schloss zu schaffen macht.

»Grimm!«, rufe ich und klopfe gegen die Tür, rüttele an der Klinke, doch es ist bereits zu spät. Kopfschüttelnd bleibe ich stehen und kann nicht fassen, was eben passiert ist. Was ist dieser Grimm nur für ein Typ, dass er nachts wie ein Psycho zu mir in die Wohnung einbricht und mich im Schlaf beobachtet?

Und dann dieses Totenkopfgesicht. Es kommt mir vor, als wäre er gar nicht wirklich aus dieser Welt. Sein Besuch hat nur noch mehr Fragen aufgeworfen und ich fühle mich ahnungsloser als vorher. Mit was für Typen hat Seth zu tun und welche Arbeit erledigt er für sie?

Frustriert gehe ich zurück ins Schlafzimmer und lasse mich aufs Bett fallen. Den Kamm verstaue ich wie bisher auch unter meinem Kopfkissen. An Schlaf ist nicht zu denken. Tausend Fragen geistern mir durch den Kopf und es ist beängstigend, dass jemand hier einbrechen und mich im Schlaf beobachten konnte, ohne dass ich etwas davon mitbekommen habe. Er hätte mir die Kehle aufschneiden können und ich hätte es nicht mal gemerkt. Die Vorstellung lässt mich schaudern.

Nach einigen Minuten höre ich erneut Geräusche an der Wohnungstür. Seth kommt noch in Jacke und Schuhen in das Schlafzimmer. Er kräuselt seine Stirn und sieht mich mit schmalen Lippen an.

»Warum schläfst du nicht, Viktoria?«

Seine Laune ist genauso schlecht wie den ganzen Tag schon. Vielleicht sogar noch schlechter.

»Ich habe geschlafen. Und dann wurde ich plötzlich von jemandem geweckt.«

»Von wem?«, fragt er alarmiert und sieht sich um, sucht nach Spuren, was sich während seiner Abwesenheit hier zugetragen hat. Sein Körper spannt sich an.

»Einem Typen, der wie ein Skelett tätowiert war und sich selbst *Grimm* nannte.«

»Grimm?«, wiederholt er. »Was wollte er hier?«

»Keine Ahnung.« Ich zucke die Schultern und hoffe, dass er nicht weiter nachbohrt. Seth scheint mir diesen Gefallen nicht tun zu wollen, denn seine Augen werden dunkel.

»Hat er dir etwas angetan?«

»Nein.«

»Hat er dir etwas gesagt?«

»Nein!«

Seth kommt auf mich zu und greift nach meinen Schultern. Ich will vor ihm zurückweichen, aber er ist schneller. Er sieht mir ins Gesicht. Das Braun seiner Augen flackert aufgebracht.

»Sag mir, was er von dir wollte, Viktoria. Sofort!«

»Er war nur hier, um mich kennenzulernen, okay?«, fahre ich ihn an und versuche, mich aus seinem Griff zu lösen. Dabei werfe ich ihm wütende Blicke zu. »Er sagte, ihr wärt Freunde, warum flippst du jetzt so aus?«

Seth lässt mich los und dreht sich fluchend von mir weg.

»Grimm ist kein Mann, der mal auf ein nettes Gespräch vorbeikommt und schon gar nicht mitten in der Nacht. Wir sind auch keine Freunde. Kollegen vielleicht. Mehr nicht.«

»Und warum bist du jetzt wütend auf mich? Meinst du, mir hat es Spaß gemacht, dass der Kerl plötzlich neben meinem Bett stand?! Ich dachte, du wolltest auf mich aufpassen!« Keine Ahnung, warum ich ihm das jetzt zum Vorwurf mache. Keine Ahnung, warum wir jetzt streiten. Ist er wütend, weil er sich Sorgen um mich macht?

Seth flucht und packt sich ins Haar.

»Ich weiß, verdammt!«

Ich stehe vom Bett auf und gehe auf ihn zu, sehe nur seinen breiten Rücken in der Lederjacke, den Kopf hält er gesenkt. Er macht sich Vorwürfe, dass er mich nicht beschützen konnte. Seths Gefühlswelt ist für mich ein Buch mit sieben Siegeln, doch in diesem Moment bricht eines von ihnen auf und lässt mich einen kleinen Blick auf sein verdrehtes Innerstes erhaschen. Er ist wütend auf sich. Weil er nicht hier war. Aber er weiß nicht, wie er es ausdrücken kann.

Eine merkwürdige Hitze flutet meinen Körper. Mein Herz beschleunigt seinen Rhythmus. Ich bin überwältigt von der Zuneigung, die ich mit einem Mal für diesen Mann empfinde. Vorsichtig trete ich an ihn heran und strecke meine Finger nach ihm aus.

ER

»Ich habe dich beinahe vergewaltigt!« Muss ich sie wirklich daran erinnern? Hat sie schon verdrängt, dass ich sie um ein Haar gegen ihren Willen nicht nur gefickt, sondern dazu noch entjungfert hätte? Und was ist mit mir los, dass es mich *überhaupt* interessiert? Ich will sie. Ich sollte sie mir einfach nehmen. So wie ich mir immer nehme, was ich will. Aber ich tue es nicht. Wieso? Weil sie wie eine kostbare, fragile Blume ist, die ich beschützen und nicht zerstören möchte.

Beschützen.

Nicht zerstören.

Ich rufe mir diese Worte wie ein Mantra in mein Bewusstsein in der Hoffnung, dass es das Tier in mir bändigt, welches an der Kette zerrt und über sie herfallen würde, wenn es sich losreißen kann.

Dann berühren ihre Finger sachte meinen Rücken. Eine Gänsehaut kriecht meine Wirbelsäule herauf bis in meinen Nacken.

»Aber du hast es nicht«, flüstert sie.

Ich schließe meine Augen. Zuerst war sie fasziniert von mir, dann hat sie endlich erkannt, welches Monster in mir steckt, und jetzt auf einmal will sie das Gute in mir sehen. Warum? Was hat sich geändert? Langsam drehe ich mich zu ihr um und greife nach ihrem Handgelenk. Ich kann es mit meiner Hand vollkommen umschließen und es fühlt sich an, als würde es zerbrechen, wenn ich nicht vorsichtig bin. Viktoria blickt zu mir herauf. Ihre Wangen schimmern rosig. Die Blessuren, die Samuel ihr zugefügt hat, sind noch immer zu sehen und erinnern mich schmerzlich an mein Versagen.

»Was, wenn ich es doch noch tue?«, frage ich mit belegter Stimme. Mein Atem geht flach, mein Körper spannt sich an.

Beschützen.

Nicht zerstören.

»Das kannst du nicht.« Ihre hellen Augen flattern und glänzen wie Edelsteine durch das Licht der Glühbirne unter der Zimmerdecke. »Weil ich es will.«

In meinem Kopf ist mit einem Schlag alles wie ausradiert. Das EKG zeigt nur noch eine gerade Linie. Stille. Verwirrung.

»Was … *willst* du?« Ich muss es wissen, brauche die Sicherheit, dass sie weiß, was sie sagt. Dass sie meint, was sie sagt. Dass ich nicht einfach nur höre, was ich hören *will*.

Viktoria schluckt und blinzelt. Dann tritt sie dicht an mich heran, ihr Handgelenk immer noch in meiner Gewalt. Ihr Körper berührt meinen, schmiegt sich gegen mich. Sie stellt sich auf die Zehenspitzen und reckt sich zu mir herauf.

Wie ein Idiot stehe ich da und kann nicht fassen, was passiert. Nicht einmal, als ihre warmen, weichen Lippen meine berühren. Vermutlich habe ich einen Schlaganfall oder so.

»Ich will *dich*«, haucht sie gegen meinen Mund. »Schlaf mit mir, Seth.«

Was mein Verstand noch nicht begreift, haben meine Lenden längst kapiert. Zuckend macht sich mein Schwanz in meiner Jeans bemerkbar.

Erneut streifen Viktorias Lippen über meine. Ich spüre ihren warmen Atem, ihr unsicheres Zittern und rieche ihren süßen Duft. Wie von alleine finden die Finger meiner freien Hand an ihren Hinterkopf und greifen in ihr Haar.

Dann mache ich endlich das, wonach ich mich schon die letzten Tage verzehre. Ich ziehe sie in meine Arme, halte sie fest und werde sie nie wieder gehen lassen.

Jetzt gehörst du mir.

Ich fange ihre Lippen ein und küsse sie hart. Meine Zunge umspielt ihre fordernd, während ich regelrecht über sie herfalle. Sie hat den animalischen Teil in mir von der Kette gelassen. Zunächst ist Viktoria überfordert, doch ich biete ihr keine Möglichkeit, sich zurückzuziehen, nehme ihr alle Entscheidungen ab. Während ich sie mit einer Hand an ihrem Steiß gegen mich presse, entledige ich mich mit der anderen meiner Lederjacke. Sie landet unbeachtet auf dem Boden, ehe ich ihren Körper nach hinten dränge, bis das Bett gegen ihre Kniekehlen stößt und sie auf die Matratze fällt.

Sofort bin ich wieder über ihr und stütze mich zu ihren Seiten ab. Ich drücke ihre Beine auseinander und schiebe mich dazwischen. Meine harte Erektion presst sich durch unsere Kleidung gegen ihren Schritt und sie stöhnt in meinen Mund, als ich ihre Lippen suche. Ein heißes Kribbeln schießt durch meinen Unterleib. Meine Erregung raubt mir beinahe den Verstand. Aber ich muss mich zusammenreißen, geduldig sein. Es ist ihr verdammtes erstes Mal. Wenn ich mich wie ein Barbar ohne Vorbereitung in sie treibe, werde ich sie nur aufreißen und es für sie unerträglich machen.

Ich zügele meinen rasenden Puls und atme tief durch. Als ich ihr in das Gesicht sehe, sind ihre Wangen gerötet, die Augen glasig und erfüllt von Angst, Neugier und einem anderen, merkwürdigen Ausdruck, den ich nicht kenne. Aber er flackert voller Wärme und löst ein unbekanntes Prickeln in meiner Magengegend aus. Ich kann mich nicht erinnern, dass ich jemals so angesehen wurde. Es fühlt sich gut an und gleichzeitig macht es mir Angst.

Die Gedanken beiseiteschiebend, fahre ich mit meinen Händen unter ihr T-Shirt und drücke es langsam hinauf. Ihr Bauch ist mit einer Gänsehaut überzogen, dreht sich hin und her, während sie sich ungeduldig unter mir räkelt. Als ich den Stoff über ihre kleinen, runden Brüste schiebe und sich ihre Brustwarzen hart unter dem BH abzeichnen, fangen meine Eier an, ungeduldig zu pochen. Um das Verlangen in meinem Schritt ein kleines bisschen zu stillen, kreise ich meine Hüften leicht und reibe meine Erektion über ihren Schritt. Viktoria wird immer unruhiger, ihr Atem schneller und ihre Hände zerwühlen das Bett und meine Haare.

Ich quäle sie noch etwas länger, indem ich nun auch ihren BH hochschiebe und mit den Fingern Kreise um ihre Nippel fahre. Ihre Haut ist so zart, weiß und jung, dass ich den Drang verspüre, hineinzubeißen. Also lehne ich mich zu ihr hinab, lecke über ihre steifen Knospen und grabe dann sanft meine Zähne in die Haut, die sich über ihre Wölbungen spannt. Sie keucht auf.

Endlich widme ich mich ihrem Unterleib und rücke von ihr hinunter. Sie schaut verwundert zu mir herab, aber ich lasse mich nicht irritieren. Ich ziehe ihr die Jogginghose aus und lasse ihren Slip noch an. Dann knie ich mich vor das Bett, greife nach ihren Knöcheln und ziehe sie mit einem Ruck zu mir vor, sodass ihr Po kurz vor der Bettkante liegt. Perfekt. Mein Kopf befindet sich genau zwischen ihren Beinen und ich sehe bereits den feuchten Fleck auf ihrem Höschen.

»Was hast du vor?«, fragt sie zögerlich.

»Ich bereite dich vor.«

Dann drücke ich meinen Daumen zwischen ihre bedeckten Hügel und lasse ihn vorsichtig kreisen. Mit der anderen Hand presse ich zwei Finger gegen ihre Öffnung. Sie stöhnt auf und hebt ihr Becken ein wenig an. Lange halte ich es nicht aus. Ich muss sie sehen. Sie riechen. Sie schmecken. Also ziehe ich mit einem Finger ihren Slip beiseite und betrachte ihre glänzende Pussy.

»Winkel die Beine an«, befehle ich ihr, aber sie zögert. Natürlich ist es für sie nicht leicht, einem Mann ihre intimiste Zone derart zu präsentieren. Ich helfe ihr, indem ich ihre Beine einfach etwas zu ihr herandrücke. Ihr kleiner, rosa Spalt öffnet sich für mich. Ich lehne mich vor, fahre mit der Zunge zwischen ihren Hügeln entlang und umkreise ihre Perle. Dann grabe ich meine Zunge in sie und koste von ihrem süßen Saft. Der Gedanke, dass sie noch nie jemand so berührt hat, noch nie jemand sie geschmeckt hat, erregt mich zusätzlich. Ein dunkles Knurren verlässt meine Kehle, als ihre Nässe meine Zunge benetzt. Viktoria schnappt erschrocken nach Luft.

Doch dann beginnt sie leise zu stöhnen. Sie windet sich hin und her. Ihr Unterleib schiebt sich mir willig entgegen. Nachdem ich sie ein wenig mit meiner Zunge verwöhnt habe, nehme ich erneut meine Finger zu Hilfe. Während ich mich ihrem Kitzler zuwende, lasse ich ganz langsam meinen Zeigefinger in sie eindringen. Sofort spüre ich, wie sie sich verkrampft und ihre unberührten Wände sich eng um mich schließen.

Ich lasse ihr Zeit, sich an das fremde Gefühl zu gewöhnen, ehe ich ihn in ihr bewege.

»Entspann dich«, raune ich ihr zu. Ihre Hände greifen in die Bettdecke. Ich will, dass sie durch meine Finger und meine Zunge kommt, denn ich kann nicht dafür garantieren, dass sie beim ersten Mal einen Orgasmus haben wird, wenn erst mal mein Schwanz in ihr steckt. Die meisten Frauen, die ich kenne, haben mir ihre Entjungferung nicht als sehr angenehm beschrieben.

Viktoria verkrampft sich zunehmend. Ihr Po spannt sich an, sie drückt mir ihr Becken entgegen und ich massiere ihre Öffnung mit sanften Stößen. Dann nehme ich noch einen zweiten Finger dazu und weite sie mit diesem ein wenig mehr. Plötzlich stöhnt sie auf und ich sehe und spüre, wie sich ihre Pussy zuckend zusammenzieht. Verdammt, es ist so gut, dass ich mich am liebsten sofort in ihr vergraben würde. Wann habe ich mir zuletzt so viel Mühe bei einer Frau gegeben? Ich kann mich nicht erinnern.

Als die Wellen des Höhepunktes verklungen sind, ziehe ich vorsichtig meine Finger aus ihr zurück. Ich richte mich auf und blicke auf sie hinab. Dabei fasse ich an mein Shirt und ziehe es mir über den Kopf aus. Wie meine Jacke werfe ich es achtlos beiseite. Dann öffne ich den Gürtel und die Knöpfe meiner Jeans.

»Hol ihn raus«, befehle ich rau.

SIE

So lange habe ich mich aufgespart, auf den perfekten Mann, die perfekte Situation gewartet und jetzt ist mein erstes Mal alles andere als das, was ich mir je erträumt habe. Ich habe keine Ahnung, wer Seth ist, wie er wirklich heißt, woher er kommt oder wohin er geht. Dennoch gebe ich meinen Körper in seine Hände. Es fühlt sich richtig an, obwohl ich weiß, dass es falsch ist. Die Ungewissheit und das Mysteriöse, das ihn umgibt, machen mich an.

Ebenso wie sein Körper. Er ist athletisch, die Muskeln zeichnen sich deutlich unter seiner Haut ab. Die hervortretenden Sehnen und Adern an seinen Armen lassen ihn rau und männlich wirken. Schwarze Linien und Muster schlängeln sich an ihnen hinauf und reichen bis über seine Brust. Auf dieser befindet sich noch ein dünner, rosafarbener Streifen, der heller ist als der Rest seiner Haut. Es ist der Überrest der Wunde, die ich ihm mit meinem Absatz zugefügt hatte.

Seths dunkle Augen blicken ungeduldig zu mir herab. Er will, dass ich seine Erektion aus seiner Hose befreie, und ich befürchte, dass er über mich herfällt, wenn ich nicht allmählich gehorche. Mein Herz rast in meiner Brust, meine Hände sind schwitzig und meine Knie zittern, als ich mich vorlehne.

Unsicher ziehe ich den Bund seiner Hose weiter hinab. Unter seiner schwarzen Shorts zeichnet sich seine harte Männlichkeit deutlich ab. Während ich auf dem Bett sitze und Seth zwischen meinen Beinen steht, ist sein Becken genau auf meiner Augenhöhe. Vorsichtig fahre ich mit meinen Fingerspitzen über die Wölbung unter dem Stoff. Seine Bauchmuskeln zucken, ebenso wie seine Erektion. Er ist ungeduldig, doch er reißt sich zusammen, um mich nicht zu bedrängen.

Endlich gebe ich mir einen Ruck und ziehe den Gummibund der Shorts herunter. Sein praller Schwanz springt mir förmlich entgegen, als hätte er nur darauf gewartet, von mir befreit zu werden. Ich betrachte ihn mit großen Augen.

»Ich glaube nicht, dass er in mich passt.«

»Das wird er«, brummt Seth. »Aber zunächst will ich sehen, wie sich deine Lippen um ihn legen und du an ihm lutschst.« Dabei fasst er mit einer Hand unter mein Kinn und drückt es hinauf.

Ich hebe meinen Blick zu ihm an. Seine Worte lassen das Blut in meine Wangen und ein heißes Ziehen durch meinen Unterleib schießen. Seine Worte erregen mich und ich spüre, wie ich wieder feucht werde. Fast liebevoll streicht er mit seinem Daumen über meine Lippen, ehe er meinen Mund mit ihm spaltet.

Ich greife nach seinem Glied und berühre es zaghaft mit meinen Fingerspitzen. Obwohl er steif ist, fühlt er sich ganz zart und angenehm an. Mit einem Mal verliere ich meine Zurückhaltung, lehne mich vor und presse meine Lippen auf seine Eichel. Ein tiefes Stöhnen verlässt Seths Kehle und belohnt mich für meine Initiative. Irgendetwas muss ich richtigmachen. Am besten denke ich nicht zu viel nach und überlasse meinen Instinkten die Zügel.

Ich öffne meinen Mund und mit einer kleinen Bewegung seiner Hüfte füllt er diesen komplett aus. Mit der Zunge taste ich ihn ab, fahre seine Spitze entlang und beginne schließlich vorsichtig an ihm zu saugen.

»Fuck«, knurrt Seth. Er hält still, während ich an seinem Geschlecht sauge. Dann beginnt er mit kleinen Stößen meinen Mund zu ficken. Ich spüre seinen Blick auf mir und sehe mit seinem Schwanz im Mund zu ihm hinauf.

»Das reicht.« Er zieht sich von mir zurück und wühlt mit fahrigen Bewegungen in seiner Sporttasche herum. Als er zu mir zurückkehrt, reißt er gerade eine Kondompackung auf, nimmt es heraus und zieht es sich über.

Diesmal muss er sich nicht zwischen meine Beine quetschen. Ich lehne mich zurück und öffne sie freiwillig für ihn. Das Kribbeln in meinem Schritt ist kaum mehr auszuhalten. Es scheint jede Nervenzelle von mir einzunehmen. Alles, woran ich denken kann, ist, ihn endlich in mir zu spüren.

Mit seiner Spitze streicht er zwischen meinen Hügeln entlang und entlockt mir so ein leises Wimmern. Dann drückt er seine Eichel gegen meine brennende Öffnung. Ich spreize meine Beine noch weiter für ihn und dann passiert es.

Es schmerzt. Es schmerzt und fühlt sich an, als ob er mich entzweireißt. Tränen füllen meine Augen, als er sich gegen mich drückt, den Widerstand meines Beckens überwindet.

»Ahhh!«, rufe ich und kralle mich ins Bett. »Es tut weh!«

»Ich weiß. Entspann dich, es wird gleich besser. Ich bin ganz vorsichtig.«

Schwer atmend richte ich mich auf und schaue an mir hinab. Obwohl es sich anfühlt, als hätte er jede physikalische Grenze gesprengt, ist er wirklich nur mit seiner Spitze in mir drin. Mit zusammengekniffenen Augen lasse ich mich zurück in die Kissen fallen und weiß plötzlich nicht, ob ich das packe, ob ich das kann. Aber Seth lässt mir keine Wahl. Seine großen Hände umschließen meine Taille und er beginnt sich langsam zu bewegen. Das schmerzhafte Brennen zwischen meinen Beinen wird mit jedem Zentimeter, den er weiter in mich eindringt, mehr.

»Berühr dich«, sagt Seth und ich blinzele verwirrt. Augenrollend lehnt er sich vor, nimmt meine Hand und führt sie meinen Körper hinab zwischen meine Beine. »Reib dich, während ich dich ficke.«

Mit diesen Worten stößt er erneut in mich. Ich höre auf ihn und beginne, mit meinen Fingern über meine Perle zu reiben. Seine Bewegungen sind rhythmisch und langsam. Nach kurzer

Zeit ändert sich etwas. Der Schmerz ist noch da, aber ich beginne ihn zu genießen.

Erneut hebe ich meinen Kopf und blicke an mir hinab. Zu sehen, wie seine Hände meinen Körper fast komplett umfassen, wie sein harter Schwanz in mich eindringt und wie meine Brüste jedes Mal, wenn er in mich stößt, leicht hüpfen, gibt mir einen Kick. Auf Seths Brust glänzt Schweiß und ich bin mir ziemlich sicher, dass es nicht wegen der Bewegung ist, sondern weil er sich so anspannt und sich für mich zurückhält. Dabei will ich es nicht. Ich will, dass er auch etwas hiervon hat. Dass er es genießen kann. Dass er mich richtig nimmt. Sich nicht selbst eine Leine anlegt.

»Härter«, hauche ich ihm entgegen.

Seth hält inne. Seine Kiefer pressen sich aufeinander, seine Augen blicken forschend in meine. Er ist unsicher.

»Bitte«, flehe ich leise.

Dann treibt er sich mit einem kräftigen Stoß tief in mich. Ich schreie auf, keine Ahnung, ob aus Schmerz oder Lust. Vielleicht beides. Er füllt mich aus, nimmt mich vollkommen ein, stößt gegen mein Ende, spaltet mich. Und ich genieße es. Ich gebe mich ihm hin. Seinem Körper und dem prickelnden Gefühl, ihm machtlos ausgeliefert zu sein. Ich will keine Entscheidungen haben, keine Chance haben, mich zu wehren. Ich weiß, dass es falsch ist, das hier mit meinem Entführer zu tun, und deswegen will ich, dass er mich dazu zwingt. Damit ich mir einreden kann, keine Wahl gehabt zu haben.

Seth fickt mich rücksichtslos. Sein Schwanz wird immer härter, immer praller, treibt sich wie ein Pfahl in mich und zieht sich wieder zurück, nur um erneut zuzustoßen. Ich ziehe meine Knie zu mir heran, spreize meine Beine und reibe meine Perle schnell und hart. Heiße Lust setzt meinen ganzen Körper in Flammen und plötzlich vermischen sich alle Farben zu einem einzigen Feuerwerk. Ich stöhne laut auf, als ich erneut komme. Der Orgasmus schwappt über mir zusammen wie zwei aufeinanderprallende Wellen. Ich ertrinke, gehe unter in der Flut aus Gefühlen.

Seth rammt sich noch ein paarmal in mich, dann presst er sich fest gegen mich, lehnt seinen Kopf in den Nacken und stöhnt kehlig. Ich spüre, wie sein Schwanz in mir zuckt und den Samen in das Kondom pumpt.

Es ist geschehen. Es ist vorbei. Er hat mich entjungfert, hat mir seine Hand gereicht und ich bin mit ihm zusammen von der Klippe gesprungen. Doch anstatt am Boden zu zerschellen, bin ich geflogen. Mit seiner Hilfe bin ich wahrhaftig geflogen. Erneut erfüllen Tränen meine Augen, doch diesmal nicht vor Schmerz, sondern vor Emotionen. Keine Ahnung, vielleicht, weil ich eben ein Mädchen bin. Mit einem Schlag kommt meine Unsicherheit zurück und als Seth sich aus mir zurückzieht, fühle ich mich plötzlich kalt und leer.

War es richtig, das zu tun? Nein. Bereue ich es? Ich weiß es nicht. Er streichelt noch einmal mit seiner Hand über meine Wange und ich will mich in sie schmiegen. Seine Berührung endet so schnell, wie sie gekommen ist. Er zieht das Kondom aus, knotet es zu und schließt seine Hose.

»Willst du duschen gehen?«, fragt er und setzt sich neben mich aufs Bett.

Ich nicke stumm und blicke an mir hinab. Zwischen meinen Beinen ist es feucht, klebrig und rot vom Blut. Also stehe ich auf, nehme mir frische Unterwäsche und mein T-Shirt und stakse aus dem Raum. Mein Schritt fühlt sich taub an und ich habe den Drang, breitbeinig zu laufen. Um mich nicht vor Seth lächerlich zu machen, unterdrücke ich ihn und gehe ins Bad.

Ich steige zum zweiten Mal an diesem Abend in die Dusche und lasse meinen Körper von dem warmen Nass umfangen. Es spült all die Flüssigkeiten von mir ab, säubert mich und dennoch fühle ich mich schmutzig. Eben habe ich mich noch leicht wie eine Feder und gut gefühlt, jetzt lastet die Schuld schwer auf meinen Schultern.

Spinn nicht rum. Es war nur Sex, versuche ich mir einzureden. Doch irgendetwas in mir ist verletzlich, unsicher und sehnt sich nach einem Gefühl der Geborgenheit. Vielleicht habe ich mir die Zeit nach dem Sex romantischer vorgestellt. Küssen, kuscheln, sich die unendliche Liebe gestehen – irgendwie sowas.

Was ist die Realität? Ich wasche mir das Blut und meine Feuchte von den Beinen, während Seth vermutlich in der Küche steht und raucht. Am Ende werden wir im Bett liegen und uns verhalten wie zwei Fremde. Ein brennender Kloß bildet sich in meiner Kehle.

Dann öffnet sich plötzlich die Tür der Duschkabine und kalte Luft zieht von außen herein. Überrascht hebe ich meinen Kopf und blicke durch die milchigen Dampfschwaden in das Gesicht von Seth. Ich habe nicht mal bemerkt, wie er ins Bad gekommen ist und sich ausgezogen hat. Schweigend und vollkommen nackt steigt er zu mir in die Dusche. Sie ist viel zu klein für uns beide und ich muss dicht an die Wand rücken, damit er noch mit hineinpasst. Nicht eine Sekunde weicht sein Blick von mir, ehe er die Glastür hinter sich schließt und seine Arme um mich schlingt.

Ich werde vollkommen von ihm umfangen, fühle mich wie ein kleines Kind, das in eine warme Decke eingehüllt wird, und plötzlich schenkt er mir die Sicherheit, nach der ich mich gesehnt habe. Seine muskulöse Brust ist viel zarter und weicher, als ich gedacht habe, und es fühlt sich gut an, seine Haut an meiner zu spüren. Der Kloß in meinem Hals löst sich auf und zurück bleibt ein beflügelndes Kribbeln in meiner Brust.

»Du gehörst jetzt mir«, murmelt er an mein Ohr. »Egal, wohin du gehst. Ich werde dir folgen. Ich werde bereits dort sein und auf dich warten.«

Seine Worte klingen wie eine Drohung und ein Versprechen zugleich.

Vielleicht möchte ich gar nicht mehr fliehen.

ER

Ich bin der Schatten, du bist das Licht. Ohne einander können wir nicht sein.

Eigentlich wollte ich eine rauchen gehen. Eigentlich bin ich nicht der Typ, der nach dem Sex kuschelt. Eigentlich sollte es mir egal sein, wie es ihr jetzt geht.

Eigentlich ist eigentlich schon gelogen. Ich bin nicht rauchen gegangen, sondern ihr ins Bad gefolgt. Fakt ist, ich genieße ihre Nähe, bekomme nicht genug davon und frage mich pausenlos, was sie fühlt und denkt. So eine Scheiße. Ausgerechnet in dieser Situation bei dieser Frau muss das Monster in mir zu einem Schoßhündchen werden. Was kommt als Nächstes? Ziehe ich mir eine Schürze an und mache den Haushalt? Leere ich sogar meinen Aschenbecher aus?

Während ich mich über mich selbst ärgere, fahre ich mit meinen nassen Fingern durch Viktorias langes, welliges Haar und finde darin Frieden. Ihre Wärme schenkt mir Frieden. Ein Wort, von dem ich nicht wusste, dass es überhaupt in dem Wörterbuch meines Lebens existiert. Jetzt steht es direkt neben rauchen, ficken und Gewalt.

Grandios, Seth. Dein Wörterbuch wird ja richtig zu einer Romanze.

»Bedeutet das, dass ich immer deine Geisel sein werde? Dass ich nie wieder zurück zu meinem Vater kann?«, fragt Viktoria mit belegter Stimme. Sie hebt den Kopf und blickt mir ins Gesicht.

»Wenn du ein braves Mädchen bist, hast du auch mal Freigang. Ansonsten musst du im Keller an einer Leine leben.«

»Seth! Ich meine es ernst! Sag mir, was du meinst. Sag mir, was mich erwartet!«

Ich kann nicht verhindern, dass mein rechter Mundwinkel zuckt, als sie sich von mir aufziehen lässt.

»Du bist süß«, sage ich bloß und drücke meine Lippen auf ihren Scheitel. »Das bedeutet, dass du jetzt mehr für mich bist als mein Job.«

»Und was genau ist dein Job?« Viktoria sieht weiter zu mir hoch. Sie reicht mir gerade mal bis zur Brust. Dass sie so winzig ist, macht mich an. Es stört mich auch nicht, dass sie einige Jahre jünger ist als ich.

»Dich beschützen, das weißt du doch«, antworte ich ausweichend. Es ist mir klar, dass sie nicht das meint. Wer weiß, was Grimm, der Drecksack, ihr bereits erzählt hat?

»Das ist doch niemals alles! Okay, du arbeitest für meinen Vater und hast den Auftrag, mich zu beschützen. Aber was bezweckst du damit, dass du mich hier als Geisel gefangen hältst und meinen Vater erpressen lässt? Irgendwas hast du doch vor, das hast du selbst gesagt! Also, was ist *noch* dein Job?«

»Tut mir leid, Prinzessin. Aber das kann ich dir nicht verraten.«

Sie wird wütend und windet sich unruhig in meinen Armen. »Wieso nicht? Ich habe dir meine … ich habe mich dir voll und ganz anvertraut! Wieso kannst du das nicht auch bei mir tun?«

Weil du mich hassen würdest, wenn du wüsstest, wer ich wirklich bin.

»Es ist unwichtig. Du kannst dir doch schon denken, dass ich nicht auf der legalen Schiene bin. Was genau ich mache, ist egal.«

Ich spüre, wie sie resigniert. Ihre Schultern fallen hinab. »Verrätst du mir dann wenigstens deinen richtigen Namen?«

Verdammt, hätte sie nicht etwas anderes fragen können? Irgendwas? »Na gut.« Ich seufze genervt. »Unter zwei Bedingungen. Erstens, du sprichst mich niemals mit diesem Namen an. Ich hasse ihn. Und zweitens, du verrätst ihn niemandem. Klar?«

Viktorias Augen strahlen. »Versprochen.«

»Der Name, den meine Eltern mir gegeben haben, ist Corvin.«

Diesen Namen auszusprechen entfacht ein wütendes Brodeln in meiner Magengegend.

»Corvin«, wiederholt sie und lässt sich dieses Wort regelrecht auf der Zunge zergehen. »Es ist ein schöner Name. Wieso hasst du ihn so sehr?«

»Weil auch mein Vater so hieß. Und jetzt hör auf mich mit solchen Fragen zu löchern, sonst muss ich dir deinen Mund stopfen.« Ich umfasse ihr Kinn mit einer Hand und lehne mich zu ihr hinab. Unsere Lippen treffen aufeinander und ich schiebe meine Zunge in ihren Mund.

Viktoria atmet erschrocken ein, zieht sich jedoch nicht zurück. Meine andere Hand streicht über ihren nassen Körper, ihren Rücken, ihre Taille und den Bauch bis herauf zu ihren Brüsten, die ich fest umfasse. Sie zuckt zusammen und ich frage mich, ob ich zu grob zu ihr bin. Im nächsten Moment spüre ich, wie sie sich gegen mich presst und ihre harten Brustwarzen meine Haut streifen. Nein. Es gefällt ihr. Ich drücke ihre Beine mit meinem Knie auseinander und presse es gegen sie. Mein Schwanz ist schon wieder hart und zuckt gierig.

»Seth«, japst Viktoria. Sie legt ihre Hände an meine Brust und drückt mich etwas von sich. »Ich … kann nicht. Es tut alles noch weh.«

Verdammt. Kurz denke ich darüber nach, ob es mir egal sein soll, dann besinne ich mich eines Besseren.

Beschützen.

Nicht zerstören!

Ich rücke von ihr ab und versuche an etwas anderes zu denken als daran, sie gegen die Duschwand zu vögeln.

»Dann nehme ich eben deinen Arsch«, kommt mir die Idee des Jahrhunderts.

»Was? Nein!« Sie sieht mich erschrocken an und ich wette, sie kneift jetzt ihren Po zusammen.

Erneut schaut ein kleines Schmunzeln bei meinen Mundwinkeln vorbei. »Lass mich dich wenigstens waschen.« Mit diesen Worten nehme ich den Duschschaum, den ich für sie gekauft habe, und sprühe eine große Portion auf meine Handfläche. Ich verteile ihn gleichmäßig auf ihrem Körper und lasse die Chance nicht ungenutzt, sie an jeder Stelle zu berühren. Ihre Haut fühlt sich samtig und glatt an und ich liebe es, wie sich ihre Wangen rotfärben und sie durch meine Hände zunehmend ruheloser wird. Am Ende streiche ich vorsichtig zwischen ihren Beinen und ihren Pobacken entlang. Viktoria seufzt auf und ihre Finger krallen sich in meine Schultern. Dann bin ich fertig und spüle den Schaum mit der Brause ab.

Zufrieden sehe ich ihr ihre Erregung an, genauso wie meine sich ihr aufdrängt. Heute werden wir beide leiden, nicht nur ich.

Wir trocknen uns ab und sie streift sich das T-Shirt zum Schlafen über. Ich ziehe lediglich Boxershorts an.

Vermutlich werde ich die ganze Nacht eine Latte haben, denke ich frustriert, während ich ihr zurück ins Schlafzimmer folge. Diesmal lege ich mich zu ihr ins Bett und schiebe sofort einen Arm unter ihrem Nacken durch. Ich ziehe sie zu mir heran. Sie legt ihre Hand auf meinen Bauch und tastet sachte meine Muskeln ab. Ich kann es nicht lassen und spanne sie an, damit sie noch deutlicher hervortreten. Bin ich ein Angeber? Ja, vermutlich.

Ihre Fingerspitzen fahren weiter hinab über den Rand meiner Shorts. Dieses gemeine Mädchen will mich quälen! Vorsichtig tastet sie über die aufdringliche Wölbung zwischen meinen Beinen.

Ich stoße geräuschvoll die Luft aus.

Dann gleitet ihre Hand unter meine Hose und befreit meinen Ständer aus seinem Gefängnis. Sie umfasst meinen Schaft und beginnt ihn langsam zu reiben.

»Okay so?«, fragt sie leise und drückt ihre Nase gegen meinen Hals.

»Perfekt.« Dafür, dass sie vorher vermutlich noch keinen Schwanz in der Hand gehalten hat, stellt sie sich gar nicht so dumm an. Ich tue ihr den Gefallen und ziehe es nicht unnötig in die Länge. »Schneller.«

Das Ziehen in meinen Lenden nimmt zu, als ihre Bewegungen an Tempo zulegen. Ein leises Grollen verlässt meine Lippen und ich schließe meine Augen genießend. Kurze Zeit später komme ich stöhnend und spritze in ihre Hand und auf meinen Bauch. Dafür ist dieses unerträgliche Druckgefühl endlich weg.

»Besser?«, fragt sie.

»Besser. Du bist nicht du, wenn du ’ne Latte hast.«

Viktoria lacht auf. Ich grinse, drehe mich zu ihr und sehe sie einfach nur an. Dieses glockenklare Geräusch ihrer Heiterkeit ist wie Balsam für meine geschundene Seele. Was habe ich diesem fröhlichen Mädchen angetan, das stets ein Lächeln auf den Lippen hatte? Die letzten Tage hat sie nichts als Leid erfahren und ich bin der Grund dafür. Umso mehr versuche ich, mir das Bild ihres lachenden Gesichtes einzuprägen.

Dann küsse ich sie sanft auf die Lippen und streiche mit einer Hand durch ihr Haar. Es fällt mir schwer, mich kurz von ihr zu lösen, um Tempos aus meiner Tasche zu kramen, mit denen ich nicht nur meinen Bauch, sondern auch ihre Hand säubern kann.

SIE

In seinen Armen schlafe ich wie ein Baby. Ich fühle mich beschützt und geborgen. Ein Gefühl, welches ich schon lange nicht mehr gespürt habe. Mein Vater war selten zu Hause und auch nie der kuschelige Typ. Erholt wache ich am nächsten Morgen auf. Seth liegt neben mir und streichelt zärtlich meinen Rücken.

»Bist du schon lange wach?«, frage ich leise.

Er schüttelt den Kopf. »Gerade erst aufgewacht.«

»Gibt es etwas Neues von meinem Vater?«

»Nein. Dazu hätte er inzwischen ein Körperteil von dir erhalten sollen. Aber ich habe ihm lediglich ein paar Haarsträhnen geschickt und eine Nachricht, dass ich dir nicht mehr abschneiden werde als das.«

Ich richte mich auf und blicke ihn verwirrt an. »Aber ich dachte, du sollst ihn erpressen.«

»Was ich soll und was ich mache, muss aber nicht unbedingt dasselbe sein. Leg dich wieder hin.« Er streichelt mit seinen Fingerspitzen meinen Rücken hinauf und legt seine Hand in meinen Nacken. Ich gehorche ihm und lasse mich zurücksinken.

»Wie geht es jetzt weiter?«

»Wir genießen die Zeit, die uns bleibt.« Seth dreht sich zu mir. In seinen Augen schimmert Lust, als er mich dicht zu sich heranzieht. Ich spüre seine Erregung deutlich gegen mich drücken.

»Bis was?«

Er antwortet nicht und ich finde, das ist kein gutes Zeichen. Seine Worte machen mir Angst, beunruhigen mich und werfen erneut mehr Fragen auf, als sie beantworten. Ich will gerade protestieren, doch da rollt er sich auf mich und erstickt meinen

Protest mit einem leidenschaftlichen Kuss. Ehe ich mich versehe, schiebt er sich zwischen meine Beine und lässt seine Hüfte leicht kreisen, sodass die Wölbung in seiner Hose den empfindlichen Bereich zwischen meinen Schenkeln massiert. Ich spüre, dass ich feucht werde, obwohl mir noch alles von gestern wehtut und ich wund bin.

»Was machst du nur mit mir?«, frage ich heiser und lege meine Hände in seinen Nacken. Ich schlinge meine Beine um seine Hüfte und recke ihm mein Becken entgegen.

»Dasselbe könnte ich dich auch fragen. Du machst mich wahnsinnig.«

»Aber ich bin doch gar nicht sexy. Ich habe keine dicken Brüste und keinen großen Po. Du dagegen bist so männlich.«

»Du bist perfekt«, raunt er leise, »ich liebe es, dass du so unschuldig aussiehst, dass du mir so ausgeliefert bist.«

»Was? Bin ich gar nicht!« Protestiere ich, obwohl ich weiß, dass es Schwachsinn ist. Vielleicht will ich ihn reizen. Ihn dazu bringen, mir zu zeigen, *wie* überlegen er ist.

Seth lehnt sich über mich und drückt meine Handgelenke über meinem Kopf zusammen. Er kann beide mit nur einer Hand festhalten. Sein muskulöser Körper lehnt über mir, wirft einen Schatten auf mich und ich blicke gegen seine Brust. Vergeblich versuche ich, mich aus seinem Griff zu befreien. Keine Chance. Ich bin abermals vollkommen in seiner Gewalt. Mein Herz fängt plötzlich an zu rasen, doch diesmal nicht vor Angst, sondern vor Aufregung. Dreckige Gedanken fegen durch meinen Kopf, schmutzige Worte liegen auf meiner Zunge. Aber ich traue mich nicht, sie auszusprechen.

Seth zieht sich mit der freien Hand die Shorts hinunter. Dann steht er vor einem Problem, denn um meinen Slip auszuziehen, müsste ich meine Beine um ihn lösen, was ich nicht tue. Aber der Mann ist ein echter Problemlöser, denn mit einem kräftigen Ruck reißt er mir das Höschen einfach vom Leib.

Erschrocken schreie ich auf und zucke zusammen. Kaum habe ich den Schmerz von dem schneidenden Stoff an meiner Haut verarbeitet, da drückt er seine Spitze gegen meine Öffnung und entfacht den Dehnschmerz von Neuem. Diesmal bereitet er mich nicht so lange vor wie gestern Abend. Heute drückt er sich Zentimeter für Zentimeter in mich, bis er mich voll und ganz ausfüllt.

»Fuck, du bist so eng«, zischt er mit zusammengekniffenen Augen.

»Und du zu groß!«, erwidere ich keuchend. Einen Moment verharren wir still und ich spüre, wie sein Glied in mir pocht und zuckt. Es macht mich wahnsinnig und ohne dass ich es gewollt habe, bewege ich meine Hüfte plötzlich.

Seth hält still, nur an seinen angespannten Muskeln kann ich erkennen, wie sehr er sich zusammenreißen muss.

Ich lasse ihn ein Stück aus mir hinausgleiten und presse mich wieder gegen ihn, bis ich das Ende erreiche. Es fühlt sich gut an, genau zu spüren, wie er mich ausfüllt.

Nur wenige Momente hält er es so aus, ehe er mit der freien Hand meine Hüfte packt und selbst zustößt. Hart treibt er seinen Schwanz in mich, sodass ich mich durchbiege und vor Schmerz stöhne. Stoß um Stoß gleitet er tiefer, obwohl ich nicht wusste, dass das überhaupt möglich ist. Dass er meine Hände dabei festhält und ich nichts anderes tun kann, als mich verzweifelt unter ihm zu winden, macht mich an. Vollkommen von ihm beherrscht zu werden, ohne dass er dazu Hilfsmittel wie Fesseln oder Seile braucht, berauscht mich. Der Nachteil ist, dass ich mich nicht selbst berühren kann.

Seth rammt sich noch zweimal in mich, dann lässt er meine Handgelenke los, packt meine Hüfte und dreht mich um. Mit dem Bauch lande ich auf der Matratze und keuche erstickt ins Kissen. Grob zieht er mein Becken zu sich herauf und nimmt mich von hinten. Schmerz und Lust explodieren in meinem Unterleib.

Er dringt so tief in mich ein, dass ich glaube zu zerreißen. Gleichzeitig trifft er einen Punkt in meinem Inneren, der mich laut aufstöhnen lässt. Seine Hände liegen fest um meine Hüfte, die er immer wieder zu sich heranzieht, während er sich in mir versenkt. Stoß um Stoß treibt er mich weiter auf den Höhepunkt zu. Als ich glaube, bald wahnsinnig zu werden, schiebe ich meinen Arm unter mir durch und stimuliere mich selbst. Es geht nicht mehr. Ich kann nicht mehr. Meine Lust entlädt sich in einem heftigen Zucken und einem Aufschrei. Ich reiße Seth mit mir mit und er stöhnt kehlig, während er in mir kommt. Pulsierend pumpt sein Schwanz seinen Samen in mich.

»Nimmst du die Pille?«, fragt er aus heiterem Himmel alarmiert.

Ein heißer Schock fährt durch meinen Körper. »N-nein. Musste ich nicht. War ja noch Jungfrau.«

Er spannt sich an, dann schnalzt er mit der Zunge. »Ich besorge dir die ‚Pille danach'.«

Als er sich aus mir zurückzieht, trauere ich bereits dem Gefühl nach, von ihm ausgefüllt zu sein. Seth tätschelt liebevoll meinen hochgestreckten Hintern, dann schlägt er zu, sodass es klatscht und zwirbelt. Ich schreie auf, rolle mich herum und sehe ihn strafend an. Er lacht auf und zieht sich bereits seine Hose über.

»Soll ich Brötchen auf dem Rückweg von der Apotheke mitbringen?«, fragt er. Bedauernd beobachte ich ihn dabei, wie er sich sein Shirt über seinen faszinierenden Körper zieht und dann die Jacke überwirft. Er klopft die Taschen nach seiner Zigarettenpackung ab und klemmt sich eine zwischen die Lippen.

»Bring mir was Leckeres mit. Du weißt ja eh, was ich mag, Stalker.« Ich grinse ihn an und er grinst zurück.

Obwohl meine Situation nicht ungewisser und bedrohlicher sein könnte, fühle ich mich beflügelt und voller Glück. Ich weiß nicht, wie die Zukunft aussieht, doch der Moment ist perfekt. Es tut unheimlich gut, so sehr begehrt zu werden, ihm zu gehören. Dem Mann, der mich von Anfang an so angezogen hat.

Obwohl ich kaum etwas über ihn weiß, habe ich das Gefühl, bereits jetzt eine tiefe Verbindung zu ihm zu haben. Ich frage mich, ob es ihm auch so geht. Ob er auch dieses Flattern im Bauch hat, wenn er mich sieht, so wie ich, wenn ich ihn sehe. Doch im Gegensatz zu mir ist Seth ein Buch mit sieben Siegeln. Dass ich seinen »echten« Namen kenne, ist lediglich das erste gewesen, das ich bisher aufbrechen konnte.

ER

»Woher stammt der Name Corvin?«, fragt Viktoria, als wir gemeinsam am Abend auf dem Bett sitzen und die Pizza essen, die ich habe liefern lassen. Ich rolle meine Augen. Ich wusste, dass es ein Fehler war, ihr meinen Namen zu verraten. Es war klar, dass sie die Sache nicht einfach so auf sich beruhen lassen würde. Dafür ist sie viel zu neugierig.

»Ich habe dir doch gesagt, dass wir nicht darüber reden«, knurre ich.

»Nein, nein.« Sie wedelt belehrend mit ihrem Zeigefinger und grinst mich gewinnend an. Ihre Wange ist von einem großen Bissen Pizza regelrecht ausgebeult. »Die Bedingungen waren, dass ich dich nicht mit dem Namen anspreche und ihn niemandem sage. Aber davon, dass wir nicht über den Namen sprechen dürfen, war nie die Rede!«

Mir klappt der Mund auf. »Du bist durchtrieben!«

Sie hebt ihre Schultern und blinzelt mich unschuldig an. »Also?«

»Es ist ein rumänischer Name und bedeutet Rabe.«

»Du bist Rumäne?« Ihre Augen glänzen, als wäre das etwas Tolles.

»Das habe ich nicht gesagt.«

»Aber der Name ist rumänisch. Wo kommst du denn dann her? Du bist nicht ursprünglich Deutscher, oder?«

»Ja, ich komme aus Rumänien. Zufrieden?« Mein Versuch, schlecht gelaunt und mürrisch zu sein, prallt an ihrer Fröhlichkeit unbeachtet ab. Sie tut einfach so, als würde ich sie nicht mit Mordsblicken durchlöchern.

»Ich komme aus Deutschland.«

»Hätte ich bei dem Namen Viktoria König nicht gedacht«, antworte ich ironisch.

»Wie ist dein Nachname?«

»Lupei. Corvin Lupei, das ist der Name, den ich bei meiner Geburt bekam. Seth Mayers ist der Name, der in meinem Ausweis steht. Ich bin Seth. Damit ist das Thema beendet.« Meine Worte lassen keinen Widerspruch zu und Viktoria hält zum Glück ihren Mund. Zumindest für den Moment. Das Thema stresst mich und in mir entsteht der Wunsch, mir jetzt sofort eine Zigarette anzuzünden.

»Bist du in Deutschland geboren?« Durchbricht sie die wenigen Sekunden der seligen Stille.

Ich stöhne und rolle meine Augen erneut. »Nein.«

»Warum bist du nach Deutschland gekommen?«

»Wegen meinem Vater. Jetzt reicht es. Noch ein Wort und ich stopfe dir den Mund. Und diesmal wird es nicht meine Zunge oder mein Schwanz sein, sondern ein Knebel, den du die ganze Nacht tragen darfst.« Mein bohrender Blick tut sein Übriges, obwohl ich sehe, dass sie kurz darüber nachdenkt, mit dem Feuer zu spielen. Am Ende besinnt sie sich eines Besseren und lässt es.

»Was ist denn mit dir? Was ist mit deiner Mutter?« Obwohl ich Viktoria schon eine Weile beobachte und einiges über ihren Vater und seine Geschäfte weiß, habe ich noch nichts über ihre Mutter herausgefunden.

Viktoria senkt das Stück Pizza, das sie in der Hand hält, und sieht gedankenverloren gegen meine Brust. Selten habe ich einen so ernsten und traurigen Ausdruck auf ihrem Gesicht gesehen. Offenbar haben wir beide Wunden, die die Zeit noch nicht geheilt hat.

»Sie lebt in Berlin mit ihrem neuen Freund. Vor einigen Jahren hat sie sich von meinem Vater getrennt, weil er zu viel Zeit und Energie in seinen Job gesteckt hat. Ich hatte die Wahl, mit ihr zu kommen oder hier zu bleiben.«

»Und du bist hier geblieben?«, schlussfolgere ich aus der Tatsache, dass sie mir jetzt gegenübersitzt.

Sie nickt langsam. »Meine Schule, meine Freunde, meine Großeltern, alle leben hier. Ich hatte hier meine Wurzeln, also bin ich geblieben.«

»Und deine Mutter konnte dich einfach so zurücklassen? Ich meine … ihre eigene Tochter?«

Viktoria hebt ahnungslos ihre Schultern. Was soll sie auch dazu sagen? Offenbar war sie ihrer Mutter nicht wichtig genug, um wenigstens in der Nähe zu bleiben und sie regelmäßig zu sehen. Dann erscheint plötzlich wieder ein Lächeln auf ihren Lippen. Ich habe bereits viele Menschen lächeln sehen, die damit über ihren Schmerz und ihre Traurigkeit hinwegtäuschen wollten, doch bei ihr ist es anders. Es wirkt nicht künstlich oder aufgesetzt, sondern echt. Sie scheint die Gabe zu haben, sich vollkommen von Trübsal zu lösen und den positiven Dingen in ihrem Leben alle Aufmerksamkeit zu schenken.

Ich beneide sie darum. Im Gegensatz zu ihr bin ich ein selbstmitleidiger Mistkerl, der sich aufgegeben hat.

»Seth?«, reißt sie mich aus den Gedanken.

Ich hebe meinen Kopf und sehe sie an. »Hm?«

»Vertraust du mir?«

Ich lache auf. »Nein.« Wie kommt sie auf den schmalen Pfad? Nur weil wir es jetzt miteinander treiben und sie meinen Namen kennt, heißt das nicht, dass ich ihr nicht zutrauen würde, bei der nächsten Gelegenheit zu verschwinden. Alles andere wäre auch

Wahnsinn. An ihrer Stelle würde ich auch versuchen, hier wegzukommen.

Viktoria stülpt ihre Unterlippe vor.

»Sieht nicht aus, als wäre das die Antwort, die du erwartet hast?«, frage ich und schnaube belustigt.

»Ich vertraue dir«, erwidert sie leise und senkt ihren Kopf.

»Oh, Süße.« Ich strecke meine Hand nach ihr aus und drücke ihr Kinn mit Daumen und Zeigefinger hinauf, sodass sie mich ansehen muss. »Das solltest du aber nicht. Ich bin keiner von den Guten.«

»Du beschützt mich, oder? Und du sagst, dass du es nicht mehr nur tust, weil es dein Job ist!« Ihre blau-grünen Augen glänzen verletzlich.

»So ist es auch.« Ich streichele mit meinem Daumen über ihre vollen Lippen, ehe ich sie wieder loslasse. »Aber wer beschützt dich vor mir?« Ich weiß selbst nicht, warum ich ihr das sage, warum ich sie vor mir warne. Sollte es mich nicht freuen, wenn sie sich mir blind in die Arme wirft und sie mit mir in die Dunkelheit stürzt?

Sie folgt meiner Hand mit ihrem Kopf wie eine Katze, die weitergestreichelt werden möchte. »Können wir nicht rausgehen?«

»Nein.«

»Bitte! Ich verspreche, ich werde nicht weglaufen und mich benehmen. Seit Tagen sitze ich in diesem Zimmer und ich wünschte, ich könnte einfach etwas frische Luft schnappen.« Viktoria blinzelt mich aus ihren runden Augen mitleiderregend an. Den Hundeblick hat sie definitiv drauf.

»Wir können nicht riskieren, dass dich jemand sieht.«

»Ich kann mich so schminken, dass mich niemand erkennt. Wenn ich mir eine Mütze und eine Brille anziehe, wird niemand Verdacht schöpfen!«

»Nein.«

»Seth, bitte, du bist es mir schuldig!« Jetzt werden ihre Mittel unfair.

Ich senke meine Brauen und stehe vom Bett auf, lasse sie mit dem aufgeklappten Pizzakarton darauf sitzen. »Ich schulde dir gar nichts. *Du* schuldest *mir* dein Leben, denn wenn ich Samuel nicht rausgeworfen hätte, wärst du inzwischen in Einzelteilen zu deinem Vater geschickt worden. Vergiss nicht, dass du nach wie vor meine Gefangene bist. Nur weil ich dich ficke, heißt das nicht, dass sich irgendetwas daran geändert hat.«

In ihren Augen zerbricht etwas, doch ich bin zu wütend und zu stolz, um einen Rückzieher zu machen. Viktoria muss endlich verstehen, dass ich zwar dafür sorgen werde, dass sie wahrscheinlich lebend hier herauskommt, aber ich bin nicht ihr Retter. Fahrig ziehe ich mir meine Jacke über und die Stiefel an. Dann verlasse ich das Schlafzimmer und schließe die Tür hinter mir ab.

SIE

Das Herz eines Mädchens ist zerbrechlich, egal, wie stark sie nach außen hin erscheinen mag.

Seth steht vor mir und verbrennt mit seinen Worten die Flügel der Schmetterlinge in meinem Bauch. Sie fallen als zarter Ascheregen hinab und ihre Überreste bleiben zuckend am Boden liegen.

Als Seth den Raum verlässt und mich einsperrt, bleibe ich erstarrt auf dem Bett zurück. In mir herrscht Kälte. Ausgelöst durch die Erkenntnis, dass meine Welt durch eine rosarote Brille verzerrt worden war. Nun sehe ich alles ohne diese Brille und ich frage mich, wie ich so dumm hatte sein können, mich diesem Mann anzuvertrauen. Er hat mich reingelegt und entführt, mich manipuliert und ausgenutzt.

Dennoch hatte ich glauben wollen, dass irgendeine Bindung zwischen uns besteht. Dass er mehr in mir sieht als sein Opfer. Dass er mich tatsächlich beschützen und zu seinem Eigen machen will. Doch am Ende fällt eben jeder Theatervorhang und ein Schauspiel bleibt ein Schauspiel. Seine Worte waren deutlich. Der Sex, der für mich Hingabe bedeutete, war für ihn am Ende nur Befriedigung. Ich verstehe nicht, wieso er dann zu mir in die Dusche gekommen war, warum er mich festgehalten hatte. Möglicherweise, weil er sich schlicht eine zweite Runde erhofft hatte?

Wütend über mich selbst schlage ich mir mit den Fäusten gegen den Kopf. Tränen brennen in meiner Brust und in meinen Augen, aber ich halte sie zurück.

Nein, ich werde nicht heulen!

Ich bin ja selbst schuld, war blind und naiv. Von Anfang an habe ich zwanghaft das Abenteuer gesucht. Jetzt habe ich die

Quittung. Wer mit dem Feuer spielt, darf sich nicht wundern, wenn er sich verbrennt.

Zitternd klappe ich den Pizzakarton zu und werfe ihn auf den Schreibtisch. Ich treffe nicht und er rutscht hinunter. Die Reste des Essens klatschen auf den Boden. Es ist mir egal.

Ich lege mich ins Bett, ziehe die Beine heran und schalte das Licht aus. Nachdem ich die Wohnungstür ins Schloss fallen höre, ist es leise. Grimm hat sich getäuscht. Ich habe Seth nicht den Kopf verdreht. Er hat meinen verdreht. Dabei war er selten nett zu mir. Von Anfang an war er ein unhöfliches, herablassendes Arschloch. Was finde ich überhaupt an ihm? Ist es sein gutes Aussehen, das mir mein Gehirn weichkocht? Es kann doch nicht sein, dass ich derart triebgesteuert bin!

Ich erinnere mich daran, wie er mir Kleidung und Kosmetikartikel gebracht hat und mir morgens sogar Sahne für meinen Kaffee geschlagen hat. Diese liebenswürdige Art muss es gewesen sein, die mich um den Finger gewickelt hat.

Denk nicht an ihn, lenk dich irgendwie ab!, versuche ich mir einzureden. In dem leeren, dunklen Zimmer gibt es allerdings nicht viel, was mir dabei hilft. Meine Gedanken kreisen immer wieder um ihn. Um die Dinge, die er mir eben gesagt hat. Um das, was wir bisher erlebt haben.

Eine Berührung an meiner Schulter weckt mich auf. Ich habe keine Ahnung, wie spät es ist und wann ich eingeschlafen bin. Irgendwo zwischen Verzweiflung und Wut muss mich der Schlaf übermannt haben. Blinzelnd öffne ich meine Augen und das Erste, was ich spüre, ist der brennende Schmerz in meiner Brust. Es dauert nur wenige Sekunden, bis ich mich erinnere, was die letzten Stunden passiert ist.

Seth hat mir gesagt, dass ich ihm nichts bedeute.

Dennoch bin ich froh, ihn über mir zu sehen und nicht Samuel.

»Was ist?«, frage ich und versuche meine Stimme verschlafen statt verzweifelt klingen zu lassen.

»Steh auf.« Er dreht sich von mir weg und geht zum Dachfenster. Dort hantiert er an dem Griff herum.

Ich setze mich auf und quäle mich langsam aus dem Bett. Es fröstelt mich, da ich nur das T-Shirt anhabe.

»Was machst du da?«, flüstere ich, weil es mitten in der Nacht ist und ich das Gefühl habe, ich müsse leise sein.

»Du wolltest doch frische Luft schnappen, oder? Mir ist ein Weg eingefallen, wie du es kannst, ohne dass wir unter andere Leute gehen müssen.«

Er tut so, als wäre nichts gewesen. Redet mit mir, als hätte er nicht vor ein paar Stunden mein Herz in einen Scherbenhaufen verwandelt. Ich kräusele meine Stirn im Dunkeln, auch wenn er es nicht sehen kann, und schaue ihn fassungslos an.

»Ist das dein Ernst?«, zische ich aufgebracht.

»Was?« Seth stellt sich dumm.

»Dass du jetzt hierher kommst, um irgendwas wiedergutzumachen? Und was willst du am Fenster? Man kann es nicht öffnen, dafür hast du doch gesorgt!«

In diesem Moment höre ich ein Klacken und er legt den Griff um. Dann öffnet er das Dachfenster, indem er es anhebt und zur Seite schiebt. Von oben strömt eisige Luft in den Raum und ich kann die Sterne über uns sehen. Die Regenwolken sind weitergezogen.

»Hab's repariert. Komm. Nimm die Decke mit.« Seth schnappt sich die Bettdecke und drückt sie mir in die Hand. Dann geht er hinter mich und noch bevor ich mich wehren kann, hebt er mich an der Hüfte zum Fenster hoch, als wöge ich nichts.

Quietschend bleibt mir nichts anderes übrig, als aufs Dach zu klettern. Ich drehe mich gerade zur Luke um, da drückt Seth sich herauf und sein Kopf taucht vor mir auf. Der Wind zerwühlt seine kurzen Haare und seine Augen blicken direkt in meine. Ohne dass ich es will, erwachen die verfluchten Schmetterlinge in meinem Bauch erneut zum Leben. Die verbrannten Flügel zucken. Ich versuche sie zu ignorieren oder niederzukämpfen, aber es will mir nicht gelingen. Stattdessen schießen nun doch Tränen in meine Augen.

»Es tut mir leid«, sagt Seth leise. Noch immer stützt er sich mit den Armen ab. Seine Muskeln sind angespannt, seine langen Beine ragen nach unten in das Zimmer. Wofür entschuldigt er sich? Dass er keine Gefühle zu mir hat? Will er hiermit irgendetwas wiedergutmachen? Ich habe keine Ahnung und antworte nicht darauf. Stattdessen drehe ich mich von ihm weg und setze mich auf die Dachpfannen, die unter meiner Bewegung knirschen. Die Decke wickele ich um meine Schultern, sodass sie mich vollkommen einhüllt.

Seth lässt sich schweigend neben mir nieder und wir blicken beide stumm geradeaus. Wir befinden uns in schwindelerregender Höhe ohne Absturzsicherung. Das Dach hat zum Glück ein kleines Gitter am unteren Ende, was mir wenigstens ein bisschen Sicherheit vermittelt. Jetzt erkenne ich, dass wir immer noch in Frankfurt sind. Mein Vater, meine Freunde, mein Zuhause ist da draußen ganz nah und doch so fern.

Obwohl es weitaus höhere Gebäude in Frankfurt gibt, kann ich weit blicken. Die Straßen sind nicht vollkommen leer, dennoch leiser als sonst. Nur wenige Autos fahren um diese Uhrzeit. Ich schaue auf ein Lichtermeer, das friedlich und ruhig unter mir liegt. Dann hebe ich meinen Blick und betrachte den Sternenhimmel. Schade, dass die Stadt so erleuchtet ist, sonst hätte ich vielleicht die Milchstraße erkennen können, aber so ist es mir nur möglich, die hellsten der Sterne zu erkennen.

Die Situation gibt mir ein wenig Frieden zurück. Es tut gut, die kalte, frische Luft einzuatmen, einen Hauch von Freiheit zu spüren.

Plötzlich streift etwas Warmes meine Finger, mit denen ich mich auf dem Dach abstütze. Es ist Seths Hand, die meine vorsichtig berührt. Ein brennender Stich in meiner Brust holt mich in die Realität zurück, beweist mir, dass für mich jeder Frieden im Moment nur eine Illusion ist.

Als ich zu ihm sehe, blickt er mich an und greift mit seiner freien Hand in meinen Nacken. Er zieht mich vor seinen Mund und seine Lippen berühren meine. Sie sind sanft und liebevoll, nicht so hart und verlangend wie bisher.

Fall nicht darauf rein, Kiki! Er weiß genau, was er tut. Es ist nur Berechnung.

Doch ich falle darauf herein. Seufzend sacke ich in seine Arme und lasse mich von ihm küssen, als wäre ich die Liebe seines Lebens. Die ich nicht bin. Aber ich mag es mir vorstellen. Nur für den Moment so tun, als würde er wirklich etwas für mich empfinden.

Es tut gut, setzt mein Innerstes wieder zusammen. Jedoch ohne die Risse zu kitten, sodass mein Herz ein fragiles Kartenhaus bleibt, das jederzeit wieder in sich zusammenstürzen kann.

Seth beendet den Kuss und lässt seine Lippen noch für ein paar Momente auf meinen liegen, ehe er sich löst. Als ich meine Augen öffne und in seine Blicke sehe, bemerke ich ein dunkles Leuchten in ihnen. Ich weiß nicht, was es zu bedeuten hat, doch es lässt einen Schauer meine Wirbelsäule hinabfahren.

Die schönen Gefühle, die ich habe, sind nur ein Trugbild, eine Illusion, ein Wunsch. Er ist nicht mein Retter. Nicht mein Prinz. Und ich nicht seine Prinzessin.

ER

Der Ausblick über die Stadt ist wunderschön. Dennoch kann ich mich kaum auf die vielen Lichter der Straßen und Gebäude oder der Sterne über uns konzentrieren. Immer wieder schweift mein Blick zu Viktoria, die dicht neben mir wie ein Burrito in die Bettdecke eingerollt ist und gedankenverloren in die Ferne sieht.

Seitdem ich mich entschuldigt habe, hat sie kein Wort gesagt. Obwohl sie meinen Kuss erwidert hat, halte ich das für kein gutes Zeichen. Vielleicht ist es auch besser, wenn sie mir nicht verzeiht, wenn sie emotionalen Abstand zu mir wahrt. Besser für sie. Besser für mich. Bleibt nur die Frage zu beantworten: Warum stört es mich?

Nachdem wir noch eine Weile auf dem Dach gesessen haben, klettern wir zurück ins Gebäude. Obwohl ich nicht sehr kälteempfindlich bin, fühle sogar ich mich inzwischen durchgefroren. Viktoria schüttelt die Decke aus, ehe sie diese auf das Bett legt. Ihre Nase ist rot von der Kälte und sie schnieft leise.

Nachdem ich das Fenster geschlossen habe, hebele ich die Verriegelung wieder hinaus, sodass es sich nicht mehr öffnen lässt. Sicher ist sicher. Viktoria würde ich auch zutrauen, dass sie nachts waghalsig und selbstmörderisch über das Dach zu fliehen versucht.

Sie tut so, als würde sie gar nicht mitbekommen, wie ich sie einsperre.

»Willst du noch etwas schlafen?«, frage ich. »Es dauert noch, bis die Sonne aufgeht.«

»Ja.« Schon hat sie sich ins Bett gelegt, mir den Rücken zugedreht und sich die Decke bis über die Schultern gezogen.

Ich entledige mich meiner Jacke und meiner Schuhe und lege mich zu ihr. Von hinten schlinge ich meine Arme um sie und ziehe sie dicht zu mir heran. Vorsichtig schmiegt sie ihren Rücken an mich und seufzt. Die wenige Berührung reicht aus, dass der Platz in meiner Hose eng wird. Doch weder reagiert sie darauf, noch starte ich einen Versuch, sie zu verführen.

»Gute Nacht.«

Ich bemerke meinen Fehler erst, als es zu spät ist. Die Wohnungstür wurde geöffnet. Schritte. Viele Stiefel. Mindestens fünf Personen, schätze ich.

Viktoria hat sich in der Nacht zu mir umgedreht und selig an meine Brust gekuschelt. Blinzelnd öffnet sie die Augen, ist noch gar nicht richtig wach. Ich springe bereits aus dem Bett und schlüpfe in meine Schuhe, ohne sie zuzubinden. Stattdessen nutze ich die Zeit, um Tape aus meiner Sporttasche zu holen. Mit einem lauten Ratschen ziehe ich ein gutes Stück davon ab, packe Viktorias Hände und binde ihre Handgelenke zusammen.

Sie schreit erschrocken auf. Ich ersticke ihren Schrei, indem ich ihr ein weiteres Stück Tape auf die Lippen klebe. Sich wehrend, schüttelt sie ihren Kopf. Ihre Augen panisch geweitet. Die türkisen Iriden von Weiß komplett umrandet.

Im nächsten Moment fliegt die Tür auf und zwei Typen in schwarzen Bomberjacken und kahlrasierten, braungebrannten Schädeln betreten den Raum. Sie platzieren sich rechts und links neben der Tür und schauen uns mit grimmigen Gesichtern an. Sie gehören zu den *Sabuesos*, der persönlichen Wachelite von keinem Geringen als …

Mit der Zunge schnalzend betritt Luis Angelo, der Sohn des Untergrundhais Jovan Angelo, das Schlafzimmer. Er breitet seine Arme aus und sieht sich um. Seine grünen Augen sprühen vor Ironie, genauso wie sein perfekt sitzender Anzug und die zurechtgelegten Haare vor Eitelkeit.

»Guten Morgen«, sagt er mit einem Hauch von einem spanischen Akzent in der Stimme. Wie sein Vater kommt Luis aus Kolumbien, hat aber vor geraumer Zeit die Handelsgeschäfte in

Deutschland und England übernommen. Er bleibt stehen und legt die von vielen Ringen verzierten Hände ineinander. »Ich freue mich euch zu sehen.«

Viktoria sitzt wie versteinert auf dem Bett und ich bin froh, dass ich sie in diesem Moment nicht dazu zwingen muss, stillzuhalten.

»Boss«, sage ich überrascht zur Begrüßung. »Was machen Sie denn hier, Señor Angelo? Ich habe gar nicht damit gerechnet, dass Sie in Frankfurt sind.«

Der Kolumbianer lächelt. »Ich komme gern unangekündigt vorbei, um zu sehen, wie sich meine Männer so machen. Vor allem, wenn sie noch nicht lange dabei sind und plötzlich einen meiner langjährigen Mitarbeiter einfach so *rauswerfen*.«

»Ich arbeite lieber allein. Sie haben doch sicher das Videotelefonat von Samuel verfolgt. Es war nicht gerade effektiv. Außerdem hat er die Geisel entkommen lassen. Ich kam gerade noch rechtzeitig, um sie einzufangen und das Schlimmste zu verhindern. Tut mir leid, aber der Kerl war eine Flachpfeife, der hätte in zehn Jahren noch nichts aus ihr herausbekommen.«

Luis Angelo sieht mich lange schweigend an, ohne dass er einmal dabei blinzelt. Ich halte seinem Blick stand.

»Gut. Ich verstehe«, sagt er schließlich, ehe er zu Viktoria sieht und sie von oben bis unten analysiert. »Von Señor König kam bisher noch kein akzeptables Angebot. Ich glaube, ihm wurde noch nicht deutlich gemacht, was passiert, wenn er nicht auf den Deal eingeht.« Er macht einen Schritt an das Bett heran.

Viktoria weicht mit Panik in den Augen zurück. Dann sieht sie zu mir und ich spüre all die Fragen auf mir brennen. Aber ich sehe sie nicht an, liefere ihr keine Antwort.

»Es erscheint mir, dass die süße Señorita wohlauf ist. Außer ein paar verblassende Blessuren im Gesicht sehe ich gar keine Wunden. Alle Finger scheint sie auch noch zu haben.« Luis Angelo formuliert seine Feststellungen als unterschwellige Frage.

»Señor König sollte doch ein paar Puzzelstücke seiner kostbaren *Princesa* zugeschickt bekommen, um seine Handlungsfreudigkeit etwas zu erhöhen. Warum ist das nicht passiert?«

Mein Blick huscht zu den Wachmännern. Abgesehen von den beiden *Sabuesos* in dem Zimmer stehen noch zwei weitere an der Wohnungstür und bewachen diese. Obwohl keiner von ihnen eine Waffe in der Hand hat, weiß ich, dass sie welche griffbereit unter ihren Jacken tragen. Luis Angelo und sein Vater Jovan sind keine kleinen Fische im kriminellen Untergrund. Sie sind Haie. Verdammt große Haie. Drogen, Waffen, Prostitution – sie haben überall ihre Finger im Spiel.

»Ich habe eine andere Taktik verfolgt«, antworte ich nach kurzem Zögern. Möglicherweise war diese Millisekunde der Unsicherheit bereits eine zu viel.

Luis' Augen werden schmal. »Welche?«

»Nun«, beginne ich gedehnt und spaziere gemütlich los. »Ich habe seiner Tochter lediglich eine Haarsträhne abgeschnitten. Und dazu haben ich einen freundlichen Brief an Herrn König verfasst.«

Während ich rede, gestikuliere ich und gehe mit langsamen Schritten durch den Raum. Im Augenwinkel erkenne ich, wie die Wachen unruhig werden. Einer schlägt seine Jacke zurück und präsentiert mir drohend seine Pistole. Ich beachte sie nicht weiter. »In diesem stand drin, dass ich ihm verspreche, sie ihm wohlbehalten wiederzubringen, wenn er auf den Deal eingeht. Das sollte ihn in Sicherheit wiegen und motivieren, die Verhandlung aufzunehmen. Wenn man ihm direkt schon einen Finger oder ein anderes Körperteil schickt, glaubt er nicht mehr, dass er seine Tochter überhaupt noch lebend wiederbekommt, und die Bereitschaft zu verhandeln sinkt.«

In Viktorias Augen glänzen Tränen. Sie sieht mir entsetzt zu, wie ich meine Kreise durch das Zimmer ziehe, und zittert am ganzen Körper. Nach wie vor trägt sie nur ein T-Shirt und die Decke ist bereits halb vom Bett gerutscht. Das Rosa ihrer Haare ist in den letzten Tagen beinahe ausgewaschen und nur noch als leichter Schimmer auf ihren zerwühlten, silberblonden Wellen zu erkennen.

Luis folgt mir mit den Augen, bleibt jedoch ansonsten direkt vor dem Fußende des Bettes stehen, die Hände galant ineinander gelegt. Sein Anzug scheint keine Falte zu werfen, ebenso wie seine polierten, sonnengeküssten Gesichtszüge. Als käme er direkt von dem Hochglanz-Cover eines Klatschmagazins. »Ein netter Gedanke. Aber das war leider nicht der Auftrag. Es gab klare Anweisungen. Und du hast sie nicht eingehalten.«

»Stimmt«, sage ich und bleibe stehen. »Ist das der Grund, warum Sie hier sind, Boss? Weil Sie denken, ich würde sie hintergehen?«

»Du bist noch nicht lange dabei, Seth. Hast dich von deinen Leuten abgewandt und bist bei mir angekrochen gekommen. Woher weiß ich, dass du kein Maulwurf bist? Samuel sollte dich überwachen.«

Ich stoße die Luft sarkastisch aus und mein Blick wird dunkel. »Ich arbeite, seitdem ich fünfzehn bin, dafür, die verschissenen Schulden von meinem Vater abzuzahlen. Ich habe keine Lust mehr, mich von denen ausnutzen zu lassen. Was habe ich für einen Grund, noch auf ihrer Seite zu stehen? Von Anfang an bin ich nur benutzt worden und es wäre mir eine Freude, jedem von ihnen eine Kugel zwischen die Augen zu jagen.«

Luis sieht mich erneut lange schweigend an. Dann nickt er. »Also gut, Seth. Ich gebe dir noch eine Chance. Diesmal lasse ich dich mit einer Verwarnung davonkommen.« Er dreht sich zu mir um, tritt vor mich und fasst mit seiner Hand um meinen Oberarm. Sein Atem schlägt mir ins Gesicht, als er dicht vor mir raunt: »Wenn du noch einmal einen Alleingang machst, sorge ich dafür, dass du am Grund vom Main aufwachst. Haben wir uns verstanden?«

»Klar«, sage ich nur und sehe ihn regungslos an. »Wie geht's jetzt weiter?«

Er lässt mich los und dreht sich zurück zu Viktoria. »Jetzt werde ich mich etwas um die kleine *Princesa* kümmern. Wäre ja schade, wenn der Weg hierher umsonst gewesen wäre. Anschließend kannst du nachholen, was du versäumt hast, und Señor König ein kleines Präsent zukommen lassen. Sag ihm dann, dass du es gut gemeint hast, aber er leider zu lange gezögert hat, sodass du dein Versprechen nicht länger halten kannst.« Mit diesen Worten öffnet er den Gürtel seiner Anzugshose. Seine Augen verspeisen Viktoria dabei.

»Gut«, antworte ich, ehe ich an ihn herantrete und mich zu ihm lehne. »Sie mag es hart.« Ich zwinkere ihm zu und er erwidert es mit einem düsteren Lächeln. Dann gehe ich ohne Eile an den beiden Wachen vorbei, verlasse den Raum und schließe die Tür hinter mir.

Ein Albtraum, aus dem ich gleich schweißgebadet aufwache. Etwas anderes kann es nicht sein. Wie konnte ich jemals so dumm gewesen sein, auch nur eins der Worte zu glauben, die aus Seths Mund kamen? Hat er seine wahre Natur nicht bereits gezeigt, als er mich unter dem Vorwand eines Dates entführte? Ich habe mich blenden lassen. Von seinem Aussehen. Von seinen Worten. Von diesen kleinen Stückchen Aufmerksamkeit, die er mir zugeworfen hat wie Fleischstücke in den Käfig eines ausgehungerten Tieres.

Ich habe nicht damit gerechnet, dass er mich derart ausnutzt. Seine Maskerade war perfekt. Innerhalb weniger Tage hatte er es geschafft, dass ich ihm verfallen war. Jetzt sitze ich auf dem Bett, in dem er mich vor wenigen Momenten noch festgehalten hatte, und kämpfe ausweglos gegen meine Fesseln und meinen Knebel an.

Die Verzweiflung lässt Tränen in meine Augen schießen. Mein Blickfeld verschwimmt. Ich höre das metallische Klirren eines Gürtels vor mir. Eine Hose wird geöffnet. Panisch sehe ich auf und weiß, dass ich verloren bin. Ich blicke zu dem fremden Mann hinauf, den Seth mit *Señor Angelo* angesprochen hatte. Die grünen Augen stechen aus seinem sonnengebräunten Gesicht hervor und funkeln lüstern.

Bitte nicht, will ich flehen, doch mit dem Tape auf dem Bund kommt nur ein unverständliches *»hmhh«* hervor. Mit den beiden Schlägertypen, die wenige Meter entfernt die Tür bewachen, ist meine Situation vollkommen ausweglos. Dennoch strampele ich mit den Beinen, sodass ich auf dem Bett zurückrutsche, bis ich gegen das Kopfende stoße.

Was soll ich tun? Mich ergeben und hoffen, dass es dann schnell und schmerzlos vorübergeht, oder mich bis zum Ende wehren und in Kauf nehmen, dass ich dadurch meine Situation vermutlich noch verschlimmere? Im Fernsehen habe ich mal einen Film gesehen, in dem geraten wurde, man solle sich einpinkeln. Würde das helfen?

»Komm her«, raunt der Mann mit tiefer Stimme und winkt mich mit seiner von Ringen geschmückten Hand näher. »Wenn du brav bist, werde ich nett zu dir sein und versuchen, dir nicht wehzutun.« Er spricht mit mir wie mit einer verstörten Katze, die sich unter dem Tisch versteckt, oder einem kleinen Mädchen, das er mit Süßigkeiten locken kann.

Zitternd schließe ich meine Augen. Eine Träne löst sich und rollt heiß meine Wange hinab. Als ich sie wieder öffne, rücke ich langsam vorwärts auf ihn zu. Er lässt eine Hand in seiner Hose verschwinden und beginnt sich selbst zu berühren. Ich komme vor ihm an und er streckt seine freie Hand nach mir aus, streichelt über meine Wange und wischt mit seinem Daumen die

Träne fort. Ich zucke zusammen und versuche die aufkommende Übelkeit zu unterdrücken.

Plötzlich drückt er mich mit Kraft nach hinten auf die Matratze. Sein Körper erscheint über mir. Das Gesicht ganz nah, sodass sein Atem meine Wange streift. Wenigstens riecht er gut. Nach Minze und Aftershave. Ich drehe den Kopf zur Seite, um ihn nicht ansehen zu müssen. Meine Hände sind vor meiner Brust gefesselt und mit seinem Gewicht drückt er sie gegen mich, sodass ich mich kaum bewegen kann. Er schiebt mein T-Shirt hinauf und knurrt auf, als er mit einer Hand zwischen meine Scham fährt. Ich verkrampfe mich am ganzen Körper und atme schnell.

Ich will nicht, ist alles, was ich noch denken kann.

Als seine Hand wieder verschwindet, will ich erleichtert aufatmen, doch dann drückt er grob meine Beine auseinander und ich spüre seinen harten Schwanz an meiner Öffnung.

NEIN! Ich kneife meine Augen zusammen.

Plötzlich hält er inne. Erstarrt.

Dann spritzt mir etwas Warmes ins Gesicht. Als ich blinzele, sehe ich die grünen Augen des Mannes weit aufgerissen. Er lässt mich los und fasst sich an seine Kehle, aus der schwallartig dunkelrotes Blut sickert. Es tropft in kleinen Wellen auf meine Brust, durchtränkt mein T-Shirt. Dann sackt er auf mir zusammen und drückt mir mit seinem Gewicht die Luft ab.

Ohne darüber nachzudenken, drehe ich mich zur Seite, sodass er von mir hinunterrutscht, am Bett entlang und wie ein nasser Sack mit einem dumpfen Schlag auf dem Boden aufkommt. Ich schreie in meinen Knebel hinein und hebe hektisch meinen Kopf, als sich erneut ein Schatten über mich schiebt.

Seth steht vor mir. In seiner Hand sein Messer, von dessen Spitze rote, dicke Tropfen zu Boden fallen. Er sieht mich an und reckt sein Kinn in Richtung meiner gefesselten Hände. Wie ferngesteuert und vor Angst gelähmt hebe ich sie an. Er schneidet das Tape durch. Es bleibt an meiner Haut kleben, aber ich bin wieder frei und kann mir das Klebeband von den Lippen ziehen.

»Zieh dich an. Wir müssen hier weg«, sagt er nur und ich streife mir eilig die Jogginghose über, die neben dem Bett liegt. Er hilft mir, das blutverschmierte T-Shirt aus- und eines von seinen anzuziehen. Seth tastet die Leiche des toten Anführers ab und zieht sein Handy und seine Brieftasche aus seinen Taschen, dann greift er nach meinem Handgelenk.

Ich bin nicht in der Lage, etwas zu sagen oder entgegen seinen Befehlen zu handeln. Als wir uns zur Tür drehen, sehe ich die Körper der beiden Türsteher auf dem Boden liegen. Sie haben wie *Señor Angelo* die Augen weit aufgerissen und ihre Hände um ihren blutverschmierten Hals gelegt, unter dem sich bereits eine große, rote Lache ausgebreitet hat. Sie haben es nicht einmal geschafft, ihre Waffe zu ziehen. Und ich habe sie weder kämpfen noch zu Boden fallen hören.

Seth zieht mich an dem Blutbad vorbei, doch auch im Flur erwartet uns nichts anderes als Leichen. Ich kann nicht mal von einem Gemetzel reden, denn es wirkt eher, als wären sie vollkommen überrascht und sauber hingerichtet worden.

Gemeuchelt, schießt es durch meinen Kopf.

»Wir waschen dein Gesicht, dann verschwinden wir«, bestimmt er.

Wir rennen die Treppen hinab. Der Schock sitzt tief in meinen Muskeln, Gelenken, Knochen und Nerven. Ich bin nicht mehr in der Lage, selbstständig zu denken oder zu handeln. Nur weil Seth mich mit sich mitzerrt, bewege ich mich überhaupt noch. Er stößt die Hintertür auf und wir laufen in den Hof.

»Schnell«, zischt er, »ich bin mir sicher, dass noch mehr seiner Leute in der Nähe sind und draußen warten. Es wird nicht lange dauern, bis sie Verdacht schöpfen.« Er hilft mir auf die Mauer. Ich klettere hinauf und sehe zu ihm zurück. Mit Leichtigkeit springt er an ihr hoch, hält sich am oberen Rand fest und zieht sich zu mir nach oben. Dann lässt er sich auch schon auf der anderen Seite hinunter und streckt seine Arme nach mir aus.

»Komm.«

Ich falle. Er fängt mich auf. Wir laufen weiter.

Es ist früh am Morgen. Der Himmel schimmert in einem frostigen Blau und am Horizont ist ein gelber Streifen zu erkennen. Die Sterne legen sich zur Ruhe und die Sonne wirft ihre ersten, kalten Strahlen auf unsere zerbrochene Welt. Die Scheiben der Autos und die kahlen Äste der Bäume sind mit Raureif überdeckt, aber ich spüre die Kälte kaum. Alles fühlt sich ohnehin taub an.

Wir laufen durch einige Straßen und um ein paar Ecken. Ich habe keine Ahnung, wo wir uns befinden, doch wir scheinen Schleichwege zu nehmen und die großen Straßen zu vermeiden. Dennoch passieren wir einige Leute, die uns verwirrt hinterhersehen. Zwei rennende Personen, von denen eine nicht einmal Schuhe anhat. Wäre Seth alleine, hätte man ihn für den Kriminellen gehalten, der er ist. Doch mit mir zusammen belassen die Menschen es dabei, da ich weder um Hilfe rufe noch mich gegen ihn wehre.

Seth sieht beim Laufen auf sein Handy, dann schlägt er plötzlich eine andere Richtung ein und wir kommen an einer weiteren Straße an. Ein schwarzer Maserati mit getönten Scheiben hält mit quietschenden Reifen vor uns und schneidet uns so den Weg ab. Ich laufe auf Seth auf, der selbst eine Vollbremsung machen muss, um nicht gegen den Wagen zu donnern.

Das vordere Fenster wird herabgelassen.

»Na, Ladys, Mitfahrgelegenheit gefällig?«, fragt der Fahrer mit schalkhaft gehobenem Mundwinkel. Er trägt eine Flieger-Sonnenbrille und ein lockeres Jackett. Seine Haare sitzen in der perfektesten unperfekten Föhnwelle, die ich jemals gesehen habe.

»Rein«, herrscht Seth mich an und öffnet mir die hintere Tür des Wagens. Als ich ihm nicht schnell genug reagiere, stößt er mich voran. Irgendwie schaffe ich es auf die Rückbank. Die Reifen drehen durch, als der Maserati Vollgas gibt, kaum dass Seth eingestiegen ist, die Tür noch nicht ganz geschlossen.

In halsbrecherischer Manier werden wir durch Nebenstraßen und Schleichwege gefahren, fliegen in den Kurven umher und halten uns an den Griffen fest. Obwohl ich normalerweise ein ängstlicher Autofahrer bin und jetzt um mein Leben gefürchtet hätte, macht mein Herz sich nicht einmal die Mühe, schneller zu schlagen. Ich fühle mich tot. Abgestumpft.

Irgendwann werden wir langsamer, als wir nicht umhinkommen, uns in den Berufsverkehr am Freitagmorgen einzureihen. Zumindest glaube ich, dass es Freitagmorgen ist. Mein Zeitgefühl ist in den letzten Tagen der Gefangenschaft ein wenig durcheinandergeraten. Die beiden Männer wechseln kein Wort, aber Seth scheint ihn zu kennen, also wird es wohl seine Richtigkeit haben, dass wir bei diesem Fremden im Auto sitzen.

Inzwischen hat der Fahrer Musik angemacht und trommelt mit den Fingern im Takt zu klassischen Rock-Songs der 90er Jahre auf dem Lenkrad herum. Als Kurt Cobains,Smells like Teen Spirit‘ durch die Lautsprecher brüllt, singt er lauthals mit und wippt mit dem Kopf.

Weiß er, wer wir sind? Was Seth getan hat? Was mir widerfahren ist? Wenn ja, wovon ich ausgehe, denn alles andere wäre unlogisch, wieso ist er so ausgelassen, als befänden wir uns auf einem Wochenend-Trip zu einem Freizeitpark? Der Typ zerstört mein Realitätsempfinden vollends und ich frage mich, ob ich nicht doch alles träume.

Nach einer zähen halben Stunde in der Frankfurter Innenstadt biegen wir in die Parkgarage eines modernen Hochhauses ein. Wir steigen aus, gehen durch einen Flur und steigen in einen Aufzug. Der Fremde drückt die oberste Taste, lehnt sich mit überschlagenen Beinen an die Fahrstuhlwand und zwinkert mir aus eisblauen Augen zu, als ich den Mut aufbringe, ihn kurz anzusehen. Er hat seine Sonnenbrille auf seinen Kopf geschoben.

Schnell senke ich meinen Blick wieder und verschränke meine Arme. Ich bin eben aus dem Bett gefallen, trage keinen BH unter dem T-Shirt, keine Schuhe und fühle mich unter den beiden Männern wie ein Lamm unter Wölfen. Beide sind gleichgroß und ihre Präsenz scheint im Aufzugsraum um die Vorherrschaft zu kämpfen. Obwohl ich ihn nur kurz angesehen habe, konnte ich erkennen, dass der Fremde gut aussieht und etwas älter ist als Seth. Zumindest trägt er einen Dreitagebart und um seine Augen sind winzige Fältchen.

Bing.

Wir sind da, steigen aus dem Aufzug und betreten eine Penthousewohnung, welche die Superlative von Maßlosigkeit ist. Eine riesige Fensterfront lässt mich direkt über die Skyline von Frankfurt blicken. Doch was noch auffälliger ist als das, ist die asiatische Einrichtung mit einer Samurairüstung und niedrigem Esstisch mit Sitzkissen.

»Kaffee?«, fragt der Fremde und geht auf die angrenzende offene Küche zu.

Kurz darauf kommt er mit drei dampfenden Tassen zurück und stellt sie auf den Couchtisch vor einem riesigen, schwarzen Ledersofa, welches sich in einer Vertiefung im Boden befindet, sodass man erst drei Stufen hinabgehen muss. »Setzen wir uns.«

Als wir uns niedergelassen haben und die Männer ihren Kaffee schlürfen, wendet sich der Hausherr erneut mir zu. Er hält mir seine Hand entgegen. »Hi. Ich bin Ace.« Er hat sein Jackett ausgezogen und die Ärmel seines Hemdes hinaufgekrempelt. Im starken Kontrast zu dem weißen, edlen Hemd schlängeln sich auf seinen Armen Tattoos, bloß sind sie ein wenig farbiger als die von Seth.

Zögerlich ergreife ich seine von Ringen verzierte Hand. »Viktoria.« Es ist das erste Mal, dass ich mich mit meinem vollständigen Namen und nicht mit »Kiki« vorstelle. Es fühlt sich merkwürdig an.

Er mustert mich kurz, dann wendet er sich Seth zu und rümpft grinsend die Nase. »He, sie ist süß. Und ich wollte, dass du ihr einen Finger abschneidest? Kein Wunder, dass du es nicht gemacht hast.«

Seth grummelt leise etwas in sich hinein.

Ich verstehe nichts. Weder wer dieser Ace ist noch was Seth mit ihm zu tun hat oder auf welcher Seite sie stehen. Auf jeden Fall nicht auf der Seite des toten Señor Angelos, so viel steht fest. »Willst du deinen Kaffee nicht?«, fragt mich Ace, als ich die Tasse nicht anrühre. Ich schüttele den Kopf.

»Sie trinkt nur süßes Zeug«, erklärt Seth für mich, woraufhin Ace seine Lippen zu einem verstehenden »Oh« formt.

»Dann mache ich ihr einen Latte Macchiato aus meinem Automaten. Sirup und Zucker habe ich auch. Manchmal bin ich nämlich auch ein Süßer.« Wieder zwinkert er mir zu und lächelt charmant. »Wie wäre es, wenn du in der Zeit ein Bad nimmst und dich etwas entspannst? Ich nehme an, die letzten Tage waren hart genug für dich. Außerdem klebt da glaube ich noch Blut in deinen Haaren und deine Füße sind ganz dreckig. Seth, warum hat sie keine Schuhe an?!« Er sieht vorwurfsvoll zu dem Angesprochenen, doch dieser zuckt nur teilnahmslos mit den Schultern.

Mit der Zunge schnalzend steht Ace auf und streckt mir seinen Arm auffordernd entgegen. »Komm«, sagt er. »Seth benimmt sich, was Frauen angeht, wie ein Gorilla. Er hat keine Ahnung, wie man eine Lady behandelt.«

Ich gehorche und stehe auf. Ace legt seine Hand an meinen Rücken und führt mich wie ein Gentleman zum Badezimmer. Dazu müssen wir einen Paravent umlaufen, welcher Zeichnungen von Geishas unter Kirschblüten zeigt. Dahinter befindet sich ein riesiges, schwarzes Boxspringbett, welches geradewegs aus einem Porno kommen könnte.

Das Bad ist nicht weniger dekadent als der Rest der Wohnung. Eine in den Boden eingelassene Badewanne, eine riesige Regendusche, schwarze Fliesen und die gläserne Tür zu einer Sauna funkeln im Licht der LEDs an der Decke um die Wette.

Ace schließt die Badezimmertür und sieht mich an. »Wie geht es dir?«

Was mich aufhorchen lässt, ist das Mitgefühl in seiner Stimme. Es ist nicht schwer zu erkennen, dass Ace ein Playboy ist, der mit seinem Luxus prahlt. Woher auch immer er das Geld dazu hat. Vielleicht will ich es gar nicht wissen. Es ist mir auch klar, dass er den Gentleman nur spielt und vermutlich ein frauenverachtendes Schwein ist. So viel sagt meine Menschenkenntnis mir dann doch. Aber die Sorge in seiner Stimme lässt seine Maske ein wenig transparenter werden. »Ich weiß nicht«, antworte ich ehrlich.

»Du bist jetzt in Sicherheit. Wir arbeiten für deinen Vater. Fühl dich ganz wie zu Hause. Nimm dir, was du brauchst, nur nicht meine Zahnbürste. Das ist eklig.« Er geht zu einem Regal, nimmt zwei Handtücher heraus und legt sie auf eine Ablage neben der Badewanne. »Ich bringe dir ein paar frische Klamotten.«

Ace verlässt das Bad und kommt wenige Momente später mit Kleidung zurück. »Einmal Shirt und Shorts von mir oder ein Kleid von Jessica. Du kannst dir aussuchen, worin du dich wohler fühlst.«

»Wer ist Jessica?«, frage ich und beäuge den roten Fummel misstrauisch, den er mir mitgebracht hat.

»Meine Freundin?«, antwortet Ace, als ob es ein Frevel wäre, dass ich anderes vermutete. »Was denkst du denn?«

Nutte, Pornodarstellerin, irgendwas in der Art?

»Nichts, war nur neugierig.«

»Okay, dann mach es dir gemütlich. Wenn du fertig bist, wartet ein warmer, süßer Latte auf dich.« Mit diesen Worten und einem spitzbübischen Grinsen verlässt Ace das Badezimmer.

Eine Weile stehe ich noch neben mir, sehe mich um und versuche, die Leere in meinem Kopf mit Gedanken zu füllen. Als das jedoch nicht funktioniert, lasse ich heißes Wasser in die Wanne ein und gebe etwas von dem Badezusatz dazu, der daneben steht. Ich steige aus der Kleidung. Unter dem sauberen T-Shirt ist meine Brust noch blutverschmiert. Inzwischen ist es eingetrocknet. Bevor ich ins Wasser steige, versuche ich, es über dem Waschbecken abzuschrubben.

Dann lasse ich mich langsam in die Wanne sinken. Das heiße Wasser umschließt mich wie ein schützender Mantel. Hüllt mich ein. Streichelt zärtlich meinen Körper und meinen Geist. Habe ich es geschafft? Bin ich frei? Hat der Albtraum endlich ein Ende? Und werde ich jemals die Bilder der aufgeschlitzten Kehlen los, die sich wie Säure in meinen Kopf gebrannt haben?

ER

Ich hatte Glück. Mehr nicht. Obwohl ich geplant hatte, Luis Angelo hervorzulocken, hatte ich nicht damit gerechnet, dass er so bald und in den frühen Morgenstunden aufschlagen würde. Ich war nicht vorbereitet und nur die Tatsache, dass ich Ace rechtzeitig erreicht hatte, hatte uns die Ärsche gerettet.

Ace kehrt aus dem Badezimmer zurück und wirft sich zu mir auf die Couch. »Niedlich, die Kleine.«

»Ich schwöre dir, wenn du sie anfasst, breche ich dir jeden deiner Finger«, knurre ich nur.

Ace lacht auf. Er weiß, dass ich in diesem Moment nichts anderes bin als ein bellender Hund.

»Also, Seth.« Er wird wieder ernst und sieht mich an. »Was ist passiert? Warum ist ein Haufen von Angelos Männern hinter dir her?«

»Möglicherweise habe ich ihm die Kehle aufgeschnitten«, antworte ich und räuspere mich.

Ace blinzelt betont. »Wie bitte?«

»Ich hatte keine andere Wahl. Er wollte Viktoria vergewaltigen.«

Ein Nerv an seinem Auge zuckt gefährlich. Aber er bleibt ruhig. Weil Ace immer ruhig bleibt. Ich habe diesen Typen noch nie ausflippen sehen, aber ich bin mir sicher, wenn es mal soweit ist, will ich nicht in der Nähe sein.

»Du meinst, du hast den Sohn von Jovan Angelo umgebracht und dich zur Zielscheibe Nummer eins des ganzen verdammten Mafia-Kartells der *Los Caídos* gemacht, weil du nicht wolltest, dass irgendein Schnösel seinen Dödel in die Pussy eines Mädchens steckt, welches du seit ein paar Tagen kennst?«

Jedes weitere Wort zeigt mir mehr auf, wie unlogisch, impulsiv und dumm mein Handeln gewesen ist. Ich hatte mich so richtig in die Scheiße geritten, den Knoten in meinen eigenen Strick gebunden.

Ace ist noch nicht fertig mit seinem Einlauf, den ich zugegebenermaßen verdiene. »Du solltest dich bei ihnen einschleusen und sie ausspionieren und sie nicht zu unseren *Feinden* machen!« Er fährt sich mit seinen Händen, die nicht weniger geschmückt sind als die von Luis Angelo, über sein Gesicht. »*Fuck*, Seth.«

Mir fällt nichts anderes ein als »Sorry.«

»Nein, nein, schon gut.« Ace macht eine beschwichtigende Geste und schließt seine Augen. »War mein Fehler. Ich war ziemlich dumm ausgerechnet dich mit einer Spionagearbeit zu beauftragen. Hätte ich wissen müssen, dass das nach hinten losgeht. Dir ist aber schon klar, dass damit nicht nur wir zur Zielscheibe geworden sind? Jetzt ist es mehr als ein Auftrag, den die *Los Caídos* von einem angepissten Pharmakonzern bekommen haben. Jetzt ist es persönlich. Und du weißt doch, wie ernst wir Südländer diesen *La Familia*-Scheiß nehmen.«

»Du bist doch selbst einer?«

»Ein Halber.«

Er hat recht. Ich hatte nicht nur mein eigenes Grab geschaufelt, sondern vermutlich auch das von Viktoria, ihrem Vater, ihren Freunden und allem anderen, was ihr und mir lieb ist.

»Fuck«, zische ich, »Aurora.« Meine Schwester. Sie ist meine einzige Familie und würde vermutlich als Allererstes auf der Abschuss-Liste stehen.

»Geh zu ihr, Seth. Ich hoffe, sie ist es wert.« Ace nimmt sich seinen Kaffee, lehnt sich zurück und überschlägt die Beine.

Warmer Dunst umhüllt mich, als ich das Badezimmer betrete. Viktoria liegt in der Badewanne, die Augen geschlossen. Sie sieht friedlich aus und das weißblonde Haar fällt wie Engelslocken um ihr mädchenhaftes Gesicht. Als sie den kalten Zug von der Tür bemerkt, öffnet sie ihre Augen und sieht mich an. Was sie denkt, kann ich in ihren Zügen nicht lesen. Schweigend schließe ich die Tür und ziehe mich aus. Sie beobachtet mich, ihr Blick gleitet an mir auf und ab. Hat sie Angst vor mir? Langsam steige ich zu ihr in die Wanne. Mein Körper verdrängt das Wasser, sodass es über den Rand hinausläuft und in den Abläufen versickert.

»Wer bin ich?«, frage ich sie, als ich mich ihr gegenüber befinde und in ihre glänzenden Augen blicke.

»Seth«, antwortet sie.

»Was tue ich?«

»Du tötest Leute.«

Ich nicke. »Für Geld. Hast du Angst?«

»Nein.«

Das reicht, damit ich sie in meine Arme ziehe und unsere Körper sich unter Wasser aneinanderschmiegen. Es fühlt sich gut an, richtig und verboten zur gleichen Zeit. Ich bin nicht gut für sie. Ich bin nicht der Mann, den sie verdient. Ich bin ihr Tod. Und sie ist mein Leben.

Sie kuschelt ihre Wange an meine Brust, malt mit ihrem Finger die schwarzen Linien auf dieser nach. Manche Tattoos sind nur Kunst, Ornamente, die ich schön finde, andere wiederum haben eine Bedeutung. So wie die Abbildung des ägyptischen Gottes Seth, der mein neues Ich, den Tod, verkörpert, oder im Gegensatz dazu das Anch-Zeichen, welches für das Leben steht. Dann gibt es noch die Zählstriche, derer an der Zahl es im Moment Dreiundzwanzig sind. Heute sind auf einen Schlag fünf weitere dazugekommen, sodass ich bald neue stechen lassen muss.

»Jeder davon steht für ein Leben, das ich genommen habe«, erkläre ich und ziehe ihren Zeigefinger auf die Striche. Ich will, dass sie versteht, wer ich bin. Dass sie keine halbherzige Illusion dessen sieht, wer ich wirklich bin. Sie muss wissen, dass sie sich zu einem Mörder in die Arme legt. Nicht zu einem süßen Bad Boy. Ich habe eben fünf Männer getötet. Schnell. Sauber. Professionell. Weil es das ist, was ich schon mein ganzes Leben mache. Weil ich zum Zerstören erzogen wurde, nicht zum Beschützen. Ich weiß bis heute nicht, warum ausgerechnet ich den Auftrag bekommen habe, auf Viktoria aufzupassen.

»Warum tust du es, Seth?«, fragt sie leise.

Ich nehme ihre Hand in meine und küsse ihre Knöchel.

»Weil ich muss.«

Diese Antwort scheint ihr zu genügen, denn sie fragt nichts mehr. Ich fahre mit meinen Händen über ihren Rücken, ihre Taille bis hinab zu ihrem Po. Als ich in ihn hineingreife, drückt sie sich fester gegen mich und schlingt ihre Beine um meine Hüfte, sodass sie auf mir sitzt. Ihre Arme legen sich um meinen Hals und ihr Mund findet meinen. Ihr Kuss ist zart und schüchtern und ich halte mich zurück, um mich ihr anzupassen. Fast unschuldig leckt ihre Zunge über meine Lippen und bittet um Einlass.

Ein heißes Ziehen breitet sich in meinen Lenden aus. Keine Minute später habe ich eine heftige Erektion, die ich nicht länger ignorieren kann. »Setz dich auf mich«, flüstere ich in ihr Ohr. Obwohl uns heißes Wasser umfängt, bemerke ich die Gänsehaut auf ihren Armen und wie sich ihre Brustwarzen aufrichten. Ohne Widerspruch hebt sie ihren Hintern an und platziert sich über mir.

Ist es okay von mir, das von ihr zu verlangen, obwohl sie eben nur knapp einer Vergewaltigung entkommen ist? Ich schiebe diesen Gedanken beiseite und konzentriere mich auf sie. Auf ihre Lippen, die sich zu einem stummen »Ah« öffnen, als sie sich langsam auf meinen Schaft herabsenkt. Ich lasse ihr die Zeit, die sie braucht. Immerhin habe ich sie nicht einmal vorbereitet. Aber ihre Wände sind auch so nass genug. Kurz schließe ich genießend meine Augen, als mich ihre Enge umschließt, dann sehe ich sie wieder an und massiere ihre Brüste, während sie mich liebevoll zu reiten beginnt. Es ist süß, wie zurückhalten sie ist, wie hingebungsvoll.

Eine Weile lang lasse ich mich von ihr verwöhnen und genieße wie ein Pascha den Anblick, den sie mir dabei bietet. Dann halte ich es nicht länger aus. Mein Schwanz ist bereits hart wie Stahl, aber auf diese Weise könnte sie ewig auf mir herumhopsen, ohne dass ich komme. Also packe ich sie grob an ihrer Hüfte, sodass sie aufkeucht, fixiere sie und ramme mich hart von unten hinauf in sie.

Ihr Keuchen und Stöhnen ist wie Musik in meinen Ohren. Das Wasser schwappt mit jedem Stoß hin und her. Sie krallt sich an meinen Schultern fest. Ihre Beine zittern. Dann ficke ich sie zum Höhepunkt und ihr ganzer Körper krampft sich zusammen. Um meinen Schwanz herum zuckt ihre Pussy, als würde sie versuchen, allen Saft aus ihm hinauszulutschen. Das gibt mir den Rest. Ich treibe mich noch ein paar Mal kräftig in sie, ehe ich in ihr abspritze.

Grollend lege ich meinen Kopf in den Nacken und genieße das Kribbeln. Schwer atmend sackt sie auf mir zusammen, schlingt erneut die Arme um meinen Nacken und verwickelt mich noch einmal in einen Kuss.

Ineinandergeschlungen bleiben wir im Wasser liegen, bis es kalt ist.

Als wir aus dem Badezimmer kommen, sitzt Ace noch immer auf seinem Sofa, hat aber inzwischen einen Latte Macchiato für Viktoria gemacht. Es passt mir nicht, dass sie seine Klamotten trägt, darin unwahrscheinlich sexy aussieht und er sie grinsend mit seinen Augen vernascht, als er sie sieht.

Ich habe mir auch Kleidung von ihm geborgt. Da wir etwa dieselbe Größe tragen, passt sie gut. Etwas eng vielleicht.

»Na, Ladys«, begrüßt Ace uns und schaut uns abwechselnd an. »Spaß gehabt? Ich nehme an, ich muss jetzt meine Badewanne desinfizieren.«

»Wie geht es jetzt weiter?«, frage ich, ohne auf seinen Kommentar einzugehen.

»Jetzt warten wir noch auf jemanden.«

Also warten wir, bestellen chinesisches Essen und Ace zeigt Viktoria seine Wohnung, lässt sie an seinem Flügel ein paar Lieder spielen. Die beiden verstehen sich prächtig und das geht mir gehörig auf den Sack. Er bringt sie ständig zum Lachen, obwohl unsere Situation überhaupt nicht zum Lachen ist. Aber sowohl Viktoria als auch Ace sind zwanghafte Lächelmännchen, denen man die Mundwinkel nach oben getackert hat. Wie Glücksbärchis oder Teletubbies. Irgendwann schläft sie aber auf dem Sofa ein und wacht erst wieder auf, als es am Abend klingelt.

Ace öffnet die Tür. Es ist Grimm, der davor steht und seine Hände in den Taschen seines Hoodies vergräbt.

»Hi«, sagt er und tritt ein.

Viktoria setzt sich auf und schaut mit schmalen Augen zu dem Neuankömmling hinüber. »Du?«

»Dann sind wir ja jetzt vollzählig«, sagt Ace zufrieden und schaut entschuldigend zu Viktoria. »Du wirst das Folgende jetzt zwangsweise mitbekommen. Aber das macht nichts. Wenn es dir zu viel wird, kannst du auch in die Küche gehen, das Bad putzen oder irgendwas anderes, was Frauen halt so tun.« Er wedelt mit seiner Hand.

Ich rolle die Augen und schüttele den Kopf, könnte es verstehen, wenn sie ihn jetzt für diesen sexistischen Spruch die Augen auskratzt. Tut sie aber nicht, sondern sie zeigt ihm lediglich den Vogel.

Grimm tritt zu uns heran. Ich frage mich bis heute, warum er sich so tätowiert hat. Da muss doch im Oberstübchen ganz schön was schieflaufen, wenn man sich seine Visage wie einen Totenkopf herrichten lässt. So kann er doch niemals ein normales Leben führen – außer als Tätowierer vielleicht.

Grimm setzt sich zu uns. Drei Killer und eine Prinzessin sitzen auf einer Couch. Klingt, als würde so ein Witz anfangen. Leider ist es aber kein Witz, sondern bitterer Ernst.

»Wo kommst du her?«, frage ich misstrauisch.

Die grünen Augen des wandelnden Skeletts blicken mich aus den schwarzen Höhlen heraus an. »Weiß sie es?«

Ich nicke.

»Gut«, antwortet er und lächelt nüchtern. »Ich habe die anderen über den Styx befördert, die euch auf den Fersen gewesen sind.«

Er sagt es, als wäre es ein netter Spaziergang gewesen, einen Haufen bis unter die Zähne bewaffnete Mafiosi auszuschalten, die über den Tod ihres Bosses toben. Grimm wendet sich Ace zu und sieht ihn an. »Also, warum sollte ich herkommen?«

»Gut«, beginnt Ace und lehnt sich zurück. Er legt seinen Arm auf die Lehne des Sofas und sieht uns nacheinander eindringlich an. »Ich werde der neue Anführer und ihr beide werdet mir dabei helfen.«

Die Worte platzen aus ihm heraus, als wären sie eine Selbstverständlichkeit. Sein gewinnendes Lächeln tut sein Übriges.

»Was?«, frage ich stirnkräuselnd. »Und warum sollten wir so irre sein und dir dabei helfen? Die *Los Caídos* sind jetzt hinter mir her. Was hätte ich davon, auch noch unseren eigenen Männern in den Rücken zu fallen?« Es ist mir ja klar, dass Ace ein größenwahnsinniger Wichser ist, aber das ist selbst für ihn eine harte Nummer. Bis vor wenigen Wochen hatte ich meine Befehle und meine Bezahlung nicht von ihm, sondern von anderen Mittelsmännern bekommen. Klar, wir arbeiten zusammen und er hatte mir bereits zwei Mal aus der Patsche geholfen. Aber bin ich ihm *das* schuldig?

Ace' Grinsen fällt in sich zusammen. Zurück bleibt Entschlossenheit und ein dunkler Schatten über seinen Augen.

»Ihr werdet mir helfen«, beschwört er uns und blickt dann Grimm an. »Du, weil du das Töten liebst und ich dir einen Weg verspreche, der mit Leichen gepflastert ist, und du …« Nun wandern seine eisblauen Augen zu mir. Sie durchbohren mich, nageln mich auf dem Sofa fest. »Weil es deine *Freiheit* bedeutet.«

»Was meinst du damit?«, frage ich tonlos. Ich habe bereits eine Ahnung und wenn sich diese bewahrheitet, dann hat er mich.

»Du zahlst seit Jahren die Schulden ab, die dein Vater dir hinterlassen hat. Dabei hast du keine Ahnung, Seth. Du bist von Anfang an ausgebeutet worden. Alleine bist du machtlos, aber wir drei zusammen werden *Deimos Kahlish* stürzen. Dann bist du frei. Kannst tun und lassen, was du willst. Einen ehrlichen Job machen oder als vollwertiges Mitglied dabei sein. Es bleibt alleine dir überlassen, was du danach tust. Aber ich verspreche dir, dein Martyrium wird mit meinem Aufstieg ein Ende haben.« Und er hat mich. Kein Geld der Welt, kein Versprechen, kein Angebot könnte mich mehr locken als meine Freiheit, die man mir in meiner Jugend geraubt hatte.

Ace sieht mir in die Augen und erkennt darin meine stumme Zustimmung. Als sein Blick zu Grimm weiterschweift, lächelt dieser bloß. Ich sehe Mordlust in seinen Jadeaugen glitzern.

Damit ist es beschlossen.

Viktoria räuspert sich und sieht uns nacheinander an. »Ich habe keine Ahnung, welche Verschwörung ihr hier gerade plant. Aber was ist meine Rolle darin?«

»Ich bringe dich nach Hause«, sage ich und richte mich auf.

SIE

Seth fährt mich mit dem Maserati von Ace nach Hause. Schweigend blicke ich aus dem Fenster. In der Dunkelheit ziehen die Lichter der Stadt schnell an mir vorbei.

Er hält einige hundert Meter entfernt in einer Seitenstraße und schaltet den Motor ab.

»Was ist mit meinem Handy und meiner Handtasche?« Ich sehe zu ihm hinüber. Sein Blick geht starr geradeaus. Seitdem Ace ihn in seinen Plan eingeweiht hat, irgendeinen Boss zu stürzen, ist Seth noch in sich gekehrter und schweigsamer als sonst.

»Tut mir leid, aber das wirst du wohl nicht wiederkriegen«, antwortet er.

»Wer ist dieser Demos Dingsbums?«

»*Deimos Kahlish* ist der Anführer der Organisation, für die ich arbeite. Der Organisation, die von deinem Vater angeheuert wurde, seine Tochter zu beschützen.«

»Und ich nehme an, dass es gefährlich ist, eurer eigenen Organisation in den Rücken zu fallen?«, schlussfolgere ich. Ein besorgtes Ziehen breitet sich in meiner Brust aus. »Bist du dir sicher, dass du das tun solltest? Wenn du diesem Deimos erzählst, was Ace vorhat, wird er dich eventuell belohnen und du bekommst auch so deine Freiheit.«

Seths Mundwinkel hebt sich zu einem bedauernden Lächeln. »Du kennst ihn nicht. Ich arbeite seitdem ich fünfzehn bin für ihn. Er hat mir und meiner Schwester nicht einmal genug Geld gelassen, um zu leben. Von ihm bekomme ich keine Almosen und er schuldet mir nichts.«

»Er schuldet dir dein *Leben*!«, erwidere ich energisch.

Seth dreht sich zu mir, schiebt seine Hand in meinen Nacken und zieht mich zu sich heran. Dann lehnt er seine Stirn gegen meine und lächelt. »Und *deswegen* leben wir in unterschiedlichen Welten, Prinzessin.«

»Wie geht es jetzt weiter, Seth?«

»Du kehrst in dein Leben zurück. Alles wird wieder wie früher. Bevor wir uns getroffen haben.«

»Als wäre nichts geschehen?«

»Als wäre nichts geschehen«, bestätigt er und streicht mit seinem Handrücken sanft über meine Wange.

»Wann sehen wir uns wieder?« Ich lege meine Hand auf seine und schmiege mich an sie.

Etwas in seinem Blick ändert sich, wird dunkler, distanzierter. »Gar nicht.«

Ich verstehe zwar, was er sagt, doch ich kann die Worte nicht begreifen. Was soll das heißen: *»Gar nicht«*? Was meint er damit? Was mein Verstand nicht wahrhaben will, hat mein Körper längst realisiert und so bildet sich ein brennender Kloß in meiner Kehle.

»Das bedeutet, dass du in deine Welt zurückkehrst und glücklich wirst. Ich bin kein Mann für dich, Kiki. Ich verdiene dich nicht. Ich würde dir nichts bringen als Unglück.«

»Du bist vielleicht nicht der Mann, den ich verdiene, aber du bist der Mann, den ich *will*!« Eine kalte Hand scheint sich um mein Herz zu schließen und quetscht es langsam und qualvoll zusammen.

Seth lehnt sich zu mir und haucht mir einen Kuss auf die Lippen, der mehr als alles andere nach Abschied schmeckt. Ich versuche, ihn festzuhalten, bei mir zu halten, doch er entzieht sich mir und schaut wieder geradeaus. Sein Gesicht eine verschlossene Maske, die keine Emotion durchlässt.

»Das hier ist mein Tod, Viktoria. Und es ist deine Wiederauferstehung. Geh zu deinem Vater, nimm ihn in den Arm und lebe.«

»Bitte…«, will ich flehen, doch er unterbricht mich.

»GEH!«

Ich zucke zusammen und bemerke, wie er den Kiefer mahlt. Er zieht eine Zigarette aus seiner Schachtel, zündet sie sich an und legt sein Handgelenk locker auf das Lenkrad, mit der anderen Hand umfasst er bereits den Schlüssel in der Zündung.

Noch einmal blicke ich ihn an, präge mir sein Gesicht ein. Die dunklen Augen, die stets von Schatten umrahmt sind, die langen Wimpern und die markanten Züge, die mich von Anfang an fasziniert haben.

Kaum bin ich ausgestiegen, fährt er los und blickt nicht noch einmal zurück. Das Kartenhaus meines Herzens fällt in sich zusammen. Wir sind gemeinsam durch die Hölle gegangen, zusammen geflogen und abgestürzt. Ich habe mich ihm hingegeben, mich ihm anvertraut. Ich war bereit, an seiner Seite zu sein, den schweren Weg zu gehen. Zu akzeptieren, dass er ein Krimineller ist. Ein Auftragsmörder. Ich war bereit, meine Welt zurückzulassen und ihm in die Schatten zu folgen, aus denen er gekommen war.

Doch er stößt mich zurück ins Licht und durchschneidet die Verbindung, die wir haben, ohne mit der Wimper zu zucken. Meine Brust zieht sich ruckartig zusammen, als ich schluchze, aber keine Träne verlässt mehr meine Augen. Der kalte Nachtwind wirbelt meine Haare auf, während ich den roten Rücklichtern nachsehe, die unter dem Dröhnen des Motors in der Ferne verschwinden.

Ich bin das Licht, du bist der Schatten. Wenn ich mich dir nähere, verschwindest du.

Ende Band 1

Werden Kiki und Seth wieder zusammenfinden?
Ihre Geschichte geht weiter in Band 2:
FOLLOWING YOU:
BIS DU NICHT MEHR FLIEHEN KANNST

Hat dir das Buch gefallen?

Wir freuen uns sehr, dass du unser Buch bis zu dieser Stelle gelesen hast. Wenn es dir gefallen hat, würden wir uns sehr freuen, wenn du ihm bei dem Online-Shop eine Bewertung gibst, bei dem du bestellt hast. Oder du schreibst bei einem deiner Lieblings-Buchportale eine Rezension.

Wir freuen uns nicht nur sehr darüber, Meinungen zu unserem Buch zu lesen, es hilft uns auch dabei, weitere Geschichten zu schreiben und neue Leser für unsere Bücher zu finden.

Vielen Dank für deine Unterstützung!

Danksagung

Mit dem ersten Wort einer Geschichte starten wir in ein neues Abenteuer. In ein neues Kapitel des mysteriösen Buches »Selfpublishing«. Leute, wir können euch sagen: Es ist Drama, Romanze und Krimi in einem. Dieser Mix wird niemals langweilig und ist selten einfach. Dafür aber umso spannender. Hoffentlich kommen unsere Storys dem nahe!

Wir danken Euch, dass Ihr uns auf diesem schweren Weg stets unterstützt und ihn mit uns zusammen geht.

An dieser Stelle möchten wir ein Dankeschön an unsere Familien aussprechen. Vor allem aber an Stephanie, die *»beste Schwester der Welt«*, die von Anfang an unser größter Supporter war und an den Einsatz von Kads Eltern, die sogar ein *»D.Mon-Mobil«* fahren, das schon häufiger ein Hingucker war.

Danke an Einstrom.com für die großartige Zusammenarbeit in allen Marketing- und Coaching-Belangen, für all die Kompetenz und die durchgearbeiteten Nächte.

Danke an unser Blogger-Team, das 24/7 für uns da ist und unsere Seelen mit ihrem Lob streichelt, wenn wir es am dringendsten brauchen. Für die tollen Bilder, Posts und all die Liebe und die Lachtränen, die ihr uns schenkt!

Wir danken ganz herzlich den Testlesern, welche uns geholfen haben, das Beste aus dem Manuskript zu machen:

Diana, Ceylan, Nadine, Desiree, Verena und Anna.

Danke Dir, liebe Leserin/lieber Leser. Wir hoffen Dir ein paar schöne Lesestunden bereitet zu haben!

Eure
Mika D. Mon

Über die Autorinnen

Unsere Geschichten sind spannend, prickelnd und tiefgründig. Thrillerelemente vereinen sich mit erotischen Szenen und authentischen Charakteren zu einem emotionsgeladenen Cocktail. Ganz nach unserem Motto: Deeper. Darker. D.Mon. Wir lieben düstere Protagonisten mit einer verkorksten Psyche und lieben es auch, diese harten Schalen zu durchbrechen und zu zeigen, was sich hinter kalten Augen und gefährlichen Waffen verbirgt. Dabei balancieren wir auf dem schmalen Pfad zwischen Gut und Böse.

Wir leben in der Nähe von Marburg. Unsere Leidenschaft zum Schreiben von Geschichten hat uns schon in unserer Jugend verbunden. Jetzt könnten wir es uns nicht mehr vorstellen ohneeinander und ohne unsere Arbeit als Autoren zu leben. Besonders gerne tauschen wir uns mit den Lesern aus.

Wir freuen uns also auf Deine Nachricht!

www.mikadmon.de

Als ob du mich siehst

Michelle Schrenk

Der neue Roman der Kindle Storyteller Finalistin 2019 / BILD- und #1-Kindle-Bestsellerautorin Michelle Schrenk. Wie stark bist du wirklich? Emotional und voller Liebe. Bestsellerautorin und Kindle Storyteller Finalistin 2019 Michelle Schrenk schreibt von echten Gefühlen. Ein Buch, das tief im Herzen berührt. Niemand kann dich lieben, wenn du dich selbst nicht siehst.

Wie geht Seths und Kikis Geschichte weiter?

Erfahre es in Band 3!

Jetzt vorbestellen!